新娘 XINNIANG

时代出版传媒股份有限公司
安徽文艺出版社

吴克敬，陕西扶风人，毕业于西北大学中文系，获硕士学位。现任陕西省作家协会副主席，西安市作家协会主席，西北大学驻校作家。曾获冰心散文奖，柳青文学奖等奖项。2010年，中篇小说《手铐上的蓝花花》获第五届鲁迅文学奖；2012年，《你说我是谁》获第十四届中国人口文化奖（文学类），长篇小说《初婚》获中国城市出版社文学奖一等奖。《羞涩》《大丑》《拉手手》《马背上的电影》等四部作品被改编拍摄成电影：其中，《羞涩》获美国雪城电影节最佳摄影奖；由长篇小说《初婚》改编的电视剧热播全国。

新娘
XINNIANG

吴克敬◎著

时代出版传媒股份有限公司
安徽文艺出版社

图书在版编目（CIP）数据

新娘/吴克敬著. —合肥：安徽文艺出版社，2019.6
ISBN 978-7-5396-6550-4

Ⅰ. ①新… Ⅱ. ①吴… Ⅲ. ①长篇小说－中国－当代 Ⅳ. ①I247.5

中国版本图书馆 CIP 数据核字(2019)第 017664 号

出 版 人：段晓静
责任编辑：张妍妍　　　　装帧设计：高　欣　褚　琦

出版发行：时代出版传媒股份有限公司　www.press-mart.com
　　　　　安徽文艺出版社　　　www.awpub.com
地　　址：合肥市翡翠路 1118 号　邮政编码：230071
营 销 部：(0551)63533889
印　　制：安徽联众印刷有限公司　(0551)65661327

开本：700×1000　1/16　印张：13.75　字数：220 千字
版次：2019 年 6 月第 1 版　2019 年 6 月第 1 次印刷
定价：46.00 元

(如发现印装质量问题，影响阅读，请与出版社联系调换)
版权所有，侵权必究

新娘也是娘。

老娘好当,新娘难做。

　　　　　　　　——题记

目 录

前　引　　　　　　　001

上篇　新娘　　　　　001

中篇　废戒　　　　　053

下篇　断臂　　　　　129

后　记　　　　　　　207

前　引

"新娘"袁心初是老了,老得白发苍苍!

"新郎"牛少峰也老了,老得胡子满把!

他们怎么能不老呢？是为新娘的袁心初,与她的新郎牛少峰,在中条山抗日前线的烽火硝烟中一别,被一湾浅浅的海水阻隔着,五十个年头了,终于破冰成通途,流落去了台湾的牛少峰捎信回凤栖镇,说他办好了一切手续,不日就会跨越海峡,回到日思夜想的故乡,见到他的新娘,与他的新娘团聚了。消息传来,新娘袁心初把她的那口描金漆彩的箱子打开来,翻了个底朝天,翻出她压在箱子底下的旗袍,就往自己的身上穿了。

这是一件红绸绣花旗袍,袁心初把自己嫁给牛少峰做他的新娘时穿了的。

后来还穿过两次,但那都是不堪回首的。袁心初不愿意回想;别的人,譬如牛少峰,还有姜尚清、芸娘他们,都是不愿意回想的。好消息像只报喜的鸟儿一样,传进了袁心初的耳朵。她把红绸绣花的旗袍翻出来穿上身了,数十年的光阴,只是熬白了袁心初的头发,却没有熬去袁心初的美丽,那是流淌在袁心初血液里的一种气质,那是附着在袁心初心灵上的一种气韵,不仅没有因为岁月的熬煎而消失,反而由于岁月的熬煎而凝重……我们谁都没有见过袁心初给牛少峰做新娘时身穿红绸绣花旗袍的风姿,也没见过她受辱时身穿红绸绣花旗袍的模样,我们只在凤栖镇的街头看到了袁心初身穿红绸绣花旗袍的姿态,那是一种无法言说的雅致,老不掩瑜,老而犹美。

头发是盘在后脑勺上,虽然白了,却亮白如雪,配合着她穿在身上的红绸绣花旗袍,在凤栖镇的大街上那么一站,立即站出了她所独有的一种风景……我在西安的新闻媒体工作,我有那样的敏感;我还是与凤栖镇血脉相连的一分子,虽然生活在西安城,但对故乡凤栖镇上发生的事情,都有一种切身的喜爱。袁心初把她压在箱子底下的红绸绣花旗袍穿出来,走在凤栖镇上,是要迎接他的新郎牛少峰的……我不失时机地按动照相机快门,拍下了袁心初身穿红绸绣花旗袍的影像。

陪伴在袁心初身边的,有姜尚清,有芸娘,还有凤栖镇成千上万的乡里乡亲……这一年是1990年,这一天是8月15日,即日本侵略者投降四十五周年纪念日。

在此之前,我供职的《西安晚报》开设了专门栏目,编发了许多纪念抗战胜利的文章。其中一日的报纸专栏,发了一篇《我一炮炸死了十几个鬼子》的头条回忆文章,旁边是一组赴中条山抗战未找到亲属的烈士名单,计有四十三人,其中一位名叫吴俊德的人,让我的眼睛倏忽泛起一片泪光。一个英俊伟岸的关中汉子,突然地站在了我的面前,身上是被战火撕成碎片的军服,脸上是被战火刻划的血痂,他对我亲切地笑着,我哑着嗓子,叫了他一声"大伯"。

我的二伯叫吴俊儒;我父亲行三,叫吴俊番;我还有一个碎爸(老家管比父亲小的男性长辈都叫爸),叫吴天合,其实他也有个带"俊"的名字的,不知什么原因,他不让人那么叫。总之兄弟四人,名字里都是带一个"俊"字的。我大伯叫"俊"什么呢?父亲给我交代过,我碎爸也给我交代过,但我没有记住。《西安晚报》刊载的中条山未找到亲属的抗战烈士名单中,这个叫吴俊德的人,是我的大伯吗?初识这个名字,我一点都没怀疑,这就是我的大伯。我把消息打电话告诉老家的伯叔兄长吴田平,要他在家乡做进一步的核实。

我大伯留有一张遗像,一身戎装的他,浓眉大眼,一脸的英武之气。

我大伯也有他的新娘……我大伯来拍这张照片时,他新婚的妻子就陪在他的身边。听我父亲生前说,这是我大伯1938年东渡黄河,赴中条山抗战前,特别拍的。我大伯那时新婚不久,为了有所纪念,新婚不久的新娘,便穿了袁心初身上穿着的那种扎人眼睛的旗袍,与我大伯在西安城照了这张相。所以说旗袍扎眼,是因为我们古周原上的女人,祖祖辈辈,永远是非黑即蓝的一身家织布服装,可是我大伯的新娘,竟然就被一袭彩绸裁缝的旗袍,不肥不瘦、鲜艳靓丽地缠裹着,让她怎么看怎么扎眼……我父亲说过,我大伯与他的新娘照了这幅照片后,就与我们村参加抗战的几个人,一起去了中条山。

从父亲给我的讲述中,我知道大伯当时为孙蔚如将军治下的一位中尉连长。赴中条山抗战后,就没了消息,生不见人,死不见尸。只听我们村赴中条山抗战身残回村的人说,大伯作战十分英勇,仅在平陆县王寺沟的一次阻击战中,与日本鬼子拼刺刀,他一个人就刺死了好几个鬼子兵。这是我大伯在中条山抗战时传回家里的唯一一条消息。

抗战胜利了,家里人盼望大伯回家,可是没有。紧接着爆发内战,解放军取得了全面胜利,中华人民共和国成立!我们家里的人还在盼大伯回家,却依然没有大伯的音讯。这时候,家里人以为,大伯也许跟随战败了的国民党军队,逃去了台湾。

在我们家等待大伯回来的人中,相信他的新娘是最迫切的那一个。

但是因为有着那样一个让人气短的猜测,我们家无论谁,都很少提到我大伯,包括大伯的"新娘",仿佛家里从来没有他这个人一样。生死不明的大伯,犹如一团巨大的阴霾,罩压在家里人的头上,让家里人在一段时间里,吃罪不少,倍感哀痛。

我父亲过世早,到他咽气的时候,叫来了我碎爸吴天合,而我大伯的"新娘",还有我们兄弟,也都在场。父亲像是说给我碎爸,又像是说给我们兄弟,要我们记着我大伯,到我碎爸也倒头时,给我大伯做副棺材,让我大伯陪着我碎爸一起走。

父亲给我碎爸说了:"咱们不能不顾大哥,让大哥零落他乡。"

我碎爸眼里含着泪,给我父亲郑重地点了头。

我大伯在场的"新娘"听了我父亲说的话,她摇了一下头。

我大伯的"新娘"说:"有我在哩。"

我大伯的"新娘"说:"要合葬也是我。我来陪他。"

抗战去了中条山,我大伯一去无音讯,他的"新娘"就一直在我们家里生活着,不离不弃地等着我大伯,把我大伯等了四十多年,直到辞世,安安静静地一直等着。其间她有机会改嫁的,我们家里人都劝她改嫁,但她从来淡淡地一笑,说一句"大家的好心我知道",便不再说啥,还像她以往一样,在我们家安安静静地等我大伯回家来。

"新娘""新娘"……我们家里人,一直以来,都这么称呼她,她亦无怨无悔地做着他的新娘。古周原上的习俗使然,一个新嫁娘没有生育,她的亲人和旁人,都不会改口别的称呼,永远地叫她"新娘"。

我大伯的"新娘"辞世了,她是多么想要与我大伯合葬呀,但却没有。

没有的理由是我碎爸给我大伯的"新娘"说的。

我碎爸说:"人如果真在那边,回来了怎么办?"

我碎爸的理由太充分了,为我大伯"新娘"的她虽然遗憾地去了,但有希望在,似乎就不特别遗憾。因此我们家依然在等我大伯回来,一直等到我碎爸也谢世而去,都没等回我大伯。

我碎爸谢世了,我赶回到扶风县北的老家闫村,进门看见,并排儿陈列着两口黑漆棺材。

我知道,两口棺材,一口是我碎爸的,一口是我大伯的。

我匍匐着给我碎爸下头,而我碎爸的儿子拉住了我,让我先给大伯下头。我碎爸的儿子说是碎爸最后叮咛他的,孝子下头,都要先给大伯下。我照着我碎爸儿子的指教,下着头不由得热泪盈眶,痛哭失声。到这时,我才真切地想到,亲人终是亲人,大伯为国为家抗击日寇,他杳无音信,但他从来都没有消失,他一直活在亲人们的心中。

亲兄热弟的碎爸与大伯合葬在了我们村的公坟里。但我不认为这是结束,在西安报业集团任职的我,想着还要找到我的大伯,他是东渡黄河在中条山抗战时失踪的,我们《西安晚报》上登载的烈士名单,给了我很大的希望。我把消息电话告知了老家,老家知道底里的几位老人,说这个叫吴俊德的烈士,不是我大伯,我大伯叫吴俊岐。

我有点失望,但不是很失望,烈士吴俊德也是我们村上人。

我们村因此沸腾了好些天,大家既怀着对烈士的崇敬,又怀着对亲人的爱戴,组织起专门的班子,去了一趟中条山。大家在镌刻着吴俊德姓名的烈士碑前,祭了酒,敬了香,烧了纸,然后把香灰、纸灰收集起来,带回我们村。他们在村子的公坟里,制了一副棺材,盛放上收集回来的香灰和纸灰,掩埋好堆起一座坟头。唢呐声声,哀乐阵阵,村里人集体为抗日烈士吴俊德举办了一场追思会。

追思会上,我大伯吴俊岐享受到了和吴俊德一样的礼遇。

我参加了村里举办的追思会……我要感慨无巧不成书的那句古话,就在我们村为两位抗战烈士举办的追思会上,牛少峰从台湾回来的消息,传回到了凤栖镇……我们村是凤栖镇的一个自然村,距离不是很远,所以也就迅速地传过来,传进了大家的耳朵。

身为新闻工作者的我,没有迟疑,迅速地赶到凤栖镇,夹杂在欢迎的人群里,见证了"新娘"袁心初迎回"新郎"牛少峰的那个让人热泪横流的时刻,并自觉追随在他俩的身边,从他俩的回忆中,知道了许多鲜为人知的抗战故事。

那些故事是可歌可泣的,是感人肺腑的……

上篇 新娘

一

1945年8月15日。

吃了谁的奶,谁就是你的娘!

时隔五十一年,也就是抗日战争胜利四十五周年前夕,袁心初忍俊不禁,又给牛少峰这么说了。她说了这句话后,紧跟着还加了一句:"老娘是娘,新娘也是娘。"

五十一年前的袁心初,十七岁过了点,还不到十八岁时,就自觉结束了她女孩子的生活,把她热烫烫的姑娘身子,交给了英俊的牛少峰,满心欢喜做了他的新娘。北平女子学堂的高才生袁心初,在做牛少锋的新娘之前,打死都想不到,她会嫁给一个军人,而且还是心甘情愿。在此之前,有些文艺情怀的袁心初,是不怎么瞧得上军人的,她不仅瞧不起,甚至还有些厌恶,她看到北平城里裹着绑腿的大兵,个个横得不行。这种坏印象,一直延续到卢沟桥事变。死守卢沟桥桥头的中国部队拼死抵抗,一个连的军人,到最后仅有四人生还,其余全部壮烈牺牲。这是袁心初对大兵印象的一次改变。紧接着,日本鬼子大举侵犯北平,她家赖以生存的电器厂,在日寇炮火的轰击下,全部焚毁,父母亲不想看着他们的宝贝女儿在日寇的铁蹄下遭罪,于是老两口守在北平,意图恢复家业,而把袁心初送到了战略后方的西安。

袁心初来到西安后,立即进入西安女校继续学业。

这时候的西安,因为1936年的西安事变,抗日情绪十分高涨,袁心初所处的西安的女校,是爱国人士于右任倡办的,多由爱国知识分子任教,牛少峰就是他们中的一员。

牛少峰结合当时的形势,在西安女校组织了一支抗日宣传队,他们用课余时间排练。到了星期日,他就把宣传队拉到西安的大街上去,向市民演出宣传。泣血写出《松花江上》的张寒晖,当时也在西安,牛少峰就请他来,指导教练宣传队员演唱。袁心初从北平来,吐字清晰、嗓音宏厚,被选出来做了领唱。他们不仅演唱了"流亡三部曲",还演出街头剧《放下你的鞭子》《不识字的母亲》《黑地狱》等。

> 我的家在东北松花江上,
> 那里有森林煤矿,
> 还有那满山遍野的大豆高粱。
> 我的家在东北松花江上,
> 那里有我的同胞,
> 还有那衰老的爹娘。
> 九一八,九一八
> 从那个悲惨的时候……

领唱的袁心初,排练时练得认真,上街演唱时唱得动情。她唱着,不仅把她自己唱得泪流满面,还把街头围观的群众唱得肝肠寸断、泪洒现场。

《松花江上》是"流亡三部曲"的第一首,另两首《离家》和《上前线》都是刘雪庵写出来的。但在牛少峰的组织下,经袁心初领唱出来,依然使人心魄颤动。袁心初还扮演街头抗日剧《放下你的鞭子》中的女儿秀姐……这个时期的她,俨然西安街头抗日宣传明星的不二人选。

牛少峰感动于袁心初的演唱,而袁心初也感动于牛少峰对她的信任,师生间慢慢地建立起一种说不清、道不明的情愫……袁心初以为,他们师生还会在西安女校继续他们的学习和抗战宣传事业,却忽然传来她父母的消息:驻留在北平意图重振家业的老人,因为反对日寇在北平的法西斯统治,竟被日本宪兵秘密抓进监狱,拷打致死!噩耗传来,袁心初痛不欲生,几次都哭得晕了过去。

袁心初悲惨地成为一名战争中的孤儿!

二

知晓实情的牛少峰,自觉承担起护佑袁心初的责任,他像亲哥哥一样,关心着袁心初,守卫着袁心初,直到袁心初从丧失父母的大悲痛中回过神来,牛少峰才告诉了袁心初他在心里酝酿了很久的一个决定。

那是1938年盛夏的一个傍晚,牛少峰约出袁心初,到西安城墙边的绿树林带里散步。牛少峰说了,说他不能再在学校里的课堂上教书了。他说他要参军入伍,扛起枪打鬼子!

牛少峰投笔从戎的这一举动,感动了袁心初。她说:"为我父母报仇!"

牛少峰说:"为你死难的父母,还为千千万万的苦难百姓!"

袁心初把牛少峰抱住了,说:"中国不能亡!"

牛少峰也抱住了袁心初,说:"民族不能亡!"

简短的两句话说过,踏着夕阳余晖,袁心初随在牛少峰的身边,跟着他,走过巍峨坚固的西安东城墙。他们从东面的城门洞走进去,走到国民革命军第38军设在东门里的抗日军人招募站。牛少峰报了名。

凶残的侵华日军,自卢沟桥事变以后,沿着长城一线,迅速占领了冀中平原,没过多久,就又入侵山西境内,相续攻下大同、太原等战略重镇,并囤积兵力。在控制了同蒲铁路线后,不断向黄河北岸的临汾、运城、平张等地侵略推进……这是日军本部的一大目标,使我抗日力量首尾不能相顾,从而攻占陕西,向西北直取甘肃、青海、新疆,向西南则拿下四川、云南、贵州。

黄河声响,古渡告急,日本华北牛岛、川岸师团,已兵临与陕西一水之隔的风陵渡。

西安事变后,西北军的领袖人物杨虎城被迫出国,孙蔚如接任了被整编为国民革命军第38军的西北军军长。在此关键时刻,他向陕西军民盟誓:"余将以血肉之躯,报效国家,舍身家性命以抗日寇……但闻黄河水长啸,不求马革裹尸还!"愤然统兵渡过黄河,在山西的中条山与日寇展开了殊死搏击。

投笔从戎的牛少峰,被编在孔从洲17师的补充团。因为他学识渊博,熟悉历史,知晓地理,在补充团练了几日枪械,即被安排在师部做了参谋。

牛少峰的参谋做得是称职的,在收集情报和分析敌情,以及地图推演等方面,都做得有理有据,有声有色。团副杨清震是黄埔军校武汉分校第六期学员,他在学校时就加入了中国共产党,为孔从洲的17师骨干成员,有着丰富的人生经历和战斗经验。他对牛少峰的分析推演,十分服气,他做什么都愿意与牛少峰商量了再决定。

"六六会战"是38军进入山西境内与日寇打的头一场战役。这时的日本侵略者是傲慢的,他们根本没把陕西冷娃组建的38军当回事,以为他们与中央军打,也打得顺风顺水,一个装备和训练水平都低的地方军队,还不是一击即溃?可是实战起来,骄横的日本鬼子吃了一惊……补充团按照牛少峰的谋略,跟随团副杨清震,绕到战斗打得最为惨烈的东原防线背后,出其不意地于那个叫栲栳镇的地方,先打了鬼子一个措手不及;再接再厉,又在黑水村消灭了日寇的警戒哨;旋即在唐家营端了日寇预备队的窝;后又在北古城炸毁了日寇增援的汽车队……补充团几乎是清一色新兵,所以有此战果,用杨清震的话说,牛少峰谋划有功。

补充团孤军深入,最后打到黄河岸边的马家崖,近九千人的队伍,吸引了牛岛三个大队的精锐,被围在悬崖顶上。鬼子的迫击炮,像冰雹一样往补充团的阵地上飞,两天时间补充团就牺牲了二百余人。在这之前,对牛少峰影响极大的杨清震已壮烈牺牲,而退守在马家崖顶的战友们,都已经弹尽粮绝,鬼子兵却一波一波地往上进攻。最后时刻,牛少峰站在马家崖峰头,唱起秦腔《金沙滩》里杨继业的两句词:

袁心初点亮她买回来的两根粗红的喜烛,坐在床边,等着牛少峰来给她解开旗袍上的纽扣……

两狼山,战胡儿……天摇地动,
好男儿为国家何惧死生!

牛少峰唱罢后,马家崖顶上的战友们也齐声唱了一遍。大家宁死不做俘虏,两人挽臂,三人牵手,向着波涛汹涌的黄河,跳了下去!

牛少峰往下跳的时候,他隐约记得,他是想起袁心初了,而他从昏迷中醒来时,他就斜倚在袁心初的怀抱里。

三

你醒来了!

我知道你会醒来的。

眼睛已经睁开一道细线的牛少峰,听到袁心初欣喜的呼叫,这才觉得自己没有死。他还活着,活着倚在袁心初的怀里。

牛少峰他们去了中条山抗击日寇,袁心初担起西安女校抗日宣传队的责任,继续在西安的街头演唱。与此同时,她积极向陕西抗战后援会申请,要东过黄河,到中条山前线慰问抗战的英雄们。袁心初的申请被批下来了,他们在有关方面的武装护送下,来到黄河岸边,计划趁着夜色掩护,再向黄河对岸摆渡……他们所在的地方,是黄河的一个大湾,在马家崖跳河的补充团英雄,被冲到这个湾上,许多人就搁浅在沙滩上,他们绝大多数牺牲了,像牛少峰一样生还的人不多,而且牛少峰生还在袁心初的怀抱里,这只能说是一种天意了。

身上负有炮弹爆炸的弹片伤,还有枪弹的弹穿伤,牛少峰必须回西安疗伤了。就在他疗伤期间,西安的多家报纸报道了他们补充团在中条山抗战中的英雄事迹,其中就有关于牛少峰的篇章,把他在马家崖高唱秦腔的那一幕,写得壮怀激烈、慷慨悲昂。得知他回西安疗伤后,热血澎湃的西安市民,带着回民坊上的腊牛肉、腊羊肉,还有油糕、麻花,纷纷到牛少峰疗伤的医院来看他,你走了他来,来看英雄牛少峰的人,在医院都排成了长队……袁心初在这时候,陪在牛少峰身边,接待着每一位前来探视的西安市民。

牛少峰的伤势好起来了。

就在牛少峰伤好出院的那天,袁心初穿了身淡绿色的旗袍,怀抱一束在西安还不怎么流行的花儿,来到医院向牛少峰求婚了。

女孩儿求婚,在那个时候,不是因为抗战这一特殊背景,几乎是不可想象的。

袁心初是从北平流亡来的,而牛少峰是从东北流亡来的。两个因家乡遭受日本鬼子侵略而流亡到西安来的年轻男女,经过这一段不算长也不算短的相处和交流,彼此都从心里产生了深深的爱意。

把自己精心打扮起来的袁心初,站在牛少峰的面前,仿佛一朵出水的青莲。她把怀里的那一束鲜花递到牛少峰的手里,少见羞涩,少见慌乱,她平静地给牛少峰表露了自己的心声。

袁心初说:"我爱你!"

袁心初说:"你要了我吧!"

袁心初说:"你知道,我的父母都被日本鬼子杀害了,我没了亲人,你就是我唯一的亲人。"

同为天下流亡人!袁心初的表白,是牛少峰最想听,也最爱听的话。袁心初说他是她如今唯一的亲人,而她又何尝不是他唯一的亲人?九一八后,牛少峰被裹挟在东北大学的师生之中,一路流亡,流亡到西安,他多方探听,都没有联系到身在东北的父母,他们是像他一样流亡了呢,还是没有流亡,而不由自主地深陷在日寇的侵略泥沼之中?牛少峰不知道。善解人意的袁心初,现在不也是他唯一的亲人了吗?

牛少峰从袁心初的手里接过那束鲜花,他很想答应袁心初的请求,而且答应的话语,亦如炒熟的花生豆,香喷喷流到了他的舌头尖,他却改口了。

牛少峰说:"我身体好了还要上战场!"

牛少峰说:"倭寇不灭,何以为家!"

牛少峰说:"你等着我,我这就归队中条山,等我们彻底消灭完日本鬼子,全国庆祝胜利,我们就结婚!"

袁心初听懂了牛少峰的话,他答应了她的婚姻请求,这是比什么都要让她开心和幸福的呢!

袁心初扑进牛少峰的怀里,给了他一个热辣辣的长吻。

袁心初说:"我要在你归队中条山之前,把自己交给你!"

袁心初说到做到,也不论牛少峰的态度如何,她拉着西安女校抗日宣传队的兄弟姐妹来到她租住的西安后宰门,不到一天的时间,就把她和牛少峰结婚的新房收拾出来了。

四

家在关中西府凤栖镇南街村的姜尚清,也是宣传队一员,他家有百十亩地、两头牛和一匹骡子。每次回家来校,都是那匹大黑骡子驮着一骡背的吃用,送姜尚清来西安。他虽然读的是书院门里的关中新学,在西安街头看了西安女校的抗日宣传演出,便自觉到西安女校来,参加了他们的宣传队。在唱"流亡三部曲"时,他是合唱队员;演出《放下你的鞭子》时,他扮演流亡的父亲……可以说,他有演艺方面的天资,合唱时唱得好,演出时演得好,与抗日宣传队的兄弟姐妹,相处得融洽和谐,极具人缘。

创办了抗日宣传队的牛少峰是西安女校的老师,小了牛少峰五岁的姜尚清,也把牛少峰当作了他的老师。老师要结婚了,他岂有不帮忙的道理?帮助袁心初收拾婚房是必须的,他还要带头为牛少峰老师和袁心初张罗一顿结婚宴。

正值全国抗日的艰苦时期,牛少峰办不出一顿像样的结婚宴,袁心初也办不到,家庭生活殷实的姜尚清是可以的。在牛少峰缠不过袁心初的意愿,确定下与袁心初结婚的日子后,姜尚清就于当天在后宰门他们租住的婚房近旁,拣了家西府风味的小馆子,订了一个大桌子,在那个阳光灿烂的中午,约来宣传队的队员,来给牛少峰和袁心初举办婚礼了。

新娘也是娘。这句让袁心初毕其一生都不能忘的话,就是牛少峰在他们的婚礼上说给她的。

袁心初憧憬过她的婚礼,如果不是日本鬼子侵略过来,如果她的父母没有被日本鬼子杀害,她的婚礼肯定是盛大的,无论是在北平,还是在西安。她肯定要身穿漂亮的婚纱礼服,迎来众多亲朋,在神圣庄严的《婚礼进行曲》中,与她爱的人,牵手在婚礼殿堂上,欢天喜地地接受大家的祝福。她和她爱着的人,还要互相盟誓,忠实于自己的婚姻,忠实于自己的爱情……可是日本鬼子打来了,国家到了最为危难的时候,袁心初的婚礼也只能办成这个样子了。

这个样子是简朴的,却也是隆重的,他们抗日宣传队的人都来了,还有牛少峰的几位同事。在姜尚清的热情招呼下,大家挤挤挨挨地坐了一桌子,就等着新郎牛少峰和新娘袁心初登场了。

袁心初有她从北平流亡西安时带来的好几身旗袍,那天向牛少峰求婚,袁心初穿的是一件淡绿色的旗袍,今天是她和牛少峰新婚的大喜日子,她就把压在箱底的一件红绸绣花旗袍穿上了身。这是袁心初的母亲带着她在北平最有名的瑞蚨祥绸缎庄,给她量身定制的。定制时,她母亲有意让制衣师傅留出了些尺寸,过了两年再穿,刚好合体。旗袍裹在袁心初高挑的身体上,要多熨帖有多熨帖,一道镶着黄绸绳的襟线,从她脖领处起头,斜着转到她的右臂腋下,端直地顺着她凹进去的腰部和凸出来的臀部,弯曲而下,直至下摆处,仿佛一道闪电般明亮,在这明亮的一线之上,缀饰着一溜排的本色琵琶盘扣。袁心初在牛少峰的牵引下,款款地走到大家跟前时,团团围坐在餐桌旁的宾朋,全都情不自禁站起来,向着袁心初和牛少峰热烈地鼓起掌来。

就在这时,一阵空袭的警报刺耳地响了起来,但是大家没有出去躲避,袁心初和牛少峰没有,姜尚清他们也没有,还有这家关中西府菜馆的老板、炉头和服务生都没有躲,大家坚守在那张餐桌周围,为袁心初和牛少峰操办着婚礼。

高堂或遇难了,或音讯全无,没在身边就没法拜。但天是中国的天,地是民族的地,袁心初和牛少峰行礼如仪,拜了天拜了地,双方对面站着,也互相拜了。到他俩立誓时,袁心初没说,牛少峰说了。

牛少峰说:"这个'良'字是今天的主角。对于'良'我有话说,天南地北,我和袁心初流亡在西安,能在西安相遇、相熟、相爱,怎么说都是一份良缘。良缘让我俩今天,一个做了新娘,一个做了新郎。我是想了,'娘'字里有'良','郎'字里有'良','娘'字是'良'字的左边加一个'女'字,'郎'字是'良'字的右边挂一只'耳朵'。这说明什么呢?说明新娘、老娘都是娘,老娘把一个儿子养大,养到一定年龄,就要找一个新娘,让新娘来养了。天下没有老娘把自己的儿子养到老的,而新娘生生死死,是一定要和老娘的儿子过一生的。而挂了一只'耳朵'的'郎',是因为我们的祖先在造字时,告诫为郎的人,是要听话的,不只要听老娘的话,更要听新娘的话。我认真地想了,为娘的人,老娘也好,新娘也罢,唠叨可能要唠叨一些,正因为唠叨,才证明她们对我们为郎者的爱。天底下没有不爱娘的人,天底下也没有娘不爱的人。我发誓,我爱我的新娘,我听我新娘的话。"

牛少峰的誓言是独特的,袁心初一字不落地听进了心里。不只袁心初听进了心里,参加他俩婚礼的姜尚清等人,也都认真地听进了心里。牛少峰把他的誓言刚说完,满桌的人,还有小馆子里的老板、炉头和服务员,都热烈地鼓起了掌。

就在这时,日本鬼子的飞机来了,在离后宰门不远的钟鼓楼一带,扔下了不少炸弹。轰隆轰隆的爆炸声,传到袁心初和牛少峰的婚礼现场上来,嘴快的姜尚清开口了,他说:"袁心初和牛老师结婚,咱们忘记了燃放爆竹,鬼子的炸弹来帮忙了,那噼噼啪啪的爆炸就当是给咱们进行的婚礼添响儿哩!"

姜尚清说了后,大家异口同声地咒骂起了日本鬼子:少耍你鬼子的威风,爷爷们有收拾狗日的时候呢。

五

送走了姜尚清他们,袁心初和牛少峰回到他俩临时租赁的洞房里,说着他们今后的打算,直到天黑。袁心初点亮她买回来的两根粗红的喜烛,坐在床边,等着牛少峰来给她解开旗袍上的纽扣,帮她脱下旗袍,两人就可以同床了。可是牛少峰却没有,他痴痴地看着烛光里的袁心初,觉得袁心初是神圣的,神圣得如同一位下凡的仙子。

袁心初等不来牛少峰帮忙,她就自己脱了裹在身上的红绸旗袍,钻进被窝等牛少峰了。牛少峰不能让袁心初尴尬,他也把自己身上的衣服脱了去,钻进被窝,紧贴着袁心初躺下……牛少峰在那一瞬间,不知是受了神的指示,还是本能使然,他像小时候吃娘的奶一样,埋头进袁心初的胸怀里,张嘴吃住了袁心初的乳房。

袁心初没有反对牛少峰吃她的乳房,她甚至怕他吃不尽兴,还调整着她躺着的姿势,方便牛少峰吃得更自在、更得心。

牛少峰吃了几口,把埋在袁心初胸怀里的头抬起来,给袁心初说了。牛少峰说他这一生,活到现在,吃了两个女人的奶,一个是母亲,一个就是袁心初了。他说他吃着老娘奶的时候,他是孩子;他现在来吃新娘袁心初的奶,他是血肉之躯的男子汉。牛少峰这么说了几句话后,像他在婚宴上一样,再次给袁心初盟誓了。

牛少峰说:"有奶就是娘,我不会让老娘丢脸,更不会让新娘失望。"牛少峰说,"我爱老娘,我还要像爱我的老娘一样爱我的新娘。"

甜蜜的新婚日子过了不到十天,中条山抗日的形势呼唤着牛少峰,他告别袁心初,与自愿赴中条山抗日的陕西籍青年勇士们,再渡黄河,又一次被编进了孔从洲17师的补充团。

牛少峰初上中条山的英勇事迹,给他再上中条山抗日打好了基础,他受团部的重视,担起了补充团一营三连连长的职责。

跟随牛少峰在西安积极宣传抗日的姜尚清,这一次也跟随牛少峰渡河来到中条山。牛少峰让他做起了自己的文书。

牛少峰归队不到几天,后来被抗战史学家称为"望原会战"的一场旷日持久的大战役,就在中条山打响了。这是比牛少峰参加过的"血战永济""六六会战"更为惨烈、更为血腥的战役,时间持续了一年多。渡河抗战的三万陕西地方军,愣是打得日军二十万精锐之师,没能西进一步,力保陕西全境和大西北,未遭日寇铁蹄践踏。

时间熬到了1940年10月,蒋介石发来调防命令,要孙蔚如的38军离开苦战三年的中条山,让十七万人之多的正规军换防过来。应该说,这是一次战略性的换防,十七万正规军,比之三万地方军,力量得到了相当大的提升,可是不到半年的时间,正规军却被日寇全线击败,有七万抗日官兵,流血牺牲在了那片苦难的山地上。

就在38军换防的前夕,牛少峰所在的补充团受命向洗耳河的日军发起了一次主动进攻。进攻的主力为补充团的一营,牛少峰是一营三连的连长,他主动请缨,率领三连做了出击的先头兵。他们把出击的时间,选择在一个伸手不见五指的夜晚,三连的一百五十多名勇士,悄悄越过洗耳河,直到靠近日寇的阵地,听得见日寇昏睡的打鼾声,这才把他们拿在手里的手榴弹,拽掉拉环。手榴弹像是钢铁的冰雹一般,争先恐后地落入日寇的阵地,炸得鬼子兵鬼哭狼嚎,尸横遍野……这一次偷袭,让扼守洗耳河的鬼子兵,全线溃退了三十里,为补充团跟随38军撤离战场,赢得了宝贵的时间。

然而,给牛少峰做文书的姜尚清受伤了。他被夜间的流弹伤了一只眼睛,还被炸裂的迫击炮弹片,炸掉了一条胳膊。

姜尚清不能跟随牛少峰再上抗日战场了。

姜尚清被转移回了西安,住进了西安为抗战英雄设立的荣军医院。做了新娘,还没有度完蜜月就送走新郎的袁心初,这时也从西安女校毕业出来,自愿到荣军医院做了一名救死扶伤的护士。被纱布包着头,还包着一条胳膊的姜尚清被转移进荣军医院,恰好是袁心初来接的。不过,十分熟悉姜尚清的袁心初并没有一眼认出他来。跟随牛少峰渡河去了中条山的姜尚清,在一年多的时间里,即被战争的血腥和残酷,摧残得完全变了形。他不仅是缺了一只眼、断了一条胳膊,而且他全部的精神状态,也已不是他们在西安街头宣传抗日时的样子了。他虽然重伤在身,但他没有因为重伤而显得烦躁……荣军医院里,多有这种沮丧,或是乖戾烦躁的伤员。姜尚清不是,他被流弹伤了一只眼,被弹片炸断了一只胳膊,他应该感觉到伤痛,他有资格呻吟,他也可以沮丧、可以烦躁、可以乖戾的,可他没有,从战火纷飞的中条山转移进西安的荣军医院的他,在转移的路上就很安静,住进了荣军医院,他表现得就更安静了。

接收了姜尚清的袁心初,没有立即认出他来,但有一份他的伤情表,袁心初只在薄薄的纸页上扫了一眼,就惊得顿时瞪大了眼睛。

躺在担架上伤了一只眼睛断了一条胳膊的人是姜尚清吗?

瞪大了眼睛的袁心初,把她的视线全部聚焦在姜尚清的身上,她想用她的眼睛证实,躺在担架上的人不是姜尚清。她多希望记录姜尚清伤情的那页纸登记错了。

袁心初有核对伤者身份的职责,她俯身到姜尚清的耳朵旁,轻柔地问了姜尚清一句。

袁心初问:"你是姜尚清?"

姜尚清的嘴巴张了张,像袁心初问他一样,轻声地回答了一句:"我是。"

眼泪从袁心初的心泉里喷涌而出,顷刻模糊了她的眼睛。姜尚清的声音,虽然带着浓重的战火味道,但是袁心初在他刚一张口的那一瞬间,就听出来了。没有错,他就是同袁心初一起在西安街头宣传抗日的姜尚清,他就是给袁心初操办了婚礼的姜尚清,他就是跟随她的新郎牛少峰上了中条山打鬼子的姜尚清……珠串般的眼泪,带着袁心初身体的热度,一滴又一滴,滴在了姜尚清的身上。

袁心初给姜尚清说:"我是心初。"

袁心初说:"我要让你好起来。"

重伤的姜尚清,大半个脸被包在厚厚的带血的纱布里,但他露出来的那部分脸面,没能掩饰住他的笑。

姜尚清微笑着说:"我好了后还去跟随牛少峰。"

姜尚清说:"我跟牛少峰去打鬼子。"

六

姜尚清说着话,并用他好着的那只手,从他胸前的衣服口袋里掏出了一封信,交到了袁心初的手上。

这封信带着血。

这是刚做新郎就又上了战场的牛少峰,亲亲爱爱的牛少峰写给袁心初的信哩。把信接到手里,袁心初没有立即打开看,她只把那封带血的信,在她激烈跳动的心口上捂了捂,就伴随着姜尚清进了荣军医院的手术室。他被流弹击伤的眼睛,还有被弹片切断的胳膊,都需要在医院重新清创,重新消毒,重新手术。

可以说,荣军医院尽可能完美地给姜尚清做了手术。

姜尚清现在远离抗日的前线,他被转移到大后方的西安,安安静静地养伤了。

而且,姜尚清还有袁心初的陪伴,她给他做他想吃的饭食,给他说他想听的话。

牛少峰托姜尚清捎给袁心初的信,袁心初就是在这样的一种气氛里说给姜尚清听了。

袁心初说牛少峰在信里责怪自己没有把姜尚清照顾好,让他受了这么重的伤。牛少峰还在信里说,他还要转移出中条山去中原打鬼子,他不能陪在姜尚清的身边,照顾他、安慰他,他就只能把姜尚清交给袁心初了。袁心初恰好在荣军医院里工作,她有责任,也有义务,一定会代他把姜尚清照顾好、安慰好。

姜尚清不等袁心初把牛少峰的信给他说完,就已感动地抢着说了。

姜尚清说:"牛老师还在战火纷飞的前线,他可是要关心好、照顾好他自己哩!"

姜尚清说:"我希望牛老师再来信。"

如姜尚清所期待的,牛少峰从抗战的前线上,又给西安捎回了几封信。从这些来信里,袁心初和姜尚清知道,牛少峰已经在战火中升任17师补充团的一名营长了。他们从中条山换防下来,就在中原地区,与侵华日军周旋了一年多,然后又转防湖北重镇武汉,来和凶残的日寇周旋了。

牛少峰捎给袁心初和姜尚清的信,自武汉来的是最后一封,从此杳无音信,直到抗战胜利,袁心初和姜尚清还在西安等着牛少峰回来。一直等着,等到全面内战,解放军打败了蒋家王朝,把蒋介石和国民党赶到了台湾岛,毛泽东主席站在天安门城楼上,庄严地向世界宣告,中华人民共和国成立,也不见牛少峰回西安来。

他在抗战中牺牲了吗?

他跟随国民党跑到台湾去了吗?

这是个问题呢,袁心初不敢想,姜尚清也不敢想,他俩不敢想牛少峰抗战牺牲,也不敢想牛少峰跑到台湾去。他们多方打听,还去了投诚被改编为中国人民解放军的孔从洲的17师,也没有打听到牛少峰的消息。牛少峰像是石沉大海,从这个热火朝天的新中国消失了。

我是他的新娘啊!

找不到牛少峰人,也打听不到他的消息,袁心初却没有失望,她坚持相信,她的新郎牛少峰,有一天定会出现在她面前,他们卿卿我我,他们恩恩爱爱……不仅是作为新娘的她,还有给她和牛少峰承办了婚礼的姜尚清也坚持认为,牛少峰不知哪一天,一定会回到袁心初的身边,他们卿卿我我,他们恩恩爱爱……袁心初和姜尚清,就这么一门心思地期待着。

期待着的他俩,身不由己地被裹进了新中国成立以后的各种运动和生活之中。解放初的时候,新生的人民政权,把袁心初和姜尚清,很自然地划入到国民党残余之中去了。姜尚清抗战参加的是国民党地方军,袁心初嫁的是国民党地方军的军官,他们必须接受教育和改造。不过还好,新生的中央政府,对中条山抗战的国民党地方军,有种超乎寻常的肯定,发出专门文件,对在中条山抗战中牺牲的勇士,以政府的名义,敲锣打鼓,送去"革命烈属"的红木牌子,挂在牺牲者的家门口。姜尚清是参加了中条山抗战的,他虽然没有牺牲,却也为抗战奉献了一颗眼珠子和一条胳膊,他自然也受到了人民政府的优待。可是袁心初呢?她在抗战时期,积极参加抗日救亡的宣传工作,新婚之时,送丈夫牛少峰上中条山,她自己则自愿参加西安荣军医院的工作,废寝忘食、夜以继日,全身心地救助从抗日前线转移来的伤病员,她的工作热情和工作态度,得到了大家一致的好评……可被她送上中条山的新郎牛少峰,怎么就没了音讯呢?因为此,袁心初未得到新政府的优待,新政府却也没有难为她,安排她为荣军医院改成的地方人民医院的职工,继续做她的护士工作。

然而好景不长,朝鲜战争的爆发,以及后来国民党反攻大陆的叫嚣,让在人民医院当护士的袁心初,没法安静下来了。她被运动中的群众组织,一次次地揪出来审查,罪名越来越大。先只是批判她是国民党军官的阔太太,后来就成了国民党潜伏在大陆的特务了。

袁心初有口莫辩,她的日子过得太艰难了。

姜尚清见不得袁心初的日子难过。作为一个抗日荣誉军人,解放初的时候,他有资格被安排工作,但他推辞了,说自己瞎了一只眼睛、断了一条胳膊,还能干什么呢?他只能是新政府的一个负担。他不想成为政府的负担,可是人民政府又岂能放弃他不管?还是按照他的能力,把他安排进后宰门小学做了一名小学语文教员。可他干了不长时间,还是回到了凤栖镇,进到凤栖镇小学,做了一名小学教员。

七

这是姜尚清远离袁心初的一个理由。

当然,这只是个表面的理由,姜尚清在心里是这么给自己说的,这么给自己说也说得过去。但他知道,他还有一个理由的,他想着自己离开,留给袁心初一个相对开阔的空间,好让袁心初有个重新安排自己的机会。

姜尚清抗战受了重伤,回到西安后,一直以来都是由袁心初照顾着的。先是在荣军医院配合康复治疗,康复治疗得差不多时,抗战前线又不断有伤员转移来,姜尚清还能占着一张病床吗?他是不能的,便自觉申请,要出院归队,但他的身体已然无法归队了。袁心初动员姜尚清,把他接到了后宰门她租住的地方,给他也租了一间房子,两个人在一个院子里,袁心初也好照顾姜尚清。

后来的事情,证明了袁心初的安排是对的,袁心初可以很方便地照顾姜尚清,姜尚清也能很好地照顾袁心初。他们在一起,很有些相依为命的样子。

他们之所以能够相依为命,这是因为他们的心里,牵挂着同一个人,那就是新婚后上了抗日前线的牛少峰。

有了这么个共同的牵挂,袁心初和姜尚清没有熬不过去的日子。苦也罢,难也罢,相扶相携,相帮相衬,就都能相互照看着往前熬。

可是有人向袁心初求爱了。

新中国刚成立的那几年,许多参加了革命的人,枪林弹雨地走了过来,原来有家室没家室的人,都急吼吼地要给自己找一个爱人!他们背着满身的功劳,不管对方爱不爱他,只要他爱上了对方,他就认定那是他的爱人。软磨硬泡也罢,死缠烂打也罢,他们才无所顾忌呢。再不行,他们还有组织,把自己的婚姻情况,打个报告给组织,组织自会帮助他,向被他爱的人做工作,讲他对革命的贡献,讲他出生入死的功劳,还讲对方要有阶级感情,要勇于献身,这就是对革命的认识问题,也是对革命的感情问题。

袁心初就遇到了这样一个人。

这人就是解放军军管了荣军医院后的政治部主任,后来又做了西安人民医院的人事部主任。他对革命的贡献多不多?他对革命的功劳大不大?袁心初不知道,但他已经把袁心初的个人情况摸了个底儿透。他找袁心初谈话了,问了袁心初几个日常工作的小事后,话题忽然一转,一下子就说到了牛少峰身上。

主任说:"你的新郎叫牛少峰?"

袁心初惊讶主任把她日思夜想的牛少峰还叫她的新郎!她没有回答他,而他好像也不需要她回答,就又接着他自己的话头说开了。

主任说:"我说得对吧?你们新婚后不几天,牛少峰就上前线了。那时候你是新娘,他是新郎,我没说错吧?"

袁心初立刻承认了主任的话,但她实在不知主任说这些话的目的是什么,还是没有回答他,而主任滔滔不绝地又说上了。

主任说:"他是国民党反动派的军官!我这么说你明白吗?"

袁心初被主任的这句话吓住了,脸上一片惊恐。

主任从她的脸色上看出了她的惊恐,就还加上一句话说:"而你……做过他的新娘,你就是国民党反动派军官的新娘!"

这是主任第一次找袁心初谈的话。他让袁心初心惊胆战地听了后,没有等袁心初吐一个字,就宽怀大度地让她走了。

袁心初听了主任让她走的话,如逢大赦一般,低着头就往主任办公室门外走。她前脚踏出门槛,后脚还留在门里的时候,又听到主任说了一句话。

主任说这句话时,不像他前面找袁心初谈话那么凌厉,那么冰冷。他这时说话的语气,有了一种关爱,有了一点温度。

主任说:"当然,只要你愿意,你可以做个革命者的新娘。"

尽管主任把这句话说得温暖,说得柔和,但在袁心初听来,似乎更加让她感到一种残酷,一种冷硬。

主任没有叫住袁心初,他只是看着袁心初的背影,说了他对袁心初最想说的这句话,就看着袁心初仿佛一只受惊的小兔子,慌慌乱乱地走出他的办公室,慌慌乱乱地走得不见了踪影。

这个结果,是主任想要的,他要袁心初慌慌乱乱,只有她慌慌乱乱了,主任才可能实现他所想要达到的目标。主任笑了,他知道他笑得有点儿阴,不过他知道自己是开心的。

慌慌乱乱的袁心初,不仅慌慌乱乱着她的步子,还慌慌乱乱着她的心,她慌慌乱乱地回到后宰门她租住的院子,慌慌乱乱地都没有先进自己的房子,而是慌慌乱乱地转进了姜尚清的房子,来给姜尚清说主任找她说话的事了。

八

因为姜尚清的残疾,他被新生的人民政府安排在后宰门小学,教低年级学生的语文课。袁心初慌慌乱乱推开他的房门,看见姜尚清正埋头在一堆小学生作业本里,认真地批改小学生写的错别字,批出一个,就用他手里的红毛笔勾出来,再在那个错别字旁边,标注上正确的字。

可以说,姜尚清是爱他这份人民教师工作的,他热心又专注。热心专注的他没有想到,袁心初会是这么慌慌乱乱。她把房门推得急了,两扇板门,在她有些剧烈的推掀下,像她自己当时的状态一样,也是慌慌乱乱的。慌慌乱乱的门扇上有铁打的门闩儿,铁打的门闩儿像慌慌乱乱的门扇一样,慌慌乱乱地响了好一阵。

姜尚清抬起头来,他看见已经站在他身边的袁心初,他朝慌慌乱乱的她温暖地笑着,问她话了。

姜尚清说:"怎么了?看你慌的!"

姜尚清就是这么一个人,他自己残疾了,不以为自己残疾,还把自己当作一个健康的人,始终关心着袁心初,照顾着袁心初。这个变化,从姜尚清的战争创伤好了后,就一直持续着。只要袁心初在他面前,他就一成不变地给她温暖和煦的微笑,在琐琐碎碎的生活中,凡是姜尚清想到了,就一定给袁心初先做到。解放前后的西安,家家户户的锅台、灶台,烧的还是劈柴,到了冬天,要取暖了,烧的都是木炭。还有用的水,那时候的西安,自来水的供应非常有限,像他们租住的后宰门那样的大杂院,用的还都是井水。他们院子还算好,有一眼不知哪个朝代的井,要吃水了,都是住家户自己到井台上去打。姜尚清残疾了一条胳膊,可他不顾袁心初的反对,总是自己摇着陈旧的辘轳把,一圈一圈转着,把桶下到几丈深的井底,使桶吃上水,然后又一圈一圈转着,从几丈深的井底,把水打上来。他总是先把袁心初的水缸装满,再给自己的水缸打水。至于劈柴,还有木炭,农贸市场有终南山山民挑来卖的,姜尚清就到农贸市场上去买了。木柴买回来,他用他仅有的那条胳膊那只手,配合着他的一双大脚,把袁心初和他灶头的柴火劈得碎碎的,码在灶头边上,伸手就能用得上。

有一年,入冬的雪来得早了点,姜尚清还没来得及给袁心初和自己准备好木炭,就被一场铺天盖地的大雪封住了路。终南山山民还没有将烧好的木炭挑进农贸市场来,姜尚清不能让袁心初因为没有木炭取暖而冻着,就到农贸市场,和一位山民谈好价,他跟着山民,上了一趟终南山,给袁心初挑回了一担木炭。

姜尚清上终南山挑木炭,事先没给袁心初说,到他一身的泥水、一身的汗水,把一担木炭挑回后宰门来,袁心初心疼坏了。

袁心初心里疼着,接过姜尚清的木炭挑子,却没给姜尚清好脸看。她不仅没有好脸,还出口骂上了姜尚清,说他真真正正的,就是个关中愣娃,比关中愣娃都不如,干脆就是一头骡子,一头犟得八条大绳拉不动的骡子。袁心初责骂着姜尚清,她自己却不由自主地流泪了!

姜尚清不怕袁心初责骂他,她越是责骂他,他的心就越热。但是他怕袁心初流泪,她一流泪,他的心就会难受。

姜尚清为自己辩解了:"今冬雪来得早,农贸市场上没有木炭。"

袁心初不理姜尚清的辩解,她还流着泪,姜尚清就还要辩解。

姜尚清说:"就怕你被冻坏了。"

姜尚清不这么说倒还罢了,他这么一说,袁心初的眼泪流得更多了。姜尚清能怎么办呢?他只有再辩解了。

姜尚清说:"我不能让你受冻。"

姜尚清说:"你把我当旁人了?"

姜尚清说:"我不是旁人,我应该操心你的事。"

姜尚清和袁心初的日子,就这么过着,在还没有解放的时候,他们会说起牛少峰。姜尚清理解袁心初,他说起牛少峰时,说得总有一股英雄气。姜尚清说他崇拜牛少峰,还说牛少峰有苍天保佑,他一定也在什么地方,想念着袁心初,思念着袁心初。后来新中国成立,姜尚清和袁心初,慢慢不说牛少峰了,是从哪一天不再说了呢?他俩也不知道了。他们敏感地意识到,牛少峰对于他们未来的生活,是一个忌讳。

嘴上是不说了,但姜尚清和袁心初的心里,一直都揣着牛少峰,让他始终鲜活着、英雄着。

九

慌慌乱乱地推门进到姜尚清房子的袁心初,没有迟疑,也没有不好意思,她给姜尚清起说人民医院的主任了。

袁心初说:"那个主任找我谈话,说我是国民党反动派军官的新娘!"

袁心初说:"那个主任还说我可以做个革命者的新娘!"

别说袁心初是慌慌乱乱的,在袁心初把头一句说给姜尚清,姜尚清听着就也慌慌乱乱起来了。姜尚清慌乱着,又听了袁心初说的第二句话,这第二句话还没落音,姜尚清即已慌乱得失了态。他手抖得把拿在手里批改小学生作业的那杆红毛笔,抖出了点点红墨水来,如血一般,洒在了他正批改的小学生作业本上。

姜尚清听懂了那个主任说给袁心初的话,但他有点不相信自己耳朵似的,张口又问起了袁心初。

姜尚清说:"那主任啥意思?"

袁心初回答姜尚清,说:"你说呢?你说他啥意思?"

姜尚清心里始终揣着牛少峰,在这时候,牛少峰突然地在姜尚清的心怀里,借着姜尚清的嘴发声了。这不奇怪,牛少峰是借了姜尚清的嘴来说话的。

姜尚清说:"那,那……那牛少峰怎么办?"

姜尚清替牛少峰说话,声音竟然也如牛少峰一般。袁心初听着,把眼盯在姜尚清的脸上,恍恍惚惚的,真的把姜尚清当成了牛少峰。然而很快,袁心初就醒过神儿来了。不过也好,这使慌慌乱乱的袁心初不再慌乱了,刚才煞白的脸,也瞬间泛起了一层红晕。袁心初把她苗条端庄的腰身摇了摇,并抬起她的手,把她浓密黑亮的头发捋了捋,甚至不失妩媚地还给姜尚清羞涩地笑了笑。

袁心初说:"新娘!"

袁心初说:"谁一生还能不断地做新娘呀?"

袁心初说:"我就做一次好了!"

姜尚清的心放下来了。因为心放了下来,他慌乱的手也不抖了,他给袁心初说:"你先回你房里歇着去,你不要紧张,你不要害怕,一切有我哩。你呀……你不是说最爱吃我做的一口香臊子面吗?我把肉割回来了,我马上切肉做臊子,咱今天就香香地吃臊子面。"

袁心初听姜尚清这么安慰她,她笑了。姜尚清把袁心初送进她住的房里,回过身来,就把菜刀拿到房门口,在一块凹得像是一弯月亮的磨石上,泼着水磨菜刀了……姜尚清磨着菜刀,总觉得在菜刀的刀刃上,有袁心初医院那位找她谈话的主任在。他每在磨石上把菜刀往前推一下,就像推进了那主任的肉里一样,而每往后拉一下,也像拉进那主任的肉里一样……姜尚清在磨石上,把菜刀磨得吐出的都是铁锈与磨石相摩擦流出来的暗红色水污。他认真地磨了一阵,用手指在菜刀刃上拭了拭,确认磨得够锋利了,这才去案板前来切那块他买回的猪肉了。

放在以前,姜尚清用刀切肉臊子,常常切得并不顺利,疙疙瘩瘩的,要费好多劲。但今天切那块猪肉,他切得就很顺畅,一会儿的工夫,他就把肉臊子切出来了。

下来是炒底汤,还有切漂菜。

底汤材料有金针菇、木耳、蒜薹、胡萝卜、豆腐和鸡蛋,剩下就是葱花了。

姜尚清很灵活地准备好了一口香臊子面的配菜,这就把袁心初叫了出来,给袁心初下面烧汤来吃了。

袁心初刚吃一筷头香臊子面,就夸上姜尚清了。她说:"香!你做的一口香臊子面太香了!"

袁心初这么夸赞姜尚清,姜尚清自然是开心的,他的喉咙眼里,憋了一句话。不过他说不出来。那么他心里憋的是哪句话呢?简简单单的,就是"好吃的话,我天天做给你吃"。这句话热烫烫都涌流到他舌头尖尖上了,但被他死死地咬在牙缝里,没有说出来。

姜尚清没说出来的话,袁心初说出来了。

袁心初说:"真想天天吃你做的一口香臊子面。"

袁心初的话一说出口,姜尚清便又想起了带他上中条山抗战的牛少峰。他因此在心里苦苦地问上了:"牛少峰啊,你在哪儿呢?"

姜尚清只能在心里问牛少峰了。他问不出来牛少峰的确切信息,但他看得见袁心初医院的那主任,在这个时候到后宰门来了。

他过来会是个灾难吗?

十

　　头一次见过袁心初医院的那个主任，姜尚清说不上反感，也说不上不反感。姜尚清见他生得很体面，一张男人的脸，有棱有角的，他到后宰门袁心初和姜尚清租住的院子里来了。他来的时候，姜尚清从农贸市场买了一担劈柴刚回院子，这担劈柴，姜尚清是买给袁心初的。袁心初房檐口的劈柴垛子不能少了，如果少，姜尚清就会及时地从农贸市场买了挑回来，再给袁心初劈成小段，整齐地码起来。这一天，姜尚清把劈柴挑回来，在袁心初的房门口放下，回到自己的房子里，把他出门前泡的浓茶端起来，灌了两口，放在一边，拿了毛巾在洗脸盆里浸泡，拧出来擦他脸上微微浸出的细汗。这时就听窗外，先是一阵自行车链条铮铮铮铮地响……自行车链条的轻响，在解放初的西安，是非常稀罕的，姜尚清擦着脸，伸长脖子，通过窗子上镶的一块玻璃，这就看见那个主任了。他把骑来的自行车，往院墙的一边靠上去，就在院子里叫起袁心初了。

　　那个主任的叫声相当亲切。

　　主任叫："心初。"

　　主任叫："心初你在哪里？"

　　主任叫："心初……"

　　主任第三声"心初"没叫出来，袁心初就从她的房门里出来了。

　　袁心初有这样的修养，也有这样的礼貌。

　　袁心初客气地应了主任一声："主任。"

　　在自己房里擦脸的姜尚清，听到了袁心初那一声客气的招呼，就知道这个生得体面的人，就是给袁心初谈话，说袁心初是"国民党反动派军官的新娘"，还说袁心初也"可以做个革命者的新娘"的主任。

　　姜尚清没有走出他的房门，他就站在窗前的玻璃后，看着窗外，他要看看这个撵到袁心初房门口的主任，能说什么，能做什么。

那个主任面对袁心初,说:"我是来问路的。"

主任说:"你住得可真偏僻啊!"

主任说:"你让我好找!"

站在自己房内的姜尚清,听到那个主任这么说,没见袁心初回答他,他则从自己的心里替袁心初回答了。

姜尚清在他心里说:不好找,你就甭来找嘛。

姜尚清心说:没人稀罕你来找。

姜尚清心说:你找来又能咋样?

这么在心里回答着那个主任,姜尚清心里好受了些。但他依旧没动身子,还站在自己的房子里,探测那个主任说什么,做什么。

那个主任的眼睛看向了姜尚清刚买回来的那担劈柴。他问袁心初了,说:"是你刚买回来的?"

袁心初没有回应他,而他自己就又说上了,说:"都是长柴,我给你劈吧。"

他还说:"像你房檐下堆的那些劈柴一样,劈碎了才好烧。"

那个主任这么说着,就去拿了碎柴堆上的斧子,解开他说的长柴捆子,去院子那个树根做的柴墩子前,抡起来一斧头,抡起来一斧头,很是在行地劈着那捆长柴。

他会劈柴哩!

站在自己房子里的姜尚清,听见他在心里说了这么一句话。他心里这么说着,就觉得那个主任,还真像其时宣传的那样,革命干部必须保持劳动人民的本色,必须传承老八路的传统……姜尚清在这么想着时,看见袁心初回了一下头。回过头来的袁心初,是看向姜尚清的窗户的,她料定姜尚清这个时候,是站在窗户后边,透过镶在窗户的那片玻璃,来看院子里发生的情况。

袁心初看向窗户的脸色,是无可奈何的。

姜尚清的眼睛一下子就看出了袁心初脸色后的内容,他在窗户后边站不住了。他走向自己的房门口,掀开门帘,走到院子里来了。

走到院子的姜尚清,看似问的是袁心初,其实问的是那个主任。

姜尚清说:"劈柴的是你那个主任吗?"

袁心初没来得及回应姜尚清的问话,劈着柴的那个主任,已停下了他手里的活儿,转脸把问话的姜尚清看了一眼,就给他热情地说上了。

那个主任说:"我不用猜,我知道你是谁。"

主任说:"你是姜尚清。"

主任说:"我知道你是在中条山抗战时受伤致残的。我们新的人民政府,对参加中条山抗战的人,还是承认和优待的。"

主任这么说着,放下了他手里劈柴的斧头,亲切地走到姜尚清的跟前,把他伤了的那只眼睛看了看,又还抬起他的手,要去触摸另外那条残了半截的胳膊。主任的手都要触摸上姜尚清的残肢了,可姜尚清用他完好的那只手,把主任的手挡了回去。

姜尚清必须承认,如果不是袁心初给他转述那个主任说她是"国民党反动军官的新娘",以及还"可以做个革命者的新娘"的话,姜尚清不会驳了那个主任的面子的。有了那两句话,姜尚清就不能不反抗、反对他了。

十一

挡回了那个主任的手,姜尚清走到长柴前,把那个主任放下的斧头拿起来,用他的大脚把一根长柴踏定在那个被劈得千疮百孔的树根上,像他过往给袁心初劈柴时一样,一斧子一斧子地劈着柴。

被姜尚清挡回了手后,那个主任的脸上,有点他自己知道的不自然,但他忍得住,攒到姜尚清的跟前,和姜尚清来夺劈柴的斧子了。

那个主任说:"你一个手劈柴不方便,还是我来劈吧。"

姜尚清说:"我一个手劈柴劈了好些年了,没有啥不方便的。"

那个主任说:"这我知道,许多年了,都是你照顾着袁心初的。她是我们医院的员工,我是医院的主任,今后就不麻烦你来照顾关心她了。"

主任说:"我会自觉来的,来接你的班,照顾关心她!"

让姜尚清心情不快的那个主任,这么说着话,姜尚清几乎是要愤怒了。他以目横扫那主任,没有给他任何正面回应。姜尚清没有回应,袁心初就更没有了。但是这个主任是有耐心的,太有耐心了,以后的日子,他隔不了两三天,就要骑着铮铮作响的自行车,到后宰门袁心初租住的地方来。前一回来,主任的自行车后架上带一捆葱,这一回来,主任的自行车后架上带一筐萝卜,自然还有下一回、下下一回,主任的自行车后架还会带来白菜、蒜苗、青菜、芹菜什么的,他不仅自行车后架上带东西,自行车的车头也会挂个帆布兜儿。他的帆布兜儿里装的是什么呢?不是袁心初给姜尚清说,他就不能知道了。但袁心初怎么能不给姜尚清说呢?她是要说的,她说主任的帆布兜里,带来的有布料,有成衣,还有编织衣物的毛线什么的。袁心初给姜尚清说了这些,姜尚清就不能不多想了。他想那个主任,也是够用心的。

姜尚清问袁心初了,说:"你都接受了?"

袁心初说:"还能怎么办呢?"

简单的两句对话,都是疑问句,姜尚清用疑问的方式问了袁心初,而袁心初也用疑问的方式回答了姜尚清。虽然都是疑问句,但他俩都不用解释地知道各人问话的意思了。特别是姜尚清,还在自己的内心生出一种他怎么想都觉得难受的想法。姜尚清自觉自己该离开后宰门了,甚至是离开西安城。他应该给袁心初腾出一定的空间,让她对自己的未来有个新的安排。

心里有了这个想法,姜尚清就回了一趟凤栖镇,他是抗日致残的,而且文化程度较高,是凤栖镇急切需要的知识人才。他把自己想回老家工作的想法,给当地政府的领导说了。他说了后,当即获得领导们的支持,问他回来打算做什么。姜尚清说他在西安市当小学教师,回来了就还做他的小学教师。瞌睡遇上了枕头,凤栖镇小学的师资力量是落后的,正好需要姜尚清这样的教师来补充。他说了自己的意愿,镇上领导是高兴的,他们高兴着,还说不希望屈了姜尚清的才华。领导这么说,应该还有更好的安排的,但姜尚清近乡的心情太急切了,他话赶话地给镇上的领导保证,说没啥屈才不屈才的。说他回乡来教小学生,是心甘情愿的。

回凤栖镇只几日的时间,就办好自己的调转申请,姜尚清再回西安来,来办这边的手续了。

风尘仆仆的姜尚清,前脚踏进他后宰门住的院子,袁心初医院的那个主任后脚也来了。这一天,那个主任的自行车后架上带的是两根莲藕,白白嫩嫩的,仿佛两条小儿的胳膊……那主任一进院子,看见袁心初在她的房门口洗着衣服,洗衣盆的旁边,有一个快要空了的水桶。那个主任看见了,把自行车后架的莲藕取下来,往水桶边一放,这就拎起水桶,去井边打水去了。

那主任做这些事,像在他家里一样,做得既不生疏,也不别扭,好像那是他天经地义该做的事似的。

那主任要这么做,袁心初拿他一点办法都没有。她不想搭理他,就对几天不见,刚回院子里来的姜尚清不无亲切地问了。

袁心初问:"几天不见,你去哪儿了?"

姜尚清想他不能瞒着袁心初,就老实地回答她,说:"我回了凤栖镇。"

袁心初没少听姜尚清说他的故乡凤栖镇,就应着他说:"回你老家了。"

姜尚清说:"回我老家了。"

袁心初觉出了些异常,她不知姜尚清不辞而别,回他老家凤栖镇做了什么,就问:"你回老家干啥去了?"

姜尚清说:"正要和你商量呢,我回凤栖镇,是办调回我老家凤栖镇工作的事。"

袁心初洗衣服的手停了下来,她还想刨根问底,再和姜尚清说他调转的事,但姜尚清把他堵在心腔里想说一直不好说出来的话,赶在这个时候说出来了。

姜尚清说:"我知道我是该离开了。"

姜尚清说:"凤栖镇是我的老家,我就回老家去。"

姜尚清给袁心初说了这两句话后,背对着袁心初,一步一挪,仿佛脚上灌了铅似的,挪进了他的房子里。

十二

从井台上打水回来的那个主任,把满满一桶清水,摇摆着提给袁心初,放在她的脚边,直起腰来,朝消失在他房子门口的姜尚清,声音洪亮地说了一句话。

那主任听到姜尚清调回故乡凤栖镇的话了。他赞成姜尚清的做法,说:"调回故乡好。"

主任说:"调回故乡了,也给自己安个家。"

主任说的话,袁心初也许还听得不甚清楚,但姜尚清是清楚的。姜尚清犹犹豫豫,是留在西安不走呢,还是为给袁心初留出空间而调回故乡去?他纠结了好些天,就在这个期间,袁心初医院的那个主任,寻到姜尚清的小学找他去了。那主任找到姜尚清,把他能说不能说,想说不想说的话,都给姜尚清说了。

那主任说到最后,说:"咱手捂心口想一想,袁心初难道就一直给国民党反动军官背黑锅吗?"

主任说:"这不公平。"

主任说:"袁心初就是愿意给国民党反动军官背黑锅,她也得知道他人现在怎么样,还在不在,还好不好。"

主任说:"再者是,女人一辈子是要活两世人的。先做新娘,再做老娘。袁心初做过新娘了,按她现在的情况,她该做老娘了!可她做得了老娘吗?"

不能说那主任的话说得失理。不能说那主任的话说得过分。姜尚清正是因为有了与那主任的那次谈话,才下定了调回故乡凤栖镇的决心。他主动行动,去故乡凤栖镇做好了那里的工作,回西安来,再做调转工作。他自己不用费力,给那主任说说,那主任就会给他解决好。但他心里却总是特别别扭,特别不舒服……那主任在院子里呼应着他,姜尚清听着知道了他的别扭、自己的不舒服,都地集中在那主任身上。

姜尚清别扭那主任,不舒服那主任。而那主任在呼应了姜尚清一句话后,就站在院子里,给洗衣服的袁心初来说他给姜尚清说过的话了。

那主任说:"你的命运是不公平的。"

主任说:"我查阅了你的历史表现,你的人生本质是积极的,是进步的,这你自己最知道。"

主任说:"你只是嫁给了一个国民党的反动军官,做了这个军官的新娘。这是历史事实,你不能抹杀,我也不能抹杀,但一切都会改变的。因为你的思想本质,还是积极的,还是进步的 。我欣赏你在医院的工作,医院里的同志,也都肯定你的工作。"

主任说:"我有能力,让你在今天的现实生活里活得公平起来。"

是个什么样的公平呢?

袁心初心里想得明白,姜尚清心里想得清楚。想得明白的袁心初,不动声色地依然洗着她的衣服,而想得清楚的姜尚清,本来心里就极不平静,当下又受了那主任劳什子话的刺激,他掉转头来,不想看见那主任,却看见了那把劈柴的斧子,此刻正静静地躺在柴火垛上,因为太阳光的照射,锋利的刃口,闪动出灿灿的亮光。姜尚清被斧刃上的闪光吸引了,他走到斧子跟前,弯腰捉住斧柄,握在手里,提着往那主任身边走了过去……姜尚清这一举动,把那主任吓住了,吓得僵在原地,脸白得像一张纸,两片能说会道的嘴唇,突然抖动得像风吹翻的树叶,哗哗地直流唾液……洗衣服的袁心初,并没注意到姜尚清突然的这一举动,但她隐约觉出院子里的杀气,袁心初抬了一下头,这就看见提着斧头的姜尚清,向那主任逼近的气势,她霍地从洗衣盆边跃起身来,扑过去抱住了姜尚清,并责问起了他。

袁心初说:"你要干什么?"

袁心初说:"不值得的!"

袁心初说:"你把斧头放下"。

姜尚清虽然把半条胳膊丢在了抗日战争时的中条山上,但一点没丢他的一身胆气和勇力。他仅只一拧身子,就把抱着他的袁心初甩离他两三米远。

甩离了袁心初的姜尚清说:"我是杀过人了,杀的是日本鬼子。"

姜尚清说:"我不会再杀人了。"

姜尚清说:"我只是要主任把他说的公平,落实得公平了。"

姜尚清这么凶巴巴地说着话,提着亮光闪闪的斧头,从那主任的身边走过,用他在中条山杀鬼子残了的那截断臂,把那主任撞了一下,即把那主任撞得转了一个圈儿。到他再站定时,只见姜尚清的斧头,落在他带来的两根莲藕上,斧起斧落,把两根莲藕,剁成了碎碎的好几段。是这样了,姜尚清似觉还不过瘾,最后举起斧子,竟然剁向了他的断臂。

血!鲜红的血从姜尚清斧剁的断臂上浸了出来,浸透了他半截空落落的袖管,滴答滴答,直往地上流……惊愕了片刻的袁心初,再次扑到姜尚清的身边,此一时刻,她竟忘了自己的护士身份,忘了应该先给自伤了的姜尚清包扎伤口,而是扑进姜尚清的怀里,把断臂上流血如注的姜尚清,拦腰抱住,摇着她的头,把她本来梳篦得整齐的头发,摇得纷纷乱乱。

袁心初说:"你把你砍伤了!"

袁心初说:"你为啥要砍伤你呢?"

袁心初说:"你不该砍伤你!"

姜尚清只在袁心初给他说出这句话后,像他开初一样,非常强横地再次甩脱袁心初,并且扔掉沾着鲜血的斧头,把断臂上半截半空袖管抓起来，使劲地缠在他自伤了的断臂上，不错眼地看向那主任，给他强硬地说了一句话。

姜尚清说："公平！我请你说话算话。"

十三

调回凤栖镇的姜尚清，白天在教室里吃粉笔灰，晚上就回他南街村自己家里夜宿。

轰轰烈烈的"土改运动"中，姜尚清的家产按照当时的政策，在分浮财时，大多数都被分给贫苦百姓了。姜尚清拥护新中国的这一政策，他毫无怨言，不仅没有怨言，而且还感谢在分他家浮财时，给他家留下了村口的一院马房。名为马房，可以想象该是姜尚清家解放前养马的院落了。这是不错的，他们姜家祖居凤栖镇南街村，不仅有数百亩的土地，而且还有自己的生意，他们家的土地需要借助马的力量耕种，他们家的生意也需要马力驮运。土地里耕种的是麦子、玉米、高粱、杂豆，他们把麦子、玉米、高粱、杂豆耕种在村外的土地里，而成熟了的麦子、玉米、高粱、杂豆，则要驮运到远处去。县城是距离最近的地方了，向西还要驮运到宝鸡，向东则要驮运到西安，这可就远了，单程三百里，不借助马力是做不到的。所以姜尚清的祖上，养了多少年的大马，他说不清楚，到他降生在家里记事的时候，睁眼见到的就有一群。土改把一群马都分了，空出一座院子来，就留给他家住了。坚决调转回凤栖镇小学的姜尚清，自然就住在了他家的马房院里。

虽然姜尚清不是一匹马。

不是马的姜尚清，住在他们家的马房院里，什么时候都能闻到一股一股的马骚味，便是夜里沉睡过去，在梦里也能感受到扑鼻的马骚味。不过，姜尚清并不厌弃马骚味，天天闻，夜夜嗅，闻久了，嗅长了，竟然成了一种习惯，闻着嗅着马骚味就能睡得踏实，睡得香甜，睡实睡甜了的时候，还会继续做梦。姜尚清做梦,梦见的总是袁心初,告别了西安市后宰门他与袁心初租住的那个小院,回到凤栖镇自己家里的姜尚清,一晚一夜,做梦就只梦温婉宜人,却还执拗倔强的袁心初。

姜尚清又梦见袁心初了。

姜尚清不敢入眠,他在西安告别袁心初回到凤栖镇来,头一夜就梦见了袁心初,这是姜尚清过去所没有经历过的。他入睡后会做梦,梦这梦那的:他会梦见他在中条山打鬼子,枪林弹雨,尸横遍野;他会梦见他在极恶劣的战斗中牺牲了,牺牲了的他,竟然会生出一对翅膀来,扶风而起,飞翔在星空灿烂的天上……总之,姜尚清的梦,与他参加的中条山抗战有着不解缘分,因此梦里所梦只有袁心初的丈夫、他的首长牛少峰,却绝对没有梦见过袁心初。可他离开了袁心初,调转回到他的故乡凤栖镇,袁心初却从此强横地进入了他的梦里,并且霸蛮地不再离去。

姜尚清梦见的袁心初,是她做新娘时的样子,一袭红色的旗袍,收腰翘臀,极尽性感美艳。她是笑着的,微微地笑着,鼓凸凸的胸前,戴着一朵鲜艳的大红花,红花下飘拂着一条小小的红丝带,红丝带上是金粉写的"新娘"两个字。是的,梦中的袁心初总是不曾变化的新娘。做新娘的袁心初是清晰的,是明确的,但伴在她身边的人是谁呢?是牛少峰。对,是新郎牛少峰。可是过一会儿,牛少峰却模糊了去,代之而来的是另一个人。这个人是谁呢?是袁心初医院的那个主任吗?是他,就是他。这个主任,一副春风得意的样子……梦中的姜尚清不想看到这样的情景,他痛苦地闭上了眼睛,他拒绝看见那主任,可那主任还要给姜尚清显摆,大喊大叫的,说他让袁心初公平了。

梦到这时候,姜尚清都会一个激灵,清醒过来。醒过来的姜尚清,无一例外地是一身汗水。

姜尚清在被窝里,拼命似的摇一下头。他摇头是想赶走他的梦,可他一闭上眼睛,刚刚睡过去,原来做的梦会跟着续上来……姜尚清拿他的梦一点办法都没有,梦就这么一夜一夜地折磨着他,让他夜里睡不好,天明起来,眼睛总是红红的,到学校去,惹得学校的老师都关心他,问他眼睛怎么了?他不好说出原因,就只能搪塞,说他残了一只眼睛,可能受这只残眼的影响吧,这只好的眼睛总是红的。

姜尚清这么搪塞着,把别的老师都搪塞过去了,但有一位叫芸娘的女老师,没信他的搪塞,自己上街,买了杏核凉眼药,在姜尚清下课回到家里的时候,她给他送到家里来了。

原来马房,姜尚清回来后,请人改造过了。他把原来的马房,在房内砌了几道隔墙,卧室、厨房、书房就都有了。他父母种庄稼做生意,都是行家里手,在养育他这个儿子的方法上,也极为讲究,但他们只能在顺境里生活,遇上逆境,就不知道怎么生活了。特别是他的生身老娘,在姜尚清瞒着家里上了中条山抗日,把自己的一只眼睛和一条胳膊废了后,他老娘就受不了,结果把自己愁苦得一病不起,还没等到解放,就撒手而去。他老爸耐不住寂寞,续娶了一房伴儿,后妻解放后不愿跟着姜尚清的老爸受难,向人民政府申请离婚,获批后再嫁了县城一个有头有脸的小干部,撇下姜尚清老爸一个人。老人家熬了没有多少日子,就自己解决了自己。所以,姜尚清从西安调转回凤栖镇,马房院里就也只有他一个人。

芸娘寻到姜尚清改造成家的马房院子来,已是傍晚时分,她看见厨房亮着灯,而且有风箱抽动的啪嗒声,就知道姜尚清在厨房烧晚饭。芸娘就在院子里,本想叫一声姜尚清的,可她把嘴张了几张,没叫出来,就把头发顺手捋了捋,抬脚直接走进了姜尚清的厨房。

十四

厨房里满是烟。

毕竟残后只剩一条胳膊一只手,在灶火烧火,又要添柴,又要拉风箱,姜尚清再怎么忙碌,都无法配合得很好,他是勉为其难的,所以捂出了太多的柴烟。闯进厨房来的芸娘,看见灶火里的姜尚清,只是一团模糊的影子,而姜尚清因为专注于锅眼里的火焰,并没看见闯进来的芸娘。

她一心一意地关注着姜尚清,别人不怎么知道,但芸娘自己是知道的,她知道自己关注姜尚清已有些年头了。

那时候芸娘还小,也就十三岁的样子吧,而那时的姜尚清,应该是不小了,十八岁？十九岁？芸娘不晓得,芸娘只晓得她跟随母亲从老家河南的黄河岸边逃避战乱,一路西来,讨吃要喝,到了西安城里,见到了在西安街头宣传抗日的姜尚清他们。他们演出队十多个人,芸娘不知何故,一眼就认下了姜尚清。演出队集体演唱《离家》和《上前线》,芸娘倚在她娘的身边,手拿着讨来的蒸馍,一时竟忘了吃。她认真地听姜尚清他们演唱,唱一句她记一句,唱一声她记一声,她听了一遍,就把几首宣传抗日的歌曲,差不多记了下来。特别是姜尚清他们演唱的《离家》,芸娘原来没有听过,却像前世就会唱似的,在姜尚清他们演唱的时候,她竟然跟着他们也唱了起来：

　　　　泣别了白山黑水,
　　　　走遍了黄河长江。
　　　　流浪、逃亡,
　　　　逃亡、流浪,
　　　　流浪到哪年？
　　　　逃亡到何方？
　　　　……

跟着姜尚清他们演唱《离家》,也不知芸娘自己能理解多少,但她一定能想到逃难路上的辛酸和悲苦。芸娘把自己唱哭了,她抬头看娘,娘比她哭得更伤心。芸娘没等姜尚清他们把《离家》唱完,就手举着她讨来的半个蒸馍,从围观的人群里挤进来,挤到正演唱《离家》的姜尚清他们前面,也不拐弯,直接走到姜尚清身边,把她举在手里的半个蒸馍,踮起脚来,举得很高,一心要献给姜尚清吃。

芸娘说:"我就只有半个蒸馍。"

芸娘说:"是我讨来的。"

芸娘说:"我讨来就给你。"

姜尚清他们演唱宣传抗日,在西安街头,遇到过各种各样的状况,但逃难的芸娘给他们献来半个讨来的蒸馍,这还是头一次。就是这个朴素的头一次,因为真诚真挚,使演唱现场的气氛达到了一个无法预测的高潮。姜尚清他们演唱得更悲伤、更忧愤,而围观的人群都流着泪,呼应着姜尚清他们的演唱,大家高呼,"团结抗日,打倒日寇!"

姜尚清俯身下来,在芸娘乱糟糟的头发上摸了摸,而后蹲下身子,把芸娘搂在怀里,接过她手里的半个蒸馍,一点一点地喂进了芸娘饥饿的嘴里。

此后的一段时日,姜尚清他们在牛少峰的带领下,不管到西安城的哪里出演,只要他们演唱的声音响起,不一会儿,芸娘都会撵着他们来,跟着他们演唱。

姜尚清跟着牛少峰要上中条山抗日去了。他们在出发的那天,芸娘躲在送行的人群里,一直送着,送出很远很远,直到绝大多数送行的人都停下了送行的脚步,芸娘依然没有停步,她坚持送着,直到送得看不见去抗日的姜尚清他们,芸娘才怅怅地收住了脚。

过去的一切,姜尚清是记得的,但他认不出现在的芸娘,就是那个在西安街头给他献馍的小姑娘。

姜尚清更不知道给他献馍的小姑娘,后来又去了哪里?生活得怎么样?

芸娘跟着她娘,在西安城流浪了些日子,像许多逃难来到陕西的河南人一样,继续沿着陇海铁路向西流浪,母女俩流浪到了凤栖镇,母亲填房给一个流浪到此的货郎,那货郎有个儿子。他们虽然同为乱世沦落人,但货郎的儿子却霸蛮得可以,他把自己该有的吃食吃了后,总要去夺芸娘碗里的,惹得芸娘除了哭还是哭。

伤心哭泣的芸娘,一次哭过后,可能想起了在西安城演唱宣传抗日的姜尚清他们,便独自个儿去凤栖镇的街头,小声地哼唱起了《离家》:

看!
火光又起了,不知多少财产毁灭!
听!
炮声又响了,不知多少生命死亡!
哪还有个人幸福?
哪还有个人安康?
谁使我们流浪?
谁使我们逃亡?
……

芸娘如泣如诉的吟唱,被一位穿长衫的过路人听见了,他走到芸娘跟前,问了芸娘的身世,这便领着芸娘,去了在凤栖镇三姓人家共享的祠堂里开办的图存新学,插班在新学的三年级,成了众多东北、华北流亡到此的学生中的一员。

在图存新学的学习,彻底改变了芸娘的命运。

解放后,图存新学改名为凤栖镇小学,芸娘哪儿也没去,自愿留在学校,做了学校的音乐老师。

音乐老师芸娘,像那个时代的女性青年一样,都怀有一颗崇拜英雄的心。在凤栖镇小学努力工作的芸娘,经常会想起姜尚清,那个她在西安街头结识,给他献过半个蒸馍,最后又搀着他送他东去中条山抗日的小伙子,扎根在了她的心里,是她所能想到的最具体、最亲近的英雄。命运真是不错,姜尚清突然就回凤栖镇来了,而且还进了凤栖镇的小学,像芸娘一样,做了一名小学老师。

芸娘把这当作了缘分,一个天降的缘分呢!

十五

芸娘蹲在了烧火的姜尚清身边,伸手把灶台的火,用一根火棍拨了拨,火烧得大了起来,而烟气却小了许多。

拨旺了锅眼里的火,芸娘随即站起来,揭开锅盖,顺手从旁边的水缸里舀了半瓢水,添在了热气腾腾的铁锅里。

芸娘给姜尚清说:"多一个人,多一碗水,你说呢?"

姜尚清没有说啥,在他烧火做饭的厨房里,突然闯进来个老师芸娘,让他还是吃惊不小。他呆在灶火里,盯着芸娘老师看,看她给锅眼里添柴拨火,看她给锅里添水下菜……是的,姜尚清准备的晚餐就是一个蒸馍一碗汤,汤里要打一个鸡蛋,要下一把菠菜,这他都预备好了。芸娘老师来了,说多一个人,多一碗水,她这是和姜尚清商量吗?没有,她没和姜尚清商量,她这么说了,也这么做了,她是自觉的,更是主动的,很有些她说她做主的意味。

在凤栖小学的校园里,大家见了面,是都要互称老师的,姜尚清自然管芸娘老师叫芸娘老师了。他发现芸娘老师是大方的,而且温柔多情,教学工作也不含糊,总是走在前头,这使他尊重敬佩芸娘老师。但此时此刻,芸娘老师撵到他的家里来,他想不明白,她这是要做什么。

姜尚清想归想,并不妨碍芸娘老师手脚利索地烧汤馏馍。她在烧汤馏馍的间隙,还飞快地洗了一个胡萝卜,动作熟练地切成丝,调了油泼辣子、盐和醋,备在案板上,等着汤熟馍热,就和姜尚清一起吃晚饭了。

芸娘的自觉和主动,让姜尚清更加手足无措。芸娘把筷子和凉拌胡萝卜端出厨房,端到院子的石桌上,回头再回厨房把两碗鸡蛋汤和馏软的两个蒸馍,也端到院子里的小石桌上。芸娘招呼姜尚清了。

芸娘说:"姜老师,来喝汤啊。"

听到芸娘的招呼,姜尚清才挪步到小石桌前坐下。此前,他看着自觉主动的芸娘,被动得不知往小石桌前坐。

在小石桌前坐下了,姜尚清却还被动地不知捉筷子拿馍,是芸娘拿起一个馏软的蒸馍,顺势掰成两半,一半她拿着,一半举着送到姜尚清的手里。是这一个动作,让姜尚清有所觉悟,模糊地想起他在西安街头宣传抗日的一个情景。他把眼睛睁大了,睁大了眼睛去看给他手里送馍的芸娘。

芸娘看懂了姜尚清眼睛里的内容,她说:"姜老师想起啥了?"

姜尚清结巴起来,说:"在西安……抗日……《离家》……"

芸娘说:"姜老师记性好,你们演唱《离家》,而我就是个离家的人,你们把我唱哭了。"

深秋时节的傍晚,有凉凉的风吹来,带着庄稼成熟的淡香,还有一轮圆月,像新涂了一层水银的镜子,从一片云朵里钻出来,照在姜尚清的马房院子。院子里亦如新涂了一层水银似的,洁净而清亮,芸娘抬了抬头,她借景说了一句话。

芸娘说:"今晚的月亮真圆啊。"

姜尚清受了芸娘的感染,也抬起头来看月亮了。他把月亮看了一眼说:"有个人,你应该也认识。"

芸娘说:"谁呢?"

姜尚清说:"袁心初。"

芸娘说:"是你们抗日演唱队的领唱吗?"

姜尚清说:"是她。"

芸娘说:"她不是嫁给你们抗日演唱队的队长了吗?她送你们队长上前线,我是看见了的,一套红色的旗袍。在那一天,不只是我,西安城的人都被她吸引了,她可真是漂亮好看哩!"

姜尚清被芸娘的描述鼓舞着,几乎都要激动起来了。他说:"可她……"

芸娘快人快语,说:"她怎么了?还好吗?"

姜尚清说:"很难说好。"

芸娘听出姜尚清的话中话,说:"你操心着她?"

姜尚清说:"能不操心吗?"

此后的日子,芸娘都要到姜尚清居住的马房来,来了给他做饭,洗衣服洗被褥,做着这些家务活的时候,芸娘自然要与姜尚清拉话了。姜尚清很清楚地听出芸娘的心声,芸娘没什么顾忌的,芸娘要照顾他,照顾他一辈子。对此,姜尚清是感动着的,但也难堪着,他没给芸娘松口,在芸娘每次把话说到这个方向的时候,他都会提出袁心初。

袁心初成了姜尚清拒绝芸娘的一面挡箭牌。

姜尚清说:"咱都说了,我得操心袁心初。"

芸娘听得出来,姜尚清说的只是一句托词,所以芸娘依然故我,要到姜尚清的马房院里来。她来了眼里都是活,手里都是活,把姜尚清照顾得真叫一个无微不至、周到熨帖。

凤栖小学以及凤栖镇街道上的人,长着眼睛都看到了,所以就言三语四、七嘴八舌,说什么话的都有,有说芸娘老师眼睛没瞎吧?咋就死心眼一个,看上个少眼缺胳膊的。当然还有说芸娘老师心肠好,人善良,姜老师残了一只眼睛,缺了一条胳膊,还不是为了打鬼子残了的!姜老师有资格享受芸娘老师的照顾。

这些话,芸娘老师都听到了,姜尚清老师也听到了。

芸娘老师听到了什么话都不说,依然照顾着姜尚清,而姜尚清听到了,就要给芸娘说了。

又是一个圆月挂在天边的傍晚,芸娘给姜尚清烧好晚饭,他们一起在院子里的小石桌上吃着,姜尚清就给芸娘说上了。

姜尚清说:"芸娘老师,学校和街道上的人说咱俩哩。"

芸娘说:"我听得见。"

姜尚清说:"我觉得大家说得有道理,我一个少只眼睛、缺条胳膊的残疾……"

芸娘没让姜尚清说完,就插进来话说:"你是为了打鬼子少了一只眼睛,缺了一条胳膊的。我从河南逃难到陕西,我知道你的牺牲不是只为你,而是为了民族的解放、人民的幸福。"

芸娘说得义正词严,姜尚清接不上话了。

没话可接的姜尚清,就又说起了袁心初。姜尚清正说着袁心初的当口,顶着一头月光的袁心初,寻到姜尚清的马房院里来了。

袁心初的到来,给姜尚清解了大围。

十六

姜尚清来给芸娘和袁心初互做介绍了。

姜尚清先给芸娘介绍袁心初。他说:"芸娘老师知道你,我们一起说话,她还惦记着你。"

姜尚清向芸娘介绍了袁心初后,接着又向袁心初介绍芸娘了。

姜尚清说:"你才来,但你应该是认识芸娘老师的。我们在西安组织抗日宣传演出,那个手里举着半个蒸馍的女子,可就是现在的芸娘老师呢!"

在介绍芸娘老师时,姜尚清多说了一句话。他说:"我们都在凤栖镇小学当老师。"

姜尚清给芸娘和袁心初相互介绍着,他介绍仔细认真,并且还有点兴奋开心。可是她俩,却都矜持得可以,在姜尚清介绍到她俩谁时,谁都只是点点头,轻轻淡淡地问一声对方好。

袁心初回答芸娘老师说:"你好。"

芸娘也回答袁心初说:"你好。"

她俩的这一份矜持和客气,自己是清楚的,而姜尚清也不糊涂。相互间保持着谁都不愿明说,而且也说不明白的距离……她俩在凤栖镇相处了几天。几天时间里,芸娘带着袁心初,不仅走遍了凤栖镇四条街,还去了凤栖小学,两位与姜尚清都有那么点瓜葛的女人,即便是如此亲近地相处了几天,也都没有把她们存储在胸怀里的那点心思说出来。

袁心初就要回西安了,芸娘借故学校有课,没有来送,所以只有姜尚清来送了。

那个时候,凤栖镇没有通班车,袁心初必须赶去扶风县城,搭上班车,转道降帐火车站,才能坐上火车回西安。姜尚清本可以借辆自行车驮着袁心初去扶风县城的,但他怕他一条胳膊把握不稳自行车,就徒步陪着袁心初走了。正是庄稼成熟的时节,姜尚清陪在袁心初身边,要走二十多里土路的,土路上两边,有红了穗的高粱,有裂开身子的玉米棒子,还有低垂了脑袋的谷子和糜子……袁心初抗日时从北京流亡到西安,始终生活在大城市里,很少下到农村来,这时与姜尚清双双走在乡间的土路上,看见一路的高粱、玉米和谷子、糜子,她觉出了新鲜,因此问了姜尚清许多田舍的事。袁心初问得仔细,姜尚清回答得认真,不知不觉地就到了扶风县城,赶上了一趟班车,他们就要分手了,袁心初才给姜尚清说了几天来她想要说的话。

袁心初说:"你就不要管芸娘'老师''老师'地叫了。"

袁心初说:"芸娘对你是真心的,她人好心更好!"

袁心初给姜尚清说这话时,她已坐进了班车里,是坐在位子上摇开一扇车窗玻璃,把头伸出窗外给姜尚清说的。她刚说罢,还等不及姜尚清回话,班车即吼叫着转动了胶皮轮子,呼哧呼哧向前蹿了去。

袁心初是回西安去了,而芸娘仿佛生了一双顺风耳,她听见了袁心初给姜尚清说的话似的,她到姜尚清的马房院子来得更勤快了,照顾姜尚清也更加细微了……恰在这个时候,台湾海峡的风潮激烈了起来,这从报纸上看得到,也从广播上听得到,退居台湾的蒋介石,借助美帝的势力,大力叫嚣要反攻大陆!

姜尚清因此又做梦了。

姜尚清梦见了牛少锋,国民党军官牛少峰一身笔挺的军装,英姿飒爽、精神抖擞……他伸出双臂,从台湾岛伸过来,伸过了浪涛汹涌的台湾海峡,伸向了一袭红绸旗袍的袁心初,而袁心初一脸的喜气,她脚穿同为红色的高跟鞋,迎着牛少峰伸向她的双臂,奋勇地奔跑着,原来盘在脑后的长发,被风吹散了,飘飘荡荡,仿佛一面迎风的旗帜。他们是久别的夫妻,一个向另一个高声地喊着话。

牛少峰喊:"心初心初,我的新娘!"

袁心初喊:"少峰少峰,我的新郎!"

牛少峰和袁心初的叫喊声,把梦中的姜尚清喊叫醒来了。醒来后的姜尚清,不知他的梦是吉是凶。他不敢想,又不能不想,这么糊里糊涂地想着,便又睡了过去。睡过去的姜尚清不由自主地又做梦了。这一回的梦里,没有了牛少峰,只有身在西安的袁心初。

姜尚清梦见袁心初好孤单、好凄楚,她被医院的那个主任揪出来了,揪到了西安城的大街上。他声严色厉地揭露袁心初,说这个女人是阴险的,她的男人是国民党的反动军官,她是受她男人派遣潜伏在西安城里的国民党特务,大家一定要擦亮眼睛,狠揭猛批袁心初,使她这个女特务的阴谋诡计,完全彻底地失败掉!

有了这一梦,姜尚清在凤栖镇待不住了,哪怕多待半分钟,就觉得身在西安城的袁心初会出大事,有大难。姜尚清给学校请了假,马不停蹄地向西安去了。在西安城的大街上,让姜尚清吃惊的是,他梦里的情景,就在西安街头真实地上演着,袁心初医院的那个主任,穷追猛打地追求着袁心初,然而正是他,口口声声要给袁心初公平的他,指使两个满脸怒气的青年,反剪着袁心初的双手,狠揪着袁心初的长发,从他们医院的大门里出来,游行在了人山人海的大街上。

姜尚清知道他在大街上,面对被批斗的袁心初,是不能有任何帮助的。他悄悄躲开游行的人群,去了袁心初租住的后宰门,静静地等在那里,直到华灯初上,这才等回了袁心初。总是保持自己整洁和风度的袁心初,此刻是另一个样子,她衣衫不整、头发凌乱,踉跄着走在昏暗的路灯下,趔趔趄趄,仿佛随时都要倒在大街上似的……姜尚清迎上去了,他心疼并暖心地叫着她。

姜尚清说:"心初,袁心初。"

姜尚清只是轻轻地一叫,袁心初就如没了筋骨似的,往一边倒了下来,姜尚清赶紧扶住她,把她扶进他们过去租住的地方。没有吃,没有喝,他帮助袁心初简单地收拾了一下,这便又扶着袁心初去了西安火车站,一起回了凤栖镇。

十七

姜尚清把媳妇领回来啦!

凤栖镇上的人,见到袁心初伴在姜尚清身边进了他的马房院,就喜鹊炸窝似的议论开了。这之前,凤栖镇的人虽然见过袁心初,但姜尚清并没有给谁宣扬她是他的啥,现在跟伴他再进他的马房院,他仍然没说袁心初是他媳妇儿,而袁心初自己也没说她是姜尚清的媳妇儿,然而富有经验的凤栖镇人,在他们的头脑里盘盘旋旋,即坚定地认为,姜尚清和袁心初成就了他们应有的夫妻关系。凭什么呢?就凭姜尚清对袁心初的那一份关爱,还有袁心初对姜尚清的那一份依恋,他俩恩恩爱爱,他俩是一对儿。

凤栖镇上人议论:"瞧人家姜尚清的媳妇,细皮嫩肉的,多白净啊!"

凤栖镇上人还议论:"那叫洋气!懂吗?人家姜尚清的媳妇太洋气了!"

所有的议论,一字不落地钻进了姜尚清和袁心初的耳朵。他俩听了,虽然尴尬脸红,却从来都不辩驳,当着凤栖镇人的面,他俩坦然大方,而且还表现出夫妻才会有的那一种亲昵。

出入在一个院子里,姜尚清和袁心初需要凤栖镇人的这种议论。他俩知道,这是一种掩护,一种对袁心初最好的掩护。在这个议论的掩护下,袁心初安然地度过了民主改革运动、文化教育战线和知识分子思想改造运动、肃清反革命运动、整风和"反右"运动,以及后来的社会主义教育运动,甚至规模更大、范围更广的"文化大革命"运动,平平安安地迎来了拨乱反正后的改革开放。望眼欲穿的姜尚清和袁心初,密切关注着台海关系的变化,直到1987年底,两岸开放了台籍人员探访大陆亲属的通道,国民党老兵纷纷踏访大陆,寻找他们的亲人……这样的讯息,在报纸上找得到,在广播上听得到,在电视新闻里也看得到,这给了姜尚清和袁心初极大的期望,期望牛少峰成为国民党老兵探访大陆人群中的一员,健健康康、精精神神地站在他们面前。

像姜尚清和袁心初一样,等待牛少峰早回大陆探亲的人还有芸娘。

袁心初小鸟依人地跟随姜尚清住进了他的马房院,不论凤栖镇上的人怎么议论他俩,把他俩议论成了恩恩爱爱、卿卿我我的一对儿,芸娘却不这么认为。她在袁心初住进姜尚清马房院子之初不几日,就看出了他俩的关系,并不是凤栖镇人议论的那样。他俩表现出的恩爱、卿卿我我,都只是知己朋友的一种真情流露。芸娘为了证实她的猜测,她不管袁心初住在姜尚清的马房院,依然还像她过去一个样,不断到姜尚清的马房院里去。

来来去去,时间久了,芸娘和袁心初,竟然成了非常要好的朋友。

芸娘忘不了,袁心初自然也忘不了,在袁心初住进姜尚清的马房院子几年后,袁心初和姜尚清担着夫妻的名声,却没有任何夫妻的举动,这让袁心初想着,常常地想着,觉得不是个味儿,就起心把自己交给姜尚清,让他实实在在担一回丈夫的名。

袁心初所以起了这个心,不是她要忘记杳无音信的牛少峰,而是觉得姜尚清太亏了。他抗战瞎了一只眼睛,断了一条胳膊,到了和平年代,别说他是一位抗日致残的英雄,便是一个普普通通的男人,也该享受一个男人的生活啊!而且他又不是享受不着,多么宜人温暖的芸娘啊,她善解人意,始终如一地痴情于姜尚清……袁心初这么想着,想的时间一长,就觉出了自己的自私自利,她要把自己交给姜尚清了。

袁心初选了一个初夏的星期天,她约了芸娘,却并没有告诉她实情,只是拉着她,在凤栖镇的街市上,割了一条子猪肉,还有葱、蒜、辣椒、西葫芦等几样菜蔬,回到马房院子来,要芸娘给她帮忙,准备一顿平日难见的酒席,一块儿好好吃一顿。

芸娘奇怪袁心初的动议,问:"不过年不过节的,这是为啥呀?"

袁心初说:"别多问,到时候你就知道了。"

芸娘心里奇怪着,她就想这想那的,想了许多,怎么都没想到,袁心初起心是要把自己交给姜尚清了。傍晚时分,芸娘帮着袁心初,把买回来的肉肉菜菜烧出来,端在了院子里的石桌上,又打开一瓶红标西凤酒。袁心初给芸娘说了,她让芸娘陪着姜尚清,先在石桌旁坐着,她要回房子里去一会儿,出来好好吃喝一顿。

回到房子里的袁心初,把她压在箱底里的那件红绸绣花旗袍翻了出来,脱了身上的衣裳,小心地穿起来……房子里有一面不大的圆镜子,袁心初把镜子拿在手上,把穿着红绸旗袍的自己,前前后后照了照,她发现压在箱底的红旗袍,穿在她的身上,还是那么合身,她发现自己突然年轻了有十岁!穿上红绸旗袍的袁心初,在镜子里看着自己,唯觉她披散的头发,与身上的旗袍很不协调。因此,她坐在镜子前,伸手到脑后,仔仔细细地把头发捋直,仿佛燕子归巢般,光光亮亮地盘了起来。脚蹬上她许久没有穿过的一双高跟皮鞋,揭开门帘娉娉婷婷、袅袅娜娜地往小石桌前走来了。

看见袁心初的姜尚清吃惊地愣了起来。

还有芸娘,也被袁心初的样子惊呆了。

袁心初走到小石桌前,端起一杯酒,也要姜尚清和芸娘端起酒杯……芸娘糊涂了,她听话地端起酒杯,恍恍惚惚地开了口。

芸娘说:"袁心初啊,你把旗袍穿上了?你穿上旗袍真好看!"

袁心初凄然地笑了一下。

芸娘继续说:"你送牛少峰上中条山抗日那天穿的就是这身旗袍吧!我不会看错,你穿旗袍美极了,原来就美,现在更美。"

袁心初把芸娘的话接过来了。她说:"我那时身穿旗袍,是做牛少峰的新娘穿的。"

袁心初说:"今天我穿旗袍,是又要做新娘了!"

芸娘是不解地问:"做新娘?"

姜尚清已经有些明白过来,他说不出话来,偏过脸去,不敢看袁心初,而是把他的目光求救似的看向了芸娘。芸娘被姜尚清这一看,看得她也明白了过来。明白过来的芸娘,脸颊泛出了一抹红晕,她感觉得到脸上的烫热,她嘴不由心地把姜尚清说不出来的一句话,帮他说了出来。

芸娘说:"新娘!好啊!给姜尚清做新娘!"

袁心初重复着芸娘话说:"给姜尚清做新娘。"

姜尚清拒绝了。他说:"袁心初,你是做了牛少峰的新娘的。牛少峰他会回来的,你要相信他,也要相信你自己。"

姜尚清说罢,霍地站起来,转身走出了他的马房院。在凤栖镇的街道上,姜尚清像没头蜂一样,转了不知多长时间,这才回到他的马房院子来。

姜尚清这次回来,让他看到的情景,依然使他要吃惊了。

原来穿在袁心初身上的红绸旗袍,现在穿在了芸娘的身上。

姜尚清不知道,两个他命中的女人,在他走出马房院子后,敞开心扉,认真地谈了她们自己,也谈了姜尚清,她俩意识到,姜尚清不会让袁心初做他的新娘的。那么芸娘呢?姜尚清有理由拒绝袁心初,他还有理由拒绝芸娘吗?芸娘全身心地爱着姜尚清,而姜尚清拒绝她,并不是姜尚清不爱芸娘。他俩同在一所小学教学,有共同的事业,且又相互理解、相互支持、相互关心,姜尚清像芸娘一样,也是爱着她的。相互爱着,不能坦坦荡荡地成为一家,都是为了保护袁心初。现在的形势变了,而芸娘爱着姜尚清的心没变,当然姜尚清爱着芸娘的心也不会变,而姜尚清与芸娘心照不宣共同保护袁心初的历程,更加加深了他们的感情基础。她俩谈论的结果是,袁心初脱下身上穿着的红绸旗袍,把它穿到了芸娘的身上。

换穿上袁心初红绸旗袍的芸娘,精神面貌真是焕然一新。走回马房院的姜尚清,吃惊着他眼前变化,他有话说了。

姜尚清说:"芸娘是该穿一回红绸旗袍哩!"

十八

杳无音信的牛少峰有音讯了。

赶在1990年抗战胜利四十五周年的前夕,省统战部到市统战部再到县统战部,呼啦啦来了好几个人,他们西装革履地来到凤栖镇,在镇上干部的陪同下走进了姜尚清的马房院。见到袁心初,以及姜尚清和芸娘,他们告诉袁心初、姜尚清和芸娘,牛少峰从台湾回来了。回到西安的牛少峰,找到了派遣他去台湾的上级组织领导,恢复了他共产党员的身份……牛少峰舟车劳顿,年龄又大了,不想风尘仆仆地就来,他要在西安休整两天。

喜讯传来,袁心初魔怔了似的,呆呆地木了好一阵,木着木着就突然地放声号哭起来。

陪在袁心初身边的芸娘,把袁心初迅速抱起来,她是想劝袁心初,结果话未说出,她跟着袁心初也撕心裂肺地哭了,哭得如袁心初一般,都成了泪做的人儿了。

回到西安的新郎牛少峰没有让袁心初多等,他在袁心初知道喜讯的第二日清早就乘坐着一辆商务车,风驰电掣地赶到了凤栖镇,见到了他久别重逢的新娘袁心初。

新娘袁心初和新郎牛少峰见面的地方,就在凤栖镇的十字街上……几十年的离别,几十年的相思,牛少峰的心里,不能忘记的永远是新娘模样的袁心初,而新娘袁心初心里又何尝不是新郎模样的牛少峰呢?新娘袁心初身上的一袭红绸绣花旗袍,是他们新婚时的旧物,新郎牛少峰身上的一套中山装,不也是他们新婚时的旧物吗?周原上无休无止,吹拂着的微风,把牛少峰中山装的衣角吹翻了起来,袁心初可以想象,她身上穿着的红绸绣花旗袍,也是一定被风吹得卷起了角……一步一步,牛少峰和袁心初在凤栖镇的乡亲们见证下,走到了一起,他俩手拉上姜尚清,还有芸娘,相互拥抱着,很久很久。

一场丰盛的团聚宴就在西安城人民大厦的中餐厅里开始了。新娘袁心初、新郎牛少峰,还有姜尚清和芸娘,他们酒一杯杯地喝着,菜一口口地吃着,牛少峰提议,中华民族抗战胜利四十五周年,咱们有必要庆祝一下。

袁心初、姜尚清和芸娘都赞同了牛少峰的提议。

到了抗日战争胜利纪念日里,四个从抗日战争的血与火里走过来的人,走上了西安城的街头,牛少峰和姜尚清各自着一身军装,而袁心初和芸娘,又都是一袭红绸旗袍,他们手挽着手,从西安城的南门走进来,走过了南大街,转过了钟楼,又走上东大街,一直地走着,走过牛少峰、姜尚清他俩当时走出的东大门,他们就是从这里走向中条山抗日战场的……当年走着时,西安城万人空巷,他们高唱着抗日的歌曲。数十年后的今天,他们为了纪念抗日战争的伟大胜利,再次走在了当年他们走过的西安城,他们唱起了当年唱过的抗日歌曲《大刀向鬼子们的头上砍去》:

大刀向鬼子们的头上砍去!
全国的弟兄们!
抗战的一天来到了,
抗战的一天来到了!

他们把西安城轰动了!万众千人听着他们的高声歌唱,纷纷拥向了他们,跟在他们的身后,与他们一起高唱起来:

大家高唱的还是《大刀向鬼子们的头上砍去》:

前面有东北的义勇军,

后面有全国的老百姓,

咱们工农军队勇敢前进,

战胜全部敌人!

把他们消灭,消灭,消灭!

这次抗战胜利日游走西安城,成了牛少峰和袁心初、姜尚清和芸娘他们坚持了多年的一个仪式。此后的1995年、2000年、2005年,他们都要像那次一样,牛少峰、姜尚清着一身军装,袁心初、芸娘着一袭红绸旗袍,在西安城沿着他们抗战走过的街道游行一遍。

1990年的游行,牛少峰和袁心初,姜尚清和芸娘,在人们的簇拥下出了东大门,在那里,牛少峰突然转身,把身穿红绸旗袍的袁心初抱住了,牛少峰给抱在他怀里的袁心初说了。

牛少峰说:"当年送我打鬼子,你是我的新娘!"

袁心初说:"我是你的新娘。"

牛少峰说:"永远的新娘!"

旁边的姜尚清和芸娘,幸福地看着他俩,跟着他俩的话也说了。

姜尚清说:"永远的新郎!"

芸娘说:"永远的新娘!"

十九

永远的新娘袁心初、永远的新郎牛少峰,成了我的朋友,我尽职尽责地报道了他们,同时还从他们的记忆里,知道了许多鲜为人知的人和事。他们为我打开了一扇窗口,我有了充足的情感,还有了十足的情怀,我追踪他们为我提供的线索,义无反顾地跨过黄河,走进中条山,走向了像新娘袁心初和新郎牛少峰他们一样的英雄。他们是新娘袁心初和新郎牛少峰怀揣在心里,念叨在嘴上的尚云师父和他的徒弟温玉让,以及草儿们。

  我不能有丝毫的懈怠,我把壮写英雄的笔触,落墨在了他们几位身上了。

中篇 废戒

一

"这是一块肉，一块从我手心剜下来的肉，你把它吃了。"

听了牛少峰与袁心初他们的回忆，我去了韩城，在黄河巨涛喧天的禹王庙拜访了果信法师，而果信师父的俗家名字，就是这部作品里的一位主人公温玉让。现在住持禹王庙的他开口就给我讲了起首那句话。他说事过六十多年，师父尚云当年给他说的话，还像惊雷一般轰响在他的耳畔，让他不敢回想，但又不能不去回想，尚云师父让他吞食他从自己手心剜下的肉，目的清楚明了，就是要他废戒的。

尚云师父让他废戒做什么呢？师父没说，果信法师说他知道，师父是要他去杀日本鬼子的。

妄言三个月亡我中国的日本鬼子，于1937年7月7日发动卢沟桥事变后，在不到二十天的时间里，攻陷华北重镇北平、天津。骄狂的日军以此为契机，兵分两路，南下北进。虽然战局的发展，证明日军"三月内灭亡中国"的叫嚣不过是狂犬吠日、痴人说梦，但侵略者攻城略地的速度还是罕见的。数月之间，华东日军先后占领了上海、常州、扬州、芜湖、徐州、杭州……我江南半壁江山，在日寇的铁蹄下呻吟。12月南京沦陷，国民政府仓皇退守武汉。日本鬼子在制造了惨绝人寰的南京大屠杀后，迅速向中原蔓延；而华北日军则沿着长城一线，越过冀中平原，进入山西境内，9月15日攻下大同，11月占领太原。此前此后，英勇的中国军队在平型关、忻口、娘子关等处，也组织了几场大规模的阻击战，使日军损兵折将，但却未能灭其气焰。1938年初，日寇控制了同蒲铁路，黄河两岸的临汾、运城、永济、平陆等地，相继失守，3月下旬，日军的牛岛、川岸师团，兵临黄河，图谋西进……尚云师父其时为禹王庙的住持，果信是尚云师父最为看重的徒弟。他们师徒虽身在佛门清净之地，但也耳闻着日寇侵略我们国家的种种暴行，他们如一切有血性的中国人一样，义愤填膺，恨不能脱

中篇　废戒

下裹身的袈裟,到抗击日寇的前线上去,杀敌报国。

日本鬼子陈兵黄河,他们耀武扬威,打冷枪、放冷炮,住持禹王庙的尚云师父和他的徒弟果信听得见,也看得到。他们同时看到的还有像是鹞鹰一样的铁家伙,从黄河东岸不知什么地方飞起来,直扑黄河西岸,掠过禹王庙的上空,向远处的渭南城、西安城、宝鸡城而去。凶恶的鹞鹰每飞临禹王庙一次,尚云师父和徒弟果信就会听说,渭南城被炸了,西安城被炸了,宝鸡城被炸了。炸弹爆炸霎时的巨响,像鬼叫一般可怖,炸弹炸得一条街墙倒房塌,炸得一街人腿断胳膊断……尚云师父不会飞,他要能飞得起来,就从禹王庙直飞起来,拦截住日寇那鹞鹰似的钢铁怪物,就在黄河上空,搏杀个你死我活。遁入佛门半个多世纪,已近八十高龄的尚云师父,没有飞天的本事,他拿日寇的轰炸没有办法,就只有在他住持的禹王庙里,比以往更勤奋、更专注,也更虔诚地做早课、午课、晚课,引领果信他们一班徒弟,焚香念佛,期望可以感化日本侵略者,使他们放下屠刀,同时期望被日本鬼子和他们的飞机屠杀的中国百姓,能够超度重生……一心向佛的尚云师父,甚至还烧香给远古的圣人禹王爷,期望他老人家像他当年治理水患,救民于苦难一样,施展魔力,治理凶恶的日本鬼子!

挥舞着屠刀的日本鬼子,可不就是一股残害百姓的洪水猛兽!

公元1938年农历的二月初二,龙抬头的日子,禹王庙一年一度的龙王大会如期而至,四乡八村的百姓,还像往年一般,蜂拥着来为禹王爷过会了。

禹王爷是谁呀?他是远古时的圣王哩。那时普天之下,皆为水泽,老百姓苦不堪言,是禹王爷带领大家三过家门而不入,舍生忘死,治理水患,天下百姓才有了安居乐业的好日子。禹王爷在治水的过程中,他在水患最为严重的禹门口,举起开山巨斧,在波涛中劈开一道山口,引导黄河之水,千里万里,直接注入大海……禹王爷的恩德,谁能忘记?谁敢忘记?还有一个传说,在禹门口流传着,说是生活在黄河大浪里的鲤鱼,在禹王爷庙会的这一天,都会集体来跃龙门,哪条鲤鱼跳得高,侥幸跃过龙门,它就会变成一条金光闪闪的活龙,而跃不过龙门的鱼,就只能还是一条挣扎在浪涛里的鲤鱼。所以,在庙会期间,来禹门口观看鲤鱼争跃龙门的景观,是很吸引人的。而前来观看鱼跃龙门的人,又多是读书之人,大家散在禹门口上,列席置酒者有之,琴瑟鼓乐者亦有之,此外还有焚香祷告的人,大家面熟点,神秘地打个招呼,如不相识,就只相视一下即可。大家都有自己的心事,就是以目相视,关注着禹门口争跃龙门的群鱼,从中找到一只可心的鲤鱼,把自己的心中所愿,寄托给这只鲤鱼,希望这只鲤鱼能够脱颖而出,跃过龙门,那他自己就也会如跃过龙门的鲤鱼一样,便是不能化龙,也是会有一个光辉灿烂的前程的……清朝的乾隆年间,家在禹门口不远处的士人王杰,就在二月二的禹王爷庙会上,前来禹门口观鱼,他把自己的心愿寄托了一条黄河鲤鱼,他不仅琴瑟鼓乐,为身负他所寄托的鲤鱼加油鼓励,并还为那只鲤鱼现场赋诗激励。

诗曰:

峡谷翻波跃龙门,黄汤如练倾似盆。
才辞水殿迎风浪,又作天骄攀长虹。
纵是万千锦鳞新,只需一尾点朱印。
未知极乐凌霄花,作别浮尘前路雄。

王杰为他作的这首律诗起名《鲤鱼跃龙门》。此后的日子,他自己也确如跃过龙门的那条鲤鱼似的,参加科举考试。先在地方乡试,再赴京城会试,最后又在皇帝的眼皮子底下殿试,每试必中,被乾隆皇帝朱笔一点,高中了状元,骑大马,戴红花,于京城之中光光彩彩地夸了街后,回到故乡来,把他作的《鲤鱼跃龙门》诗稿,拿到禹门口上来,点火烧着,祭奠了那条黄河鲤鱼。

这个故事传说着,越传越神,不仅禹门口附近的学人士子要来,许多怀揣梦想的他乡学人士子,千里万里地也要来,观看鲤鱼跃龙门,寄托自己的雄心大志。所以,二月二的禹王庙大会,禹门口列席置酒、琴瑟鼓乐、焚香祷告的学人士子,才不管日本鬼子的逼近,依然蜂拥而来,聚集在地势狭窄的禹门口上,展现出一种彻底的抗日精神。此时此刻,激流中的鲤鱼,好像也比往年活跃,在波涛里跳跃得更为欢实。

与禹门口上观看鲤鱼跃龙门的学人士子遥相呼应的,是禹王庙前看热闹的人群,他们熙熙攘攘,如江涛翻滚,似海潮翻卷……大家所以聚集在此,目的只有一个,迎接神圣的禹王爷出庙巡游了。

这是禹王庙庙会的重头戏,年年如此,但这一年来的人更多,仪式也更隆重。所以如此,大家嘴上不说,却都心照不宣,众志成城,表达的是对侵华日军的抗争决心。

供奉着禹王爷的禹王庙住持尚云师父,率领他的高徒果信等人,早在几天前,就为禹王爷扎好了轿子,换上了新装,就等着这一天,抬举着禹王爷的塑像来巡游了。日近中午,禹王庙旗幡飘摇,香火缭绕,尚云师父着一身崭新的玄色法袍,与果信等一众徒弟,跪在已经安置在轿子上的禹王爷塑像前,三叩九拜,嘴里念念有词,距离近的人,听得清尚云师父的祷告:"祈求神圣的禹王爷显灵人间,驱逐日寇,保民安康!"庄严肃穆的叩拜祷告仪式过后,尚云师父缓缓地站起身来,对着禹王爷的塑像,双手合十,垂首静默了一会儿,这才说出一句"起轿巡游"的话来。他的话音刚落,就有果信等八位徒弟,散在轿子四周,肩负轿杠,抬起禹王爷,往庙门口走去。他们走得沉重,走得坚定,走出了庙门……在庙门外,也早有八位身穿青衣青裤的大汉,等着他们走来,要从果信他们肩上来接禹王爷了。

喧天的锣鼓,还有万众的呐喊,响彻了滚滚滔滔的黄河,同时也遮盖了日寇飞过禹王庙上空中的轰炸机的轰鸣,大家虔敬地抬举着禹王爷的塑像,巡游在禹王庙前的长街上,一街两行的人,男男女女,老老少少。一街两行的生意:滚烫的小油锅里,炸着麻花和油糕,翻卷的大汤锅里,煮着猪肉和羊肉;还有早已蒸好的凉皮、荤素包子和花卷,以及打好的凉粉和蜜糖甜饭等等摆在桌上;此外,还有买卖权把扫帚、日用杂货的,场子宽一点的地方，还夹杂着三两处玩杂耍卖大力丸的……禹王爷的塑像巡游过来了，密密匝匝的人群，推推搡搡，自觉要让出一条通道，让禹王爷的轿子顺顺利利地往前巡游而去，青衣青裤的僧众抬举一会儿禹王爷，果信他们住在禹王庙修行的青壮和尚接过来，再抬举一会儿，尚云师父则寸步不离地手扶轿身，随在禹王爷塑像一边，一脸的庄重，一脸的肃然，他举目前方，眼睛里却满是激愤和忧伤……过去的年份，到了二月二，尚云师父像今天一样，也要陪侍在禹王爷塑像的身边，在长街上巡游的，游了前街游后街，游了后街游背巷，不把禹王庙周遭的街街巷巷游遍，是不会回禹王庙的。那些时候，陪侍禹王爷塑像巡游的尚云师父，面部的表情是平静的、和善的，四乡八村的乡亲们，参加禹王庙庙会，看惯了禹王爷塑像的巡游，也看惯了陪侍禹王爷塑像巡游的尚云师父，那样看过了，四乡八村的乡亲散会后，回到各自家里，都会睡一个平和安然的觉，把一年的日子舒心愉快地过下来。这一次巡游，尚云师父的眼睛里起了变化，他的这一变化让一街两行的人看见了，也像受了尚云师父的传染一样，眼睛里就都起了变化，再看抬举在轿子上的禹王爷塑像，他老人家的眼睛，似乎也充满了激愤和忧伤。

　　尚云师父，以及禹王爷的塑像，还有满大街的人，眼睛里所以不同往年而变得激愤和忧伤，根本的原因，就是打到黄河东岸上的日本鬼子造成的。

　　伴随在禹王爷轿子两侧的，各有一位装扮怪异的高头大汉，他俩如魔似妖，据说是禹王爷当年治水时的两位偏将，他俩帮助禹王爷治水有功，所以在禹王爷二月二巡游的时候，他俩是也一定要伴游的。不过，两位不能空着手闲游，而是一人手里握一根由粗到细的麻鞭，伴游在禹王爷塑像的两侧，不时地要挥舞一下。长长的麻鞭挥舞起来时，仿佛一条金黄的长蛇，在空气中嗡嗡地响着，绕出一个连一个的花子，到要翻下来时，不偏不倚，刚巧会抽在禹王爷塑像前妨碍巡游的某一个人身上。那人不能恼不能躁，只能迅速躲开，融入人群，让禹王爷宽宽展展地向前巡游。禹王爷

中篇　废戒

的塑像巡游到街边的生意摊前时,无论炸麻花炸油糕的,无论煮猪肉煮羊肉的,也无论卖包子卖凉皮的等等,都会自觉地为禹王爷的塑像贡献上他们刚出手的麻花油糕、猪肉羊肉、包子凉皮……抬举着禹王爷的轿子上,满是大家贡献的食物,有讨吃讨喝的,赶着点儿,可以取来自食,还可以分送给街边年老体弱的人享用。巡游着的禹王爷,沿街走着,这就走到一个杂耍的场子边,轮换着歇下肩来的果信和尚,看见杂耍的人是一条虎实的汉子,他正在一个仅容一人的圈子里玩红缨枪,几个腾挪旋转,左刺右戳的把戏玩过,就把红缨枪一端的刀刃,按在自己的咽喉上,让他的一位同伴,腆着肚皮,顶住红缨枪的枪柄,他则用力向前,把红缨枪的枪柄,都向前逼得弯成了一张弓……围观的人群,这时都惊呼起来,唯恐尖利的枪尖刺穿杂耍汉子的喉咙!

　　大家的惊呼声是巨大的,几乎与大家惊呼的同时,满街道的人都听到了一声山裂石开的爆炸。那是日本鬼子的轰炸机从空中扔下来炸弹,头几枚扔在禹门口观看鱼跃龙门的人群里,炸死炸伤了几十个人!接下来,鹞鹰似的轰炸机,飞到了禹王庙的上头,一个、两个、三个……下饺子一样,往庙院里扔下了十多个巨大的炸弹,炸得数千年的禹王庙房塌墙倒,一片狼藉。鬼子的轰炸机还隆隆地腾空飞来,向街巷里的人头上扔,有一颗不偏不倚,刚好扔在禹王爷巡游的轿子上,先把轿子和禹王爷的塑像砸了个稀烂,接着爆炸开来,把周边几十个人,炸得不是死就是伤。千钧一发之际,陪在禹王爷塑像旁的尚云师父,扑爬在果信的身上,使果信毫发无损,他自己则被破碎了的弹片,炸得遍体鳞伤,一条腿被彻底地炸离了他的身子。

二

　　六岁的温玉让昏昏沉沉地睁开眼睛,渐渐清晰在他瞳仁里的人,是他还不认识的尚云师父。

一身玄色的尚云师父,慈眉善目,在他的身边,还有一位青色粗布衣裤褂的老男人。温玉让想得出来,粗布裤褂上打着许多补丁的老男人,和他死去的父亲都一样,是个在太阳下春种秋收的老农民呢。太阳的光线,像一片片金黄的飞刀,在老人的脸上,雕刻出一道一道的深沟,让他的脸面,仿佛一颗风干的核桃。这样的脸,与尚云师父圆乎乎的脸比起来,是精瘦的,是冷硬的,正因为劲瘦冷硬,温玉让看着,才觉得亲切,觉得亲近。温玉让长在父亲的怀里,父亲生前的脸面,就也是这个样子,劲瘦冷硬。

温玉让乐见老男人像他父亲一样的脸面,当然也乐见尚云师父圆润白净的脸,睁眼看着眼前的两个人,温玉让的眼睛湿了起来,他不敢眨眼,一眨眼,就有一串亮晶晶的泪珠儿,从他的眼角滚滚而出。

有只小小的手,伸过来给温玉让擦泪了。

小手胖胖的,每个手指都如玉雕的福豆,轻轻地滑在温玉让的眼角上,让他流着的泪,不仅没有止住,而是流得更多,稀里哗啦的,仿佛一条流也流不干的小河。

这时候的温玉让,还不知道伸手给他擦泪的小女孩姓什么叫什么,但他肯定,他认识这个小女孩,而小女孩也认识他。他和母亲是从河南逃到陕西讨饭的,小女孩和她父亲也是。这时的温玉让还太小,想不了太大的问题,他只是在逃难的路上,问过他的母亲,我们的家乡就不好吗?为什么离乡背井地往黄河西边的陕西逃?陕西就比咱河南好吗?温玉让问了几次他母亲,开始问,他母亲不回答他,只管拉着他往西,往西,逃过黄河,在陕西境内的这个村子讨到另一个村子。母亲不回答温玉让,那是母亲如温玉让一样,也不知道陕西有什么好。他们讨了不知多少个村庄,走过了不知多长的路,儿子温玉让就是不问母亲,母亲也要问自己了,他们河南老家的地,他们河南老家的水,他们河南老家的人,都不比相邻的陕西差什么,但他们河南老家,因为天灾,还因为人祸,总要闹饥荒。饥荒的年月,要逃难了,他们不往相邻的安徽逃,不往相邻的湖北逃,当然也不会往相邻的河北、山西逃,就只闷着头,一股劲地往陕西逃。

儿子温玉让的这个问题问得多了,母亲回答了他。

母亲说:"我也不知道。"

温玉让歪着脑袋,不解地又问了母亲一句:"不是咱一家往陕西逃,咱们河南人都往陕西逃。咱们都逃啥呢?"

母亲这次明确地回答了温玉让,说:"逃命嘛。"

温玉让听懂了母亲的话,他重重地点了点头。

但是温玉让没法知道,他和母亲说了这些话不久,母亲就把自己的命丢了。在温玉让的记忆里,对父亲的印象是模糊的,母亲告诉他,他是有父亲的,他也相信他有父亲,但他从来没有见过父亲的面,他所记忆和知道的,就是跟在母亲的身边,在陕西的地面上讨饭,讨到哪里黑了,就在那里歇一晚,天亮爬起来,跟着母亲再去讨饭……他不知道名字的小姑娘和她父亲,像他和他母亲一样,也在日复一日地转村讨饭,他们有时候就讨到一个村子;或是温玉让和母亲刚讨过这个村子要走,小姑娘和她父亲一前一后往这个村子进;或是小姑娘和她父亲讨过这个村子要走,他和母亲一前一后往这个村子进。讨饭的人,也有他们讨饭的忌讳,不像乡里乡亲的本乡人,见面是要打声招呼的,一个招呼一个"吃了没有",一个招呼一个"喝了没有",吃不吃,喝不喝,在这里一点内容都没有,你吃了你喝了,招呼的人并不当一回事,纯粹是为了招呼,招呼过了,你走你的,我走我的,连头都不回。讨饭的人,碰了面是不打招呼的,自然也不会说别的话,甚至一个见了一个,还要躲一躲。当然,这只限于讨饭队伍里的成年人,孩子们就不一样,孩子们不知道那种忌讳,碰面了,虽像大人一样也不招呼说话,但一个会把另一个看上一眼,哪怕是走过了,回过头来,还要再看一眼。

温玉让和小姑娘,就这么在讨饭的过程中,你一眼,他一眼,相互看了好几眼,所以说,他们是早就认识了。

几天前,温玉让和小姑娘还碰了一面。

他们一个跟着母亲,一个跟着父亲,在远离村庄的一条小道上碰面了。像在村子里碰面一样,温玉让的母亲和小姑娘的父亲,依然没有说话。因为路窄,母亲和小姑娘的父亲在走过时,还都背对着背,侧着身子过去。温玉让紧紧跟在母亲的身后,很自然的,小姑娘也紧紧跟着她的父亲,就在他们都要走过去时,温玉让的母亲伸手抓住了小姑娘,把小姑娘拉进自己的怀里,给小姑娘暖暖和和地说了一句话。

母亲说:"不忙走,大姨给你把衣裳补一补。"

小姑娘的衣裳的确是需要补一补了呢!上身的醋红色小衣裳,前胸后背,有三处破了的洞窟,而下身的黑色小裤子上,一左一右,也都有一处洞眼。上身小衣裳的洞眼,不知是小姑娘自己,还是小姑娘的父亲,从路边的酸枣树上摘了几个刺针,简单地别了别,而下身小裤子上的洞眼,不好用酸枣树上的刺针别,所以就都洞开着,看得见小姑娘细白的肌肤。小姑娘是已知道羞脸的年纪了,温玉让的母亲把她拉进怀里,说要给她补衣裳,她即乖乖地偎在温玉让母亲的怀里,低下头,不看她的父亲,也不看温玉让,就等着温玉让的母亲给她补衣裳了。

小姑娘的父亲听得懂,温玉让的母亲虽然是说给他女儿听的,其实是让他听。他听到了,心里感激着温玉让的母亲,却还遵循着他们讨饭人的规矩,没和温玉让的母亲说话,只是埋着头,自个儿往前走了几步,躲开温玉让母亲的眼光,任凭温玉让的母亲给他女儿补衣裳了。

温玉让的母亲把小姑娘拥进她的怀里,把她随身带着的一个蓝布包袱解开来,取出针和线,还有几块小布头,在小姑娘衣裳破洞的地方比比画画,看着花色和大小,首先确定下小布头,这便穿针引线,熟练而小心地给小姑娘补了起来。上身衣裳的几个小补丁,温玉让的母亲像是扎花似的,都补成了一朵一朵的干枝梅花;下身裤子的破洞,则结结实实地补成同色的布料,不仔细看,就还看不出补丁的样子来……温玉让的母亲给小姑娘补好衣裳,让小姑娘从她怀里走出来,要小姑娘自己看,小姑娘听话地看了,她看一眼上身衣裳的这一个补丁,就把她的小手抚摸在那个干枝梅花似的补丁上,她一个一个地看,一个一个地摸,到她看了一遍,摸了一遍,抬起头来看温玉让的母亲时,小姑娘的眼睛里就都是感激的泪水。

温玉让在旁边看见了,他走过去,抬起手来,用他的小手指,给小姑娘抹着泪,并把他刚在路边草丛里找到的两枚小小的蒿瓜瓜,塞在了小姑娘的手里,给她说:"很甜的,你吃。"

两小无猜的温玉让与小姑娘,不自觉地问起了彼此的名字。

是温玉让先问的小姑娘:"你叫什么名字呢?"

小姑娘说:"草儿。"

温玉让把小姑娘说出的名字重复了一遍,说:"草儿。"

就在温玉让重复草儿的名字时,草儿也问温玉让的名字了。

草儿问:"你呢?你叫啥名字?"

温玉让老实地说了:"温玉让。"

温玉让和草儿这么相互问着话儿的时候,温玉让的母亲把她母性的眼光,温暖地看在了他俩的身上,与此同时,草儿父亲的眼光,也转过来,温情地抚摸在两个小人儿的身上……温玉让的母亲看着,不能自禁地启动嘴唇,声音轻得似蜂鸣,呢呢喃喃地说了。

温玉让的母亲说:"兵荒马乱的……唉!"

温玉让的母亲一声"唉",把她心里想的都坦露了出来。

草儿的父亲听懂了温玉让母亲那声"唉"。他不由自主地跟着温玉让的母亲,也"唉"了一声。

两个大人的"唉"声,引起了温玉让和草儿的注意。

在此之前,温玉让把他摘来的两个蒿瓜瓜,都塞给了草儿。草儿接过去,自己往嘴里送进去了一只,还有一只她拿在手里,举着往温玉让的嘴里送了……两位大人的"唉"声吸引了他们,他们是不解的,因此就还问起了他们的大人。

这一次草儿嘴快,她先问她父亲了:"爸你'唉'啥哩?"

温玉让跟着草儿的问话的声音也问他母亲了:"妈你'唉'啥哩?"

两个大人被他们的孩子这么一问,面面相觑,互相瞥了一眼,竟然有些不能收拾地笑了起来……多么难得的笑啊！背井离乡，走出故土，讨吃要喝，他们哪儿有笑呢？他们只有看不到头的悲苦，根本没有要笑的事情，现在却在两个小人儿的面前，看着他俩的举动，听着他俩的提问，两个大人笑了，快快乐乐地笑了。

温玉让的心里揣着大人的笑，草儿的心里也揣着大人的笑，又一次的邂逅，邂逅过了再分离……正是这一次的邂逅与分离，温玉让和他母亲，就再也没有碰见过小姑娘和她父亲，直到那不幸的一天来临。那天，温玉让和母亲转村讨饭累了，在黄河边一处前不着村，后不着店的地方歇脚。母亲的年纪大了，脚硬腿硬，靠着一棵老榆树坐下来，不一会儿竟困得睡了过去，温玉让年纪小，脚软腿软，他在母亲靠着老榆树坐下时，也乖乖地挨着母亲坐下来，但就在母亲睡着的时候，他在不远的草丛里，发现了一个成熟了的蒿瓜瓜，不是很大，就他的大拇指肚一般，但熟得饱满，绿汪汪的，十分诱人。温玉让从母亲身边站起来，撵着蒿瓜瓜而去，摘下来，塞进嘴里，只是上牙和下牙轻轻地一碰，蒿瓜瓜就碎在了他的嘴里，漫出满嘴的香与甜……温玉让吃不起作为商品买卖的大甜瓜和大西瓜，他能吃的就是这些长在野草里的蒿瓜瓜。他今天是幸运的，刚发现一个蒿瓜瓜，摘下来吃了，就又发现了一个，他没有迟疑，追着这一个蒿瓜瓜，摘下来，还往他嘴里塞。他把自己的嘴都香甜了七八回了，他不能再敬嘴了，他要摘下几个来，攒着让母亲也香甜一下嘴巴的，所以，他寻寻觅觅，又摘了几个蒿瓜瓜，这才踢踏着草丛，往母亲歇脚的老榆树下走来了。他不知脚下的草丛有蛇，而且是毒性很大的七寸蛇。他只管踢踏踢踏地在草丛里走，赶着一条七寸蛇，像支射出的箭，直往母亲昏睡着的老榆树下蹿去，在母亲裸着的脚腕上咬了一口。母亲被七寸蛇咬得猛醒过来，惨痛地叫了一声，这一切，被赶到母亲身边的温玉让看见了，也听见了，他扔了手里捧着的蒿瓜瓜，扑到母亲身边，把咬了母亲一口的那条七寸蛇拽住尾巴一摔。他是想把七寸蛇摔死的，但却没有，被摔出去又弹回来的七寸蛇，反而在他的手背上，也狠狠地咬了一口。他像刚被七寸蛇咬过的母亲一样，也极为惨痛地叫了一声。

母亲顾不得自己已被七寸蛇咬过的痛苦,扑过来救援儿子温玉让了,把被七寸蛇咬过的温玉让揽进怀里,双双跌坐在老榆树下。母亲拉过温玉让的手,在他被七寸蛇咬过的地方,把嘴紧紧地贴上去,咂着蛇伤的洞眼,努力地吮吸着,吮咂出一点血水来,吐到一边,就又把嘴紧贴上去,努力地吮咂……可她没有吮咂几口,自己被蛇咬过的脚腕,一点点地青,一点点地肿,不大一会儿,她自己就先软塌塌瘫在地上,撒开了拥着儿子温玉让的手,而温玉让,也渐渐地失去了知觉,瘫在了母亲的身边。

翻滚着的黄河浪波,一波一波地往温玉让的耳朵里钻,还有一轻一重两个人的脚步声,也往他的耳朵里钻,但他就是睁不开眼睛,醒不过来,可他意识得到,他被七寸蛇咬了后,现在在一个人的背上趴着,还有他被七寸蛇咬了的母亲,也在一个人的背上趴着,他们脚步匆匆地背着他娘儿俩,往前一直地跑着,跑着,跑进了一片干爽阴凉的地方。他被放在了一张床上,他母亲被放在了另一张床上。

过去了多长时间呢?

温玉让不知道,直到他睁开眼睛时,一盏如豆的灯光,照着他,让他看见了围着他的尚云师父,以及小姑娘和她的父亲……他和母亲是被小姑娘与她父亲发现后,背到禹王庙里来的。尚云师父有一手治疗蛇伤的方法,温玉让得救了,可他的母亲,却再没有睁开眼睛,永远地离开了温玉让。

俗家的温玉让、佛家的果信师父不给我说那些过去了的故事,我是无法知道的。

果信师父给我说了后,还说:"日本鬼子就是要人命的毒蛇!"

果信师父说:"凶残的七寸蛇!"

三

被炸得七零八落的禹王庙,除了残砖碎石,就是破窗烂门和散碎的木椽檩头,他们随便拣拾了一下,就在禹王庙的大殿遗址前,堆起一座不小的柴堆。严重受伤的尚云师父,神态静穆地坐在柴堆上,被日本鬼子飞机炸断的那条腿,就光溜溜、白森森地搁在他的手边。他用手撑着,抬起头来看着天空,天是阴的,阴得仿佛拧得出水来。他看了好一阵子,然后低下头来,看定默立在柴堆前的果信,要他到他跟前来,果信听话地走近了柴堆,就在这时,一个让果信永远不能忘的事情发生了。

尚云师父把他揣在怀里的一个小布包取了出来。

这个玄黄色的小布包,果信是太熟悉了,他所以被七寸蛇咬后还能活过来,就多亏了尚云师父的这个小布包。他以后留在禹王庙,从俗人温玉让成为如今受戒的果信,之后,还许多次地见证了尚云师父这个小布包的神奇。其中有十几根银针,粗粗细细,长长短短,粗的比头发丝粗,细的比头发丝细,长的比五指长,短的比五指短。除了这粗细长短不一的银针外,还有两把小小的刀片。被七寸蛇咬了的还是俗人的温玉让,还有他的母亲,刚被送到禹王庙,义务行医的尚云师父,立即用他小布包里的小刀片,在火上烧了烧,就在温玉让和他母亲被七寸蛇咬过的伤口上,开刀放血了。这是治疗蛇毒最为直接有效的方法,除此而外,还有尚云师父配制的药丸,协助排除蛇毒。温玉让和他母亲都遭遇七寸蛇的毒害,可他母亲比他严重,没能活下来,他放了血,服了药后,活了下来。尚云师父的小刀片,是温玉让活命的一个关键,所以他对小刀片和那粗细长短不一的银针,就特别有感情。

后来的日子,俗家的温玉让成了出世为佛家的果信,皈依在禹王庙里,成了尚云师父忠贞不贰的徒弟,师父在教授徒弟"南无阿弥陀佛"的同时,还毫无保留地教授徒弟针灸术和放血疗法。当地的乡亲们,还有黄河东岸的老百姓,有了不能解决的疾病,带上对禹王庙的布施,赶着木轮大车,或是乘着高帆木船,到禹王庙里来,求到尚云师父的跟前,接受尚云师父的治疗。该针灸治疗的疾病,尚云师父就给上门来的施主针灸治疗,该放血治疗的疾病,尚云师父就给上门来的施主放血治疗。尚云师父在给上门的施主治疗疾病的时候,是一定要喊来果信的,让他跟在他的身边,一方面做他的助手,一方面学习他的针灸医术和放血疗法。不计其数的染病求医的施主,在尚云师父的针灸下恢复过来,从尚云师父的小刀片下康复了过来。尚云师父玄黄色的小布包,以及小布包里的银针和刀片,在果信的眼里,就是救民苦难的神仙针和神仙刀。

随在尚云师父的身边,果信见识着小小银针的神奇,见识着小小刀片的神奇,与此同时,他渐渐地学会了使用银针为上门来的施主针灸,学会了使用刀片为上门来的施主放血。

今天,端坐在柴堆上的尚云师父,把玄黄色的小布包取出来,他没别的意思,他要将衣钵传授给果信了。

但在尚云师父传授衣钵之前,他把小布包打开来,取出小刀片,从他左手的手心里剜了一块肉,丢给果信,让果信捧着,又从他右手的手心里剜了一块肉,同样丢给果信,让果信捧着,他对果信说了。

尚云师父说:"你把师父的肉吞进肚子里吧。"

佛门清净之地,佛家忌食荤腥,便是猪呀羊呀,鸡呀鱼呀的,都是不能入口的,何况是师父手心里的肉,果信又岂能吞咽下去!

果信没听师父的话,他手捧师父手心里的两块肉,呆呆地垂首站在尚云师父面前,仿佛风中的一棵小树,竟然不由自由地战栗了起来。

尚云师父还在给果信说:"你说你是我的徒弟吗?"

果信鸡啄米似的点着头。

尚云师父说:"你既然承认是我的徒弟,我说的话你怎么不听呢?"

果信没了办法,他无声地哭了起来,两丸血红的眼珠,仿佛两眼带血的泉眼,扑簌簌往出滚着泪珠,啪嗒嗒往果信的脚边掉,把他脚下的灰尘,砸出一个一个的泪坑……果信和着他的眼泪,把尚云师父从他手心里剜下来的两块肉,吞进了嘴里,咽下了肚子。

就在此刻,尚云师父把泼了油的柴堆,自觉点燃起来,顷刻之间,熊熊的大火,就把尚云师父吞没了。玄黄色的小布包,从火海里被师父扔了出来,不偏不倚,正好落在果信的怀里。果信眼看着燃烧的火堆,和火堆里从容不迫的师父,跪在了地上,泣不成声。像果信一样跪倒在地的,还有禹王庙一众出家修行的佛教信徒,以及成百上千闻讯赶来的当地百姓,大家不约而同,跪倒在地,泣不成声。

师父尚云最后说的两句话,在烈焰中仿佛雷鸣般传了出来。

师父尚云说:"果信你听好,你废戒了!"

师父尚云说:"从今你又是温玉让了!"

被师父尚云两块手心的肉废了戒的果信,转身又成了俗人温玉让,他该做什么呢?这一点师父尚云没有直接说,但是温玉让的心里,像被师父尚云的小刀片划了一刀似的,开出了一扇天窗,他知道自己唯有抗日——坚决抗日一件事可干、能干、必须干,除此别无他途。

在师父尚云火焚的现场,不知是谁先怒吼起来的,那一声像禹门口黄河的怒涛一样,石破天惊,响彻云霄:

"打垮日本鬼子!"

跟着这声怒吼的,是千人百众的呼应:"打垮日本鬼子!"

众人的呼应刚落音,又是一声愤怒的呼号:

"把日本鬼子赶出中国去!"

千人百众的回应紧跟着又起来了:

"把日本鬼子赶出中国去!"

现场的一隅,有一张长条桌,在长条桌的两侧,各戳了一根木杆,在木杆的顶头,横空悬挂着一面条幅,上有"国民革命军三十八军抗日征兵处"的墨色大字。三位一身戎装的军人,一人坐在条桌后边,两人肃立条桌的两边,接受着自愿参军抗日的青壮年报名,报名参军的人排起了队,轮到谁了,谁就往条桌前走近一步,报上自己的名字和籍贯,就有学生模样的年轻姑娘,手捧红花,给报了名的青壮年戴在胸前……废戒的果信师父,又成了俗家的温玉让,他自觉地排进了报名参军的队列里,和队列里黑衣黑裤的青壮庄稼汉不一样,温玉让是特别的,他一身玄黄色的佛家袍服,亦步亦趋地往报名桌前挪着,渐渐地挪到了条桌跟前,他向报名的军人报告了。

三位戎装的军人,坐在中间提笔签写报名参军人信息的不是别人,正是在西安城被他的新娘袁心初送去参军的牛少峰。他抬头把一身佛家袍服的温玉让瞧了一眼,没有问他,就知道他是温玉让了。整个韩城,差不多都知道了尚云师父的壮举,同时又都知道他的徒弟,特别是他最为器重的果信师父温玉让,被他废了戒,要奔赴中条山抗击日本鬼子了。所以温玉让自己没说什么,牛少峰就在参军名录上浓墨重彩地写上了他的名字。

牛少峰那时仅知道温玉让的名字,但他籍贯哪里,却一点都不知道。因此,牛少峰询问起温玉让。

牛少峰问:"籍贯何处?"

温玉让说:"我不知道。"

温玉让答了这么一句话,他怕牛少峰他们不满意,不接受他,就自觉加了一句话:"我自愿参军打鬼子!"

温玉让表态性的几句话说得特别洪亮,不仅是接受报名的牛少峰与另两位军人听到了,周围踊跃报名的青壮年都听到了,大家为他的报名,不约而同地鼓起了掌,先还只有稀稀拉拉的几个人,紧跟着就是一片。不过,接受报名的另一位军人,不像牛少峰已经知道了温玉让的底细,他不知道,所以就有些愣怔怔地看着温玉让,脱口而出地问他了。

那位军人说:"你……是位出家人?"

温玉让回答他:"我已废戒了!"

军人不解,说:"什么废戒?"

温玉让说:"师父把他手心里的肉割给我吃了。我还了俗,不再是出家人。"

军人听懂了温玉让的话,说:"你的情况特殊,我们请示一下上峰好吗?"

军人说着要走,被牛少峰拉住了。

牛少峰拉住了军人,却没能阻止温玉让发急,他站在牛少峰他们登记参军人名录的条桌前,慷慨地争辩起来了。温玉让说:"人无分老幼,地无分南北,大家都有抗日保国的责任,我为什么不能?不要请示你们的上峰,我报名我做主,我要打鬼子,为我的师父报仇!"

温玉让在为自己参军抗日的事大声争辩的时候,师父尚云自焚的火光,倏忽又鲜活在了他的眼前。

师父尚云决心自焚,作为弟子的温玉让,是劝阻过师父的。

那是一场血与火的对话呢,就发生在被鬼子飞机炸毁的禹王庙废墟上。是夜,阴云散去,一轮灿烂的明月高挂在风不吹、云不遮的天空,无数的星星,闪耀着千姿百态的光辉,被鬼子飞机炸伤的尚云师父,就躺在禹王庙废墟的一张横搭的门板上,大睁着眼睛不能入睡,而守在师父身边的温玉让和禹王庙其他的出家之人,也都一夜没能入睡。长长的一个晚上,师父尚云没有说话,温玉让没有说话,其他人也都没有话,他们听到的只是滚滚滔滔的黄河水,在禹门口泛滥着的巨大的涛声,轰轰隆隆、轰轰隆隆……天亮时分,尚云师父把他一夜的深思,告诉了温玉让和禹王庙里其他的出家人。

师父尚云说:"你们去吧,给我搭一堆柴火。"

温玉让有点不解,说:"搭一堆柴火?"

师父尚云说:"我想我是时候要走了。"

温玉让仍然不解,说:"师父要走?"

师父尚云说:"我要去给禹王爷说,也要给佛祖说,日本鬼子把咱的庙宇炸平了!"

温玉让明白过来了,说:"师父你可不能走,禹王庙被鬼子炸平了,有您在,就还能再建起来,而且我们也不能没有师父你。"

师父尚云脸是冷凝的,说:"鬼子不灭,何以为庙?"

师父尚云说:"我要用我焚化的一场大火,燃烧起民族的抗日烈焰,烧灭掉禽兽不如的日本鬼子!"

站在条桌前的温玉让,回想着师父尚云的话,他把师父尚云传给他的玄黄色小布包打开,取出那片小刀,在他的食指尖上戳了一下,随即就有一枚亮汪汪的血珠流出来。温玉让拿过摆在牛少峰面前的征兵人员登记册,用他流动着血珠的食指,在登记册上写着他的名字的地方,重重地按上了一枚红手印。

温玉让如愿以偿,成功地参加了陕西籍赴中条山抗战的队伍。

四

整训和政训是密集的、严格的,来不得半点马虎和敷衍,必须全力以赴,才能跟上节奏。

温玉让以血书的方法,报名参军抗日,被编在三十八军暂编独立团三营五连二排一班。他的班长就是在他报名参军现场给他出难题外号"猎人"的人,而他的排长亦是他报名参军现场的另一位外号叫"刀客"的人。他的连长,当时虽然没在现场,却在听说了他的事迹后,非常喜欢他,视他为一条有血性的真汉子,把他带在身边,热情地关心他,悉心地训练他,让温玉让倍感亲切与温暖。

部队当时像牛少峰一样识文断字的人太少了。

牛少峰很自然地做了连队的文书。

大家都在一个连队,而连长是韩城本地人,因为自身姓韩,就骄傲自豪地让人叫他韩城。大家处在一起,没有立即跨过黄河赴中条山抗击日本鬼子,就先跟着韩城在黄河东岸的营地整训和政训……整训、政训中,温玉让知道他们班长所以被大家伙儿不叫名字而叫"猎人",是因为班长入伍前,的确是一位手艺不错的猎人。关于班长猎人的传说很多,说他手里的一杆鸟铳,枪口一抬,无论天上飞的地上跑的,只要在他的射程之中,不管什么猎物都没得跑。传说不好见证,但在整训时的射击场上,温玉让见识了班长的枪法,那的确是名不虚传,栽在地上的人头靶,不论卧姿、跪姿和站姿,他打出去脱不了十环,但他不爱打那样的死靶,天上要是有乌鸦飞过,地上要是有兔子蹿过,他拿着枪也不瞄,抬手一颗子弹,飞着的乌鸦注定会一头扎下地来,而奔窜的兔子,也注定会滚翻在地上。班长猎人说了,打活靶才过瘾。

排长"刀客"据说在黄龙山里钻过几年,是个名震四乡的刀客,侠肝义胆,见了不平事,他大吼一声,能上不能上,都要舍生忘死地干一把。他要的是他须臾不肯离身的一把大刀,这把大刀吃过人的血,只不过排长刀客夸他的大刀时,不说他的大刀吃的是人血,而是说吃的是豺狼虎豹的血,因为他用他的大刀,砍掉过劫人财命的土匪的头,也砍过夺人妻女的恶霸的头。他因此逃离家乡,躲了两年多的时间,被抓壮丁进了正规军里,他打仗舍得了命,不怕死,一步一步地就上到排长的位置上。

温玉让很是敬服他的班长猎人,同样敬重他的排长刀客,但是最敬重的人,还是要算连长韩城了。

牛少峰识文断字,连长韩城亦识文断字,他虽然有那么点儿书生气,却也不失关中人果敢刚毅的硬汉气。温玉让所以能被分在他的连队,就是他在牛少峰的建议下坚持要来的。要来了,还把温玉让安排在最为豪爽的排长刀客,以及最为侠义的班长猎人手下,希望他能向他俩学习,并能得到他俩的庇护。跟着尚云师父修佛的温玉让,可是不傻,他懂得连长韩城对他的关爱,所以他在离开一片废墟的禹王庙,跟着连长韩城决心抗日时,向韩城请了一天假,他说他要给他的师父尚云修一座灵塔,把师父的骨灰罐安顿在灵塔里。

连长韩城同意了温玉让的要求,不仅放了他的假,还带了排长刀客、班长猎人和被他安排在连队做文书的牛少峰,一块儿在禹王庙后的半山坡上,捡拾来废墟上的砖和石,与温玉让一起,为他师父尚云的骨灰罐,垒筑了一座算不上规整合序的灵塔。这件事,让参加到抗日队伍里的温玉让,有种说不出的感动。因此,在整训和政训的日子里,温玉让不仅在枪械、格斗等整训项目中,练得刻苦有效,而且在思想意识等政训项目中,也

中篇 废戒

学得极为用心用功，他把自己完全彻底地交给中华民族的抗战事业了。

温玉让等待着跨过黄河，去和日本鬼子拼个你死我活的机会，可是一件突发的事件，让他没能在班长猎人的一班留下来，连带着也就没能在排长刀客的二排留下来，他被连长一步抽调到连部，做了连部独一无二的卫生员。

温玉让随着班长猎人演练灵活机动的伏击战。他听班长说，这种战术是排长布置下来的，而排长又是听从连长的部署安排练习的，从上到下，传进温玉让的耳朵里的是，这种战术是一本叫《论持久战》的书里讲的，而这本油印的小册子，一字一句，都是共产党领袖毛泽东主席研究撰写的。依据这本书的论述，共产党的八路军配合抗日国军，在娘子关以及忻口，把日本鬼子打了个落花流水。特别是后来的平型关大捷，完全是八路军自己设置了一个大口袋，让日本鬼子的坂垣师团钻进来，关起门来打狗，打了鬼子一个漂亮的伏击战。

打鬼子的伏击法，最见功夫的一点就是选择有利的地形，先把自己埋伏在阵地上，等着鬼子横眉瞪眼地往咱的枪口上撞，往咱刀片上扑，尸横血飞。然而，完成这样的伏击，却并非易事，一个班、一个排、一个连、一个营、一个团，以及一个师的兵力，埋伏在阵地上，任凭日晒风吹，任凭虫咬霜浸，千人百众，都要静静地潜伏在自己隐身的地方，一个小时、两个小时、三个小时，一晌、两晌、三晌，甚至一天、两天、三天，都要如无人一般，可见风吹草动，而不能身动，这是比真刀真枪地与日本鬼子拼杀都要难受呢！

整训的科目，就有这一项。

已有消息传说，温玉让所在的暂编独立团，就要东渡黄河抗日了。就在这个时候，他们连在连长韩城的带领下，夜半时分，神不知鬼不觉地来了一次潜伏演习。演习的地点就在黄河西岸的一处草滩上，草滩因为黄河水的滋润，生得葳葳蕤蕤，十分繁茂，既有迎风招展的咪咪茅、狗尾巴、牛涎水，还有铺地而生的地粘粘、车前子、夫子蔓……以班为单位，扯开十多里,温玉让他们半夜潜伏进草丛里,没有多长时间,所有人的衣裳,都被浓重的露水湿了个透,大家依照伏击前的战术要求,都没有动,静静地等来了日出。等到半上午的时候,火一样的太阳不仅晒干了他们湿透的衣裳,而且晒着没有任何遮掩的他们,把每一个人都晒得浑身火烧火燎,一层一层的虚汗冒出来,又把衣裳汗湿得贴在了身上……他们没吃没喝的,一动不动,有无数的蚊子往人裸露的地方扑,无数的虫子往人裤筒袖筒里钻,这样的苦和难,让人不能忍受却又不得不忍受……日头也像要潜伏似的,挂在天上,静静地只是放着热力。盼啊盼啊,等啊等啊,终于太阳斜向西天,差不多就要枕在西山顶头时分,突然刮起风来,隆隆的还有雷声在响,一片压在西山边上的黑云,铺天盖地往温玉让他们潜伏的黄河岸边压来,并且有了星星点点的雨珠,啪啪地往下砸。温玉让偏过脸来,他用眼睛去瞥他身边不远的班长猎人,而班长猎人也正拿眼看他。温玉让听班长猎人说过,他过去打猎,找到猎物的踪迹后,也是要潜伏下来,利用地形地利优势,等待猎物出现,然后一枪结束猎物的性命。所以说,班长猎人是最有潜伏经验和功力的。可是,温玉让此时看见的班长猎人,脸色十分难看,以至面部扭曲得非常狰狞。温玉让用眼瞥他,他从牙缝里给温玉让轻轻地挤出了一句话。

班长猎人说:"我怕是被蛇咬了!"

温玉让被猎人的话惊了一下,回应他说:"蛇!"

显然是,温玉让的话音大了,他和班长猎人左右潜伏着的人都听到了,而且又都吃惊地重复着说"蛇",并且都还身不由己地都动了起来,蜷腿的蜷腿,缩胳膊的缩胳膊,这使被蛇咬了的班长猎人很不满意,他对他们以命令的口气低低地又说了一声。

班长猎人说:"安静!"

班长猎人说了这一声后,他青紫的脸支撑不住,重重地砸在草皮上,一双亮汪汪的眼睛,也痛苦地紧闭了起来。

温玉让听到了班长猎人的命令,但他能接受命令安静下来吗?以他虽被师父废了戒,可还葆有着的一颗佛心,他是没法执行班长猎人的命令了。他从随身的衣袋里摸出师父尚云传给他的那个玄色小布包,取出那把月牙儿似的小刀片,爬伏到班长猎人的身边,找到他腿肚子上被蛇咬了的地方,像他的师父当年给他治疗蛇伤一样,切了一个小口子,把他的嘴贴上去,吸一口血出来,吐掉,再在伤口上吸,反反复复,直到吸不出血来。他又从爬卧的地方,扯来一株枣荆牙、一株七叶草和一株一枝莲,塞进嘴里嚼着,嚼成糊状,敷在蛇伤处。等了一小会儿,温玉让又小心地取出几枚银闪闪的针,在班长猎人的鼻中隔、廉泉和天突位置,各扎进一针,然后还轻轻地捻了捻,使进入轻度昏迷的班长猎人,持续地哼哼了几声,就又慢慢地睁开了眼睛。

班长猎人得救了。

班长猎人潜伏时被蛇所伤而沉着忍受的事,被一级一级地报上去,排长刀客表扬了他,连长韩城表扬了他,便是温玉让不认识的营长和独立团团长,都不失时机地表扬了他。所有人的表扬,归结起来一句话,打鬼子就要有这种不怕牺牲的狠劲儿。

班长猎人被表扬时,捎带着也把温玉让表扬了一番。温玉让因此还从战斗序列,被连长韩城抽调到连部,做了连队的卫生员。

连长韩城抽调温玉让进连部的时候说:"你和尚不错呢!用小刀割破指尖按血手印入伍,到了部队上,还能用小刀救治战友的性命,你这样的人才,咱们连队少有。"

就在大家东渡黄河的前夜,温玉让因此有了新的变化,但他对此并不买账,还和连长韩城争辩了几句。

温玉让说:"师父给我废戒,是要我杀鬼子的。"

连长韩城说:"杀鬼子是咱全中国人的事,而你有特殊用处。"

牛少峰被连长韩城安排进连队做文书时,说了与温玉让一样的话。连长给他说的,也跟给温玉让说的话一样。

连长韩城给牛少峰说:"你有特殊用处。"

五

有怎样的特殊用处呢?

温玉让没问连长韩城,牛少峰也没问连长韩城。两个在连长韩城说来有特殊用处的人,一块儿在连部里,牛少峰做他的文书,温玉让做他的卫生员,倒也都尽职尽责,很得连长韩城的赏识。

牛少峰想他除了识文断字,可还有别的特殊用处吗?

牛少峰想过了,没有想出别的特殊用处。而温玉让想过了,想他除了有从师父尚云那里学会的治疗蛇伤的绝技,还有一点,就是他受过戒的脑袋了,光光亮亮的,有受戒时炙出来的两排六个清晰的戒疤。他们受命跨过黄河来,与鬼子真刀真枪地干了一仗后,温玉让就被选拔出来,执行一项特殊任务去了。

搂草打兔子似的,暂编独立团跨过黄河,往三十八军与鬼子激战的中条山腹地机动。夜里行军,作为先头部队的五连二排一班,撞到了几位老乡,他们从老乡的口里知道,前边一个叫江口的小村,进驻了一队鬼子兵,而这个叫江口的小村,恰又是独立团驰援中条山腹地的必经之路。怎么办呢?班长猎人派人到前头侦察了一下,知道这股鬼子兵也就一个小队的力量,于是报告了排长刀客,而刀客没怎么多想,就做出歼灭这股小鬼子的决定。

排长刀客说了,咱们暂编独立团是增援三十八军的尖兵,那一队小鬼子是什么?他们前插进中条山来,如果不是鬼子的尖兵,也一定是鬼子潜伏进中条山来的侦察小分队。

排长刀客这么分析鬼子的小分队,使向他请示的班长猎人热血沸腾。

班长猎人说:"干掉狗日的!"

排长刀客同意了班长猎人的请求,果断地发出指令。因为鬼子兵驻扎在江口村村外的一个小庙里,所以排长刀客要求二班、三班向小庙突击,一班散开来,在小庙周围选择优势地位,隐蔽起来打阻击,发现有逃跑出来的鬼子兵,瞄准了就打,不能让狗日的有一个活着的跑掉。

班长猎人心领神会,暗夜里向排长刀客敬了一个军礼,就率领他的一班战士,迅速地隐蔽在了小庙周边的土坡下,或树背后。他们一班,不仅班长猎人有伏击打猎物的能力,在他的调教下,差不多个个都练出了与他一样的本领。

二班、三班为了防止鬼子被突袭时往村子里逃,伤害百姓的性命,在排长刀客的率领下,绕开小庙,首先进入村子,占据村子的几处要道后,再向小庙里的鬼子攻击……情况看来真是不错,村子里狗不咬,鸡不叫,老百姓怕被鬼子侵害,早早地都躲出去了。二班、三班的战士,神不知鬼不觉都穿过空荡荡的江口村,静悄悄地逼近了鬼子驻扎的小庙,他们看见了背着三八大盖长枪的哨兵,在小庙门口转过来,转过去……排长刀客不愧刀客的名誉,他瞅准机会,一个箭步上去,闪着亮光的刀子,在暗夜里划出一道寒光,鬼子哨兵便不声不响地倒在血泊里。

手榴弹冰雹似的飞过小庙的矮墙,炸响在昏睡的鬼子群里,有几个鬼子当场就被炸死,还有几个被炸伤了胳膊炸伤了腿,翻滚在满是血污的庙院里,呜里哇啦喊成一片。此外,就还有几个躲过炸弹伤亡的鬼子,端着枪冲出小庙来,结队向一个山口移动。他们中有个鬼子,逃窜中提出来一挺歪把子的机关枪,跑到山口处,返身架在一个土坎上,便哗哗哗哗向二班、三班追来的排长刀客他们射击,有人在枪声里倒了下来。班长猎人看见了,他站在一棵大核桃树后,瞄准了机关枪喷火的地方,及时地扣动了扳机。他的枪响了,而他打击的鬼子机关枪,随即也哑了声……一场突然的夜袭,打扫战场,鬼子小分队十七人全部被歼灭,而我三班只有一位战士受伤。

后续跟来的连长韩城,赶到江口村,听了排长刀客和班长猎人的汇报,表扬他们打得漂亮!这样的遭遇战,谁先下手谁胜利。连长韩城分析说:"不过,却也可能造成打草惊蛇的不良后果,我们独立团是驰援中条山腹地的抗日军队的,我们不能在江口村因为歼灭鬼子一个小队的胜利,而被鬼子兵牵制,不能迅速挺进到驰援的地方,这对中条山抗战的大局,将会产生不利的影响。"

连长韩城分析着他们可能面临的战况,要求沉浸在一场小胜中的二排,不要在江口村有片刻的停留,立即集结起来,作为独立团的先头排,继续一边搜索侦察,一边向前紧急挺进。

一班受伤的战友,很自然地被交给了跟随在连长身边的温玉让,他是卫生员。他给受伤的战友简单地包扎了一下,砍来两根小树,用绳子扎了个简易的担架,担起来,紧跟着快速行军的队伍,一步不落地向前、向前……走了没有多久,就又听到独立团行军的后方,一会儿一阵枪声,一会儿一阵炮声。抬着受伤的战友,跟在连长身边的温玉让,内心油然生出一股对连长韩城的崇敬感来,江口村的一场小胜,连长韩城的分析太对了,独立团的后方,所以一会儿枪声,一会儿炮声,肯定是鬼子兵跟上来了,而这种跟进,像一块放臭了的黏糕,一直没能摆脱掉,直到独立团艰难地挺进了他们接防的柏树岭阵地,回过头来,给了追击他们的日军以痛击,才暂时地获得了一个喘气的机会。

不断地开火,不断地交战,温玉让的身边多了几位伤员。因为缺医少药,温玉让找来当地的高度汾酒,还从山上采来一些草药。他用汾酒给伤员清洗伤口,又用他玄色小布包里的小刀片给伤员清理伤口,然后再用草药制成的药膏,给伤员贴敷伤口……应该说,在战争的状况下,温玉让把一个连卫生员的职责,全心全意地做到了最好。连长韩城,还有连部的其他战友,以及受伤的伤员,无不对他竖着大拇哥赞扬。

但是,连长韩城把温玉让突然叫到连部,让他放下他要照顾的伤员。

对此,温玉让深为不解,他问:"为什么?"

连长韩城说:"为了更好地消灭日本鬼子!"

温玉让说:"好不容易到了抗日最前线,我们每天做的,不就是消灭日本鬼子吗?"

连长韩城说:"还记得我给你说的那句话吗?你有特殊用处。"

温玉让没话再说了,他告别了柏树岭,告别了他熟悉的战友,在连长韩城的陪同下,先到团部,见了一个没穿军装,而是穿了一身长衫的中年人,接受了一个特殊的任务。他脱下穿了不多日子的军装,换上他原来穿惯了的袈裟,还原成一个没有废戒的和尚,去了同蒲铁路的枢纽城市闻喜,完成一个他一点把握都没有的任务。

是个什么特殊任务呢?

温玉让暂时还不知道,穿长衫的人告诉他,他到闻喜城后,只消在闻喜城的龟寿庙门外玩蛇卖蛇药,就会有一位女子和他接头,向他传达他的任务。

六

这个神秘的女人啊!她会是谁呢?

晓行夜宿,光着脑袋,穿着袈裟,把自己还原成一个出家和尚的温玉让,到了闻喜城后,没敢怎么耽搁,直接找到龟寿庙,在庙前的广场上玩起蛇来。一个想要成为蛇医的人,就不能怕了蛇,如果自己一旦被蛇咬过,见了烂绳头都怕,是绝对做不了蛇医的。温玉让被蛇咬过,而且是能致人死命的七寸蛇,所以他是怕蛇的,但师父尚云把他从蛇口里救下来,不仅向他传授佛学知识,还有心让他学习做个蛇医,他能不学吗?他是必须学的,学好了,也要如师父一样,为遭受蛇伤的人提供帮助。

救人一命,胜造七级浮屠。

佛教典籍是这么教授人的,入了佛门的温玉让,更应懂得其中的道理。他在师父尚云的眼皮子底下,学着玩蛇了。当然,他一开始玩的都是无毒的菜蛇,有五颜六色的花蛇,还有翠生生的青蛇和亮汪汪的白蛇。一天一天地玩,蛇和人缠缠绵绵,温玉让醒着的时候,蛇就缠绕在他的身上。一会儿是条花蛇呢,从他的左手袖筒里滑出来,缠在他的左手臂上;一会儿是条青蛇呢,从他的右手袖筒里滑出来,缠在他的右臂上;一会儿又是条白蛇了,从他的脖领上滑出来,缠绕在他的脖子上。蛇与温玉让亲密得不分彼此,须臾不能分开,便是温玉让的瞌睡来了,躺在了床上,花蛇、青蛇、白蛇像他一样,也无精打采地软在他的身上,和他一起昏睡……早上在大雄宝殿里是要做早课的,晚上还要在大雄宝殿做晚课,在这些个神圣的时间里,花蛇、青蛇、白蛇也都不会脱离温玉让,从始到终缠绕着他,和他一起做早课、做晚课。这时候的温玉让是安静的,他和禹王庙的一众师徒,或肃立,或打坐,在香烛缭绕的大雄宝殿,一会儿一声单调的木鱼响,一会儿一声单调的钟磬响,然后就是师徒虔诚的集体诵经声了,低沉、典雅、婉转、清幽……花蛇、青蛇和白蛇,仿佛也听得懂木鱼和钟磬的声音,仿佛也听得懂温玉让师徒的诵经声,静静地缠绕在温玉让的身上,探头探脑,或摇头晃脑,随着木鱼和钟磬的节奏,以及温玉让师徒们诵经的节奏,很是庄严地动作着。

　　在龟寿庙路对面的街沿上,温玉让玩着的花蛇、青蛇和白蛇,是不是他在禹王庙里的旧伙伴,没人能知道,但大家看到的情景是,花蛇、青蛇和白蛇,都如他在禹王庙里玩的那三条一样,一条从他的左袖口爬出来了,一条从他的右袖口爬出来了,一条从他的脖领爬出来了,这样的稀罕,谁又见过呢?几乎所有的人都自觉遵循着"见狼撑两步,见蛇退三步"的本能,在走过温玉让身边时,要不由自主地退开几步,待自己的心跳平静下来,又前跨几步,围在温玉让的身边看他玩蛇,不多一会儿时间,温玉让的身边,就已里三层外三层地围了不少人。围上来的人,七嘴八舌,议论不休,胆大点儿的,忍不住还要伸出手来,试图摸一摸在温玉让袖筒和脖领上缠绕出入的花蛇、青蛇和白蛇。他们如果只是伸手摸摸那三条漂亮的蛇,倒也没有什么,但大家在摸着的时候,还要不干不净地乱说几句。

　　有人说了,说温玉让的花蛇,可是一位漂亮的花大姐变成的?

　　有人说了,说温玉让的青蛇,莫不是《白蛇传》里的千年蛇仙青儿?

　　有人说了,说温玉让的青蛇是《白蛇传》的千年蛇仙青儿,那他的白蛇呢,就肯定的千年蛇仙白素贞白娘子了!

七嘴八舌地乱说着,还有人干干地笑上两声,指着温玉让让大家仔细看,说温玉让怕就是金山寺里嫉妒许仙而加害白娘子和青儿的法海和尚了呢!

温玉让听不惯众人这么胡乱议论,他左手青蛇,右手白蛇,任由嗞嗞吐着蛇芯子的青蛇白蛇,向瞎说八道的人发出突然的攻击,吓得围着的人惊叫着,纷纷后退,退得太急太猛,还把身后猝不及防的人,撞得倒在地上……温玉让放蛇来吓唬不设防的人,其实只是做个样子而已,他哪里会放蛇真去伤人,而且,他来这里玩蛇的目的,并不是要和围观的老百姓逗乐子,他有他的任务,而且是特殊的任务。他在这里以玩蛇做掩护,是要在这里和一位与他一样、身负特殊任务的人联系接头的。

温玉让联系的人,组织上给他说得明白,是一个有身份的女人。这个女人将会从对面的龟寿庙里走出来,从他玩蛇的地方走过去,走上一程,然后再突然地折身回来,与他暗语联系。他跟她走,到一个可以掩人耳目的地方,她向他布置具体的任务。因此,温玉让在玩蛇的时候,须臾不敢大意,时刻观察着对面的龟寿庙。

在闻喜城,龟寿庙是很有名的。

所以起名为龟寿庙,还有一个美丽的传说,在民间一直鲜活地流传着:说是建庙初期,工匠们不小心把一只乌龟砌进了庙墙下的石基里。那面石墙的一边,原来是个大水塘,人们发现,水塘里有只乌龟,清晨一趟,傍晚一趟,总要从水塘里爬出来,爬上岸,爬到庙墙的石基旁,向一个石基的缝隙里吐水泡,嘟嘟嘟,嘟嘟嘟……乌龟吐出的水泡,泛滥着,会堆起很大的一堆,这只乌龟吐着,好像是石基下也有一只什么活物,拼命地吞食水泡似的,一会儿的工夫,墙外乌龟吐出的水泡堆,就会被石基下的活物吞食完。那只乌龟一早一晚地爬行在水塘和庙墙下,把一段不算很短的泥土地,都爬出了一条光溜溜的水道,人们发现了这条水道,也发现了那只乌龟。大家好奇不已,把这件事告诉给了住持龟寿庙的方丈,方丈像大家一样好奇,他组织民夫,小心地拆了那段庙墙,一个惊天的秘密,这才暴露在光天化日之下,有只乌龟就被压在庙墙下,水塘里的乌龟爬到墙脚下吐水泡,原来是来喂食墙基下的乌龟的!

这太感人了!

方丈为此组织了一场盛大的佛教法会,把他们的庙院正式命名为龟寿寺。方丈之所以这么做,一来感动于乌龟不离不弃的生命意识,二来教化民众,应该葆有乌龟终寿不灭的慈悲情怀。

传说说了,到大家发现那个秘密时,寺庙建起来,已有七八百的历史了。

日本鬼子打来了,他们征用了龟寿寺,把这里变成了一处特务机关。做出这一改变的人叫龟田太郎,龟田自认为他是个中国通。他说了,他叫龟田,寺庙叫龟寿,天造地设,这里是他在中国的下榻之地。他下榻在龟寿寺里,把前院做了特务机关的办公场所,后院则做了关押抗日义士们的监狱。注视着龟寿寺的温玉让,看得见挑在一根旗杆上的日本膏药旗,就插在庙门顶上的木构门楼上,在风中刺眼地飘摇着,这让温玉让看着,心里有说不出的不舒服。

这是个弘扬善良、弘扬慈悲的佛教道场呀!怎么能插上血腥的膏药旗,并把这里弄成监狱,残害我们的抗日志士呢?

内心满是愤慨的温玉让,看见一位身穿浅绿色绣花旗袍的女人,娉娉婷婷地从插着膏药旗的庙门里走出来了。他注视着这位穿着旗袍的女人,她走近了他玩蛇的地方,既没有驻足,也没有看他,径直往一边的小巷子走了去,走得不见了人影。可是温玉让的视线,从这个女人走出庙门,走近他玩蛇的地方,然后消失在小巷子里,就一直地挂在了她的身上,没有脱离开来。

她是谁呢?怎么这么面熟?

容不得温玉让多想,穿旗袍的女人返身又从小巷子里走来了。这一次走来,穿旗袍的女人,走得没有刚才那么从容,她急乎乎的,走得既匆忙又失态,她走到温玉让玩蛇的地方,拨拉开围着他的人群,走到他的跟前,叫了他一声"师父",他就发现这个女人是谁了。

这个女人就是他在陕西讨饭吃的伙伴草儿!

草儿没容温玉让在这稠人广众面前认出她。她给温玉让急颠颠地说:"我有一个徒弟被蛇咬咧!"

温玉让没有惊慌,沉着地收揽着他身上缠缠绕绕的三条蛇,说:"不要紧,有我哩。"

七

温玉让说:"你说,你真是草儿吗?"

草儿说:"不,我不是草儿,我是角儿草玉。"

草儿回答温玉让,忍不住莞尔一乐,还说:"你说你真是温玉让吗?"

温玉让说:"不,我不是温玉让,我是和尚果信。"

这既是暗语,同时又饱含着温玉让和草儿自己才有的生活经历,让他俩不由自主地想笑想哭,甚至想要拥抱在一起,长啸长歌。但他俩不能笑,不能哭,自然就更不能长啸,就更不能长歌。他俩穿街过巷,走进一处门口挂着"草玉社"条形木匾的四合院里,话跟话地说了这么几句,便穿过院子里或者舞刀弄枪,或者咿呀吊嗓子的人群,去了后院的一间窑洞式的住房里,掩起门,站在窑脚地,一个望着一个,静静地站着,谁都不说话。站了好长时间,这才自觉地说起话来。

这一次是草儿先开口的,她说:"我不会看错,你就是温玉让。"

温玉让没有再否认,说:"我也不会看错,你就是草儿。"

多少往事,在温玉让和草儿的心里,如潮水般涌了出来。在禹王庙里,因蛇咬而昏迷的温玉让,在师父尚云的精心救治下,初醒过来,他的眼睛流泪了。草儿伸出她稚嫩的小手,在他眼角为他抹泪的感触,快二十年了,温玉让依然感觉得到,凉凉的,软软的,就像昨天才发生的一样。

同为天涯沦落人,七寸蛇的毒液彻底地夺去了温玉让母亲的性命,唯有温玉让侥幸地存活下来,他该怎么办呢?

温玉让太小了,孤苦无依,草儿的父亲想要收留他,把他和草儿带在一起讨日子,可是慈悲的尚云师父没有同意草儿父亲的意见。尚云师父说了,他说草儿父亲的好意,佛也会感动的,但是兵荒马乱,天灾人祸的,你怎么来带温玉让?你把草儿带好就好了,可不敢给你再添负担了。尚云师父的话说得再明白不过了,他怕温玉让出了禹王庙的庙门,再受什么挫折,就把他留在庙里,在他们出家人的灶上多添一个碗一双筷子,保证让他有口饭吃的同时,还有时间和机会,识字念经。

草儿的父亲还能说啥呢?他啥啥都不能说了。他以同乡的名义,代替温玉让死去的母亲,感谢了尚云师父,他说:"大慈大悲的佛啊!玉让小子有福哩。"

尚云师父双手合十,答了草儿父亲一声:"阿弥陀佛!"

温玉让留在了禹王庙,草儿跟着父亲,继续走三乡,串八社,在人们的施舍下生活。但是父女俩十天半个月的,隔上一段时间,都要转回到禹王庙里来,看一看温玉让,陪着他在清寂幽静的禹王庙玩一阵。温玉让和草儿青梅竹马地长着,长到不再两小无猜,长得他们自己心里,一个对另一个有了很深的依恋。譬如温玉让,如果草儿随在父亲的身边讨日子,几天不到禹王庙里来,他就要想草儿,想得在庙里待不住,会一趟一趟地跑出庙门,到门外东张张,西望望,盼着草儿能够跑到他的跟前来,他们一起捉迷藏,一起疯,一起狂……这时的草儿也是,仿佛神通的消息,鬼牵的线索,她随着她的父亲,一再地要提醒她的父亲,说咱们到禹王庙里去吧,也不知温玉让在庙里怎么样?他现在跟着他的师父,玩蛇玩上了瘾,白蛇、青蛇,还有杂花蛇,和他纠缠在一起,要多好玩有多好玩。

草儿说得对,温玉让住在禹王庙里,跟着师父尚云,识了不少字,念了不少经。草儿和她父亲到庙里来,草儿自己就如一条花蛇似的,先把温玉让纠缠上了,她管温玉让一口一个哥哥地叫着,叫着温玉让哥哥,让他把他学会的字,在庙院的土地上写出来,一个一个地教给她,她学会了,还要缠着温玉让,让他把他念会的佛经也教给她……草儿是颖慧的,温玉让教她什么,她都能很快很好地学到心里,死死地记住不忘。学会了写字,记下了佛经,还有时间怎么办呢?疯是一种办法,狂是一种办法,而最好的办法就是玩蛇了。

跟着师父尚云,温玉让从怕蛇到不怕蛇,慢慢地熟悉了蛇性,像师父尚云一样,出门身上是不离蛇的,便是困乏时睡觉,也会与蛇共枕而眠了。

与蛇为伴的温玉让,到草儿来禹王庙看望他时,他怎么能不表演给草儿看呢!他让他养着的白蛇、青蛇和花蛇,自由地在他身上缠绕攀爬,并让白蛇、青蛇和花蛇自己缠绕攀爬,这让草儿是吃惊的,更是惧怕的,总要躲开温玉让和他的白蛇、青蛇和花蛇。温玉让不要草儿躲,说蛇并不像人想象得那么可怕,蛇也是懂感情的,人对它好,它是知道的,它也会对人好。温玉让这么劝导着草儿,还会劝她玩他生吞活蛇的绝技。

与蛇不是朋友,这个绝技确实不敢玩。

温玉让与他的白蛇、青蛇和花蛇是很好的朋友了,他给草儿表演生吞活蛇的绝技,并且开导草儿,要草儿跟他也学玩蛇的技巧。草儿不敢,温玉让就拿好蛇,让草儿用手摸。草儿无法抗拒温玉让的好意,而且还无法抗拒内心的好奇,觉得温玉让的师父尚云玩得了蛇,温玉让跟着师父尚云也学会了玩蛇,她不缺胳膊不少腿,为什么就要怕蛇而不敢玩蛇呢?草儿把她藏在身后的手伸出来了,伸向了温玉让捉在手里的蛇,小小心心地摸上去,她摸出了一手的滑软,还摸出了一手的凉爽,她摸着胆子大了起来,竟然用手握住了蛇的身子,察看蛇的反应。她没有发现蛇有什么异常表现,依然滑软,依然凉爽,而且又还依然地温顺亲昵,草儿在那一瞬间,像温玉让一样,忽然也爱起蛇来了。

就在这个时候,温玉让把他握蛇的手完全地松了开来,一条花彩的蛇就都被握在草儿的手里,任由她学着温玉让的样儿,玩起来了。

玩来玩去,草儿也成了一个玩蛇的人。

草儿和温玉让玩着玩着长成大人了。温玉让长得高高大大,很有点男子汉该有的味道,特别是他的嘴唇,有棱有角,静悄悄地生出一些绒绒的胡须。与他相对应的,就是草儿了,草儿生得纤纤细细,很有些小姑娘们应有的韵致,黑乌乌的一头青丝,披散下来,犹如一帘黑色的瀑布,束起来扎着辫子,就犹如一条黑油油的乌梢蛇。

温玉让就曾说过,草儿的长辫子,像他玩在手里的蛇一样。

草儿不恼温玉让这么说她,不仅不恼,还会大方地把她的长辫子甩到胸前,捧在手里给温玉让送,说:"你不是会玩蛇吗?我的长辫子是条蛇,你就玩嘛,我看你怎么玩。"

温玉让当真捉住草儿的长辫子,玩起来了。他把他玩的白蛇,和草儿黑黑的长辫子并在一起,也许是白蛇也喜欢草儿的长辫子吧,刚被温玉让并在一起,白蛇就缠上了草儿的长辫子,一黑一白,对比着缠在一起,还真是一种别出心裁的好玩法哩。

他俩那么玩着,不知怎么的就不在一块玩了。跟着父亲讨日子的草儿,还像往常一般,隔些日子要和父亲到禹王庙里来,但她来了之后,不再像原来的时候,迅速地找到温玉让,和他没心没肺地玩在一起。她后来来了,人到禹王庙里来了,却要躲着温玉让,只在一个墙角处,或是一棵老树后,偷眼搜寻温玉让……忽然一日,躲在墙角处的草儿,看到了大雄宝殿里的一幕,温玉让脱下了他原来穿着的家常衣服,换上了出家人才穿的那种袍服,虔诚地跪在佛祖的塑像前,由尚云师父住持,全庙的出家人,都集体而有序地排列在殿堂两边,焚香念佛,来为温玉让举行庄严的剃度仪式。

草儿心里已把温玉让稳稳当当地安顿下来了。她想不到温玉让会出家!

躲在墙角后边,草儿不敢看温玉让剃度的场面,但又忍不住还要看,她看见温玉让一头的黑发,在温开水里浸洗了三遍后,被师父尚云用一把小巧的剃头刀,一绺一绺地剃下来,他的脑袋被剃得又光又亮。看到这个情景,草儿由不了自己,竟还乐了一乐。但是接下来,师父尚云要给温玉让的秃脑袋灸戒疤了,手指粗的一截香头,红红地燃烧着,师父尚云吹去香火上的香灰,"吱"的一下,灸在温玉让的秃脑袋上,蓦地腾起一股皮肤被烧焦了的青烟,一个戒疤刚灸过,师父尚云手捏香头,又在温玉让的秃头上灸下一个戒疤了,反反复复地,师父在温玉让的秃头上,排列整齐地灸了六个戒疤,这才长吁一口气,把仍旧燃烧的香头,插到一边的香炉里,双手合十,和住庙的一众弟子,来为受戒的温玉让诵经了。

温玉让可是太能忍疼了,香头灸在他的秃脑袋上,他一动不动,但是看着他受戒的草儿,躲在墙角后,却像师父尚云把红红的香头灸在她的头上似的,她要把她的头缩一下,再缩一下,好像是她受戒似的疼痛。

那一年温玉让一十三岁,草儿一十二岁。

草儿可以忘记一切,但她把这一天死死地记在心里,永远都不会忘记。因为这一天,对于他俩来说,是人生友谊的分水岭,从此,温玉让正式出家做了和尚,而草儿随在父亲的身边,还是一个讨日子的小叫花子。不过,草儿的小叫花子也没有做几天,她父亲病饿交加,很快就咽了气。父亲咽气前,草儿给自己的头发上插了一根稻草,在渭南城的巷道里,一边挥手赶着叮向父亲的蚊虫,一边等待着有人买她,买了她好给父亲抓药治病。恰在这时,有一家戏班子路过,哼哼哈哈还能说两句话的父亲,叫住了戏班子的班主,把草儿不情不愿地交给班主,自己便蹬腿儿见了阎王。

戏班子不大,班主却非常了得,就是后来闻名晋豫陕三省的豫剧名家香玉儿。

香玉儿本人,也是从河南逃荒到陕西的河南人。乡情加上乡谊,香玉儿把草儿带在身边,像对自己的女儿一样,既教她学戏,又教她做人,让小小年纪的草儿,迅速成长起来,成了香玉儿戏班子里,一个扛得起活儿的角儿了。

正因为此,草儿从此再没见到过温玉让,而温玉让也再没见过草儿。这一次,在闻喜街头接头,草儿接到的是温玉让,温玉让接到的是草儿,这使他俩心里,都有一种隔世的慌乱和不安。

院子里,草玉社里既有文场、武场,拉着弦子,敲着板鼓合戏,又有男男女女一班演员舞刀弄棍吊嗓子……在后院的窑洞或上房里,一身和尚打扮的温玉让静静地看着草儿,而草儿又一身亮鲜水滑的旗袍看着温玉让。他俩各自知道了对方的身份后,几乎同时,都说出了这样一句话。

温玉让说:"咱俩又走到一起了。"

草儿也说:"咱俩又走到一起了。"

八

走到一起的温玉让和草儿,大目标是共同的,小任务也是共同的,他俩要团结一心,与全中国所有决心抗日的仁人志士一起,把万恶的日本鬼子赶出中国去。

现在,他俩是一个战壕的战友,他俩的任务是,在闻喜城里,摸清龟寿寺龟田太郎的全部底细,选择好一个恰当的机会,配合潜伏进闻喜城的地下抗日力量,既要一举消灭龟田太郎的特务机关,又要全部解救被关押在龟寿寺的抗日志士。

草儿给温玉让介绍情况,说她能够知道的是,被关押在龟寿寺的抗日志士,有五十多人,他们中有国民党的人,也有共产党的人。他们被关押在这里,吃不饱,喝不好,还经常遭受龟田太郎等日本特务的拷打审问,有些人,经不住鬼子的酷刑折磨,壮烈地牺牲了。

草儿给温玉让介绍了这些情况后,还说了那位鬼子的特务头儿龟田太郎,是个自命不凡的家伙,常以中国通自诩,特别是在宗教方面,说他研究佛教最用心,而且还研究道教和儒教。在龟寿寺,他整日手不释卷的样子,就是在拷打审问我抗日志士时,手里都要拿一本我国的线装书,装模作样地读着,读到兴起时,还要和被拷打审问的抗日志士分享,讨论一番。

草儿给温玉让介绍着龟寿寺的情况,介绍到这里,温玉让乐了一下。

温玉让插话说:"我知道了,禹王庙被鬼子炸毁,师父尚云自焚抗敌,给我废了戒。我入伍是要到抗日前线与鬼子拼,半道儿把我抽出来,派到闻喜城里来执行特殊任务,原因怕就在这里吧。"

温玉让的插话,让草儿愣了愣,但她很快恢复了常态,说:"我只是向组织汇报了龟田太郎的基本情况。"

温玉让又插话进来,说:"我原是出家人,所以选派我来了。"

草儿说:"派你来不好吗?"

温玉让说:"开始时,我是有点小情绪的,现在听你这一介绍,我知道派我来派对了,我们一定要胜利完成任务!"

温玉让把话说到这里,草儿把心放开了,她引导着温玉让,就温玉让在闻喜城如何潜伏下来,如何接近和打入龟寿寺,如何营救龟寿寺被关押的抗日志士等既紧迫又棘手的问题探讨了一番后,就送温玉让从他们草玉社出来了。

在温玉让从草玉社出来时,草儿拖来她草玉社的一个徒弟,抓住温玉让身上的花蛇,不由分说地照着徒弟的脖子咬了一口。她做这事的时候,好像与她的徒弟早就沟通过一样,她的徒弟见了蛇不躲不藏,任由草儿抓着蛇咬他了。温玉让猜得不错,草儿的徒弟在戏班子里,扮的是她徒弟,但私底下,是她开展地下工作的一个得力助手。用蛇咬他的苦肉计,就是草儿和他共同商量出来,并共同来实施的。而这也是他们相互联络,且又掩人耳目的一种不得已的做法。蛇咬了小徒弟,温玉让吃惊的同时,没敢迟疑,迅速展开尚云师父传给他的小布包,取出刀片先给小徒弟在蛇伤处放血,然后又给小徒弟扎针,为小徒弟处理好了蛇伤,这才往外走了。

走出大门外,街上的人就都看见了草儿和温玉让,他们一个是旗袍裹身的豫剧名伶,一个是袈裟缠身的和尚,还是非常惹人注目的。草儿和温玉让没管他人的眼目,在大门外,温玉让把一纸药单交给草儿,嘱咐草儿到药店去抓药:是给小徒弟煎服的,就赶紧给煎了服用,是碾碎了制药膏的,就制成药膏,给小徒弟往蛇伤处敷,千万不敢耽搁了。听着温玉让的话,草儿一个劲地点头。最后,草儿拿出两块银洋,给了温玉让。

草儿说:"谢谢师父搭救我的徒弟之恩!"

温玉让也不客气,接了银洋说:"施主言重了,小小蛇伤,对贫僧来说,只是举手之劳。"

那条花蛇被草儿留了下来,唯白蛇和青蛇,还和温玉让形影不离,缠绕在他的身上。他在闻喜县城的大街上走着,招招摇摇地,去了北街口上的老娘庙。

这没什么好说的,所以称老娘庙,自然有庙的样子,只是那个名字,听起来是有些怪异,怎么就加了"老娘"两个字呢?

普天之下,这庙那庙有千千万,能叫老娘庙的大概只有这一处了,而且还有一个传说为此做着证明。清末民初年间,有一位拖儿带女的老母亲,到庙里来上香,不知怎么的,就引起了一场大火。老人家不想因为自己的过失而毁了一座老庙,就奋力地在庙堂上扑着火,她的一对儿女,年龄尚小,跟着他们的老娘,也不管不顾地扑着火,可是任凭他们母子如何扑救,都不能使火势小下来,反而是越烧越大,到了不能控制的程度。万般紧急的情况下,老母亲把一对儿女推出熊熊燃烧的烈焰,她自己返身火海,结果被大火夺去了性命。侥幸活下来的一对儿女,后来就住进烧成一片废墟的老庙,四处讨饭化缘。这感动了闻喜县城的百姓,大家互通声气,筹集资金,把焚毁了的老庙重新修建起来。建起后,建庙有功的那一对兄妹,为了纪念他们的母亲,把原来另有名字的老庙改叫老娘庙,他们这么叫,前来上香祭拜的信众也跟着这么叫,因此就叫成了老娘庙。

天南海北的庙宇,不独老娘庙,都是出家人的家。

缠绕着白蛇和青蛇的温玉让,进了老娘庙,把庙里雕塑的佛门尊者,按照佛家规矩,挨个儿全都拜了个遍,然后去了老娘庙住持的禅房,来向住持报到了。

住持蓄着长长的胡须,且已全部白去,泛着一种银质的光彩。温玉让踏进庙门,在几进殿宇里挨个儿礼佛的时候,就已有庙里的僧侣,把他的情况报告给了住持。所以,身上缠绕着白蛇和青蛇的温玉让,拜在住持面前时,住持一点都不奇怪,而是目光平和地看着他,没等温玉让自己报上名来,住持就先开口说话了。

白髯住持说:"来者可是禹王庙的僧人?"

温玉让经不住白髯住持这一问,他的眼睛里蓦地涌出潮水般的泪水。他老实地给白髯住持说:"禹王庙被鬼子的飞机炸平了!我师父尚云自焚明志,同时把我也废了戒!"

温玉让这么说着,两腿膝盖一软,不由自主地给白髯住持跪了下去。

白髯住持从他坐着的一个很大的蒲团上站起来,走到了温玉让跟前,把他扶起来说:"你师父尚云和禹王庙的情况,我都听说了。我悲伤禹王庙的被毁,而钦佩你师父尚云的高德。你现在既到老娘庙里来了,老娘庙就是你的栖身地,你安安心心住在庙里,有什么事,老僧和你一起承担。"

此前,温玉让并不认识白髯住持,但他来到老娘庙,自己还没介绍自己,白髯住持却先他报出了他的来处,这让他的心里好生不解。在白髯住持带着他,给他安排住处时,他不禁向住持问了起来。

温玉让问:"师父……"

温玉让的全部问话应该是师父怎么认出我来自禹王庙,但他才张开口,说出"师父"两个字,白髯住持就把他的话堵了回去。

白髯住持说:"缠绕在你身上的白蛇、青蛇,把你的底细告诉了我。"

温玉让还是不解,说:"白蛇、青蛇?"

白髯住持说:"对,是白蛇、青蛇。恕老僧见识少,你给我说,除了你的师父尚云和他带出来的徒弟,谁的身上还会缠绕白蛇和青蛇。"

温玉让怕人说起他的师父尚云,谁说他都想哭想流泪。白髯住持从白蛇和青蛇而又提起他的师父尚云,他顿时又哽咽起来,失声又叫了一声:"师父!"

白髯住持抬手在温玉让的肩上抚了抚说:"你身上还该缠绕一条花蛇的,怎么就没有了呢?"

温玉让知道他碰上熟悉他师父尚云的同道中人了。他没隐瞒白髯师父,但也只是淡淡地给他说:"我把花蛇暂时寄养在一位施主家里了。"

白髯住持显然有疑问,说:"寄养在施主家?"

温玉让说:"您就不要多问了,我想,过不了几日,您就会知道是怎么回事。"

有一出《白蛇传》的戏,上海的越剧有的演,北京的京剧有的演,陕西的秦腔有的演,河南的豫剧和山西的晋剧也有的演,其中的白蛇和青蛇,是一对修行了千百年的蛇精,白蛇精在西湖边偶遇书生许仙,一蛇一人,演绎出了一曲让人肝肠寸断的爱情故事。对这样的故事,俗世人等还都是喜欢的,大家你看他看,看得无人不知,无人不晓,但那也只是戏剧舞台上的故事。现实中有吗?大家谁又见过呢?没人见识过,却突然地,在老娘庙里住进个身缠白蛇和青蛇的温玉让,让闻喜县城的人,很是好奇了一番,人们纷纷到老娘庙里来上香观看,看了后又都在好奇的基础上,增加了一些新的令人更为不能理解的神秘。

这件事,如风一样,也传进了日本特务机关所在的龟寿寺,让军阶为佐官的龟田太郎也听到了。

三十岁不到、中等个子的龟田太郎,所以到闻喜县城的龟寿寺主持特务机关,其实并非他心所愿。战前的龟田,是东京大学东方文学专业的高才生,尤其偏重中国文学的研读,《红楼梦》《三国演义》《水浒传》《西游记》《聊斋志异》等中国古典文学名著,被他读得滚瓜烂熟。他读中国文学,读得很活,一部《红楼梦》,他囫囵地读了两遍后,还把整部书拆开来读,分出诗词,分出风俗,分出宗教,分出宴饮、服饰等十多个类别,再仔细阅读研究,并根据他的阅读和研究,写出一篇篇的学术文章,刊发在东京大学的学术刊物上。为此,他很骄傲地说,他是日本青年一代研究中国文学最有成就的人。可是九一八事变后,这么一个热衷于中国文学研究的青年学生,被征召入伍,先是渡海来到被日军占领的东北,只几年的时间,就随着战局的不断变化,被裹挟着,步步入侵,这就进入关内,落脚在沦陷区的华北地区,继续他们罪恶的侵略战争。这时的龟田太郎,已被血与火的战争,熏染成一个所谓"大东亚共荣圈"的忠诚战士,在战争的空隙,他的同伴们,有人热衷寻找花姑娘宣泄兽欲,有人热衷去酒馆听曲醉酒,还有人热衷暗地里串通汉奸商人,倒买倒卖医药武器等战争物资,大发战争财。对这一切,龟田太郎是不齿的,但他碍于战争的形势,睁一只眼,闭一只眼,不去搭理那样的人那样的事,仍然如他在东京大学时那样,把他能够利用的时间,全都利用起来,写他想写的文章。

这个时候,龟田能写什么文章呢?

从刊发在日军报纸以及当地日本人控制的报刊文章,可以看出他对华北的战局和时局,都有涉猎,其中一篇文章,被他在日读中学时的一位老师看到了。那个名叫川琦秀吉的老师,这时已成为日军华北派遣军参谋本部的情报长官。原在中学时期,川琦秀吉对龟田太郎就十分赏识,只是失去了联系。现在,川琦秀吉看到了署名"龟田太郎"的文章,很自然地想起了他的这位学生,就让人把所有能够搜集到的龟田太郎的文章都搜集到了,他仔细地读了一个遍,从文风和逻辑上看,川琦秀吉推断,龟田太郎不会是别人,只会是他的学生无疑,于是着人打问,几乎没费什么周折,就把龟田太郎找到他的办公室,并且开诚布公地深谈了一次。

师生本就有种特殊的感情,如父如子,而龟田太郎又特别会表达,他把他对中国战场以及亚洲全局的战争,以及未来的走向,条分缕析地说了个透。川琦秀吉听得不断点头,一纸调令,就把龟田太郎调到了他的身边,给他做起了参谋。做了不到两年,也是为了历练龟田太郎,当然更是为了提拔重用,这就把龟田太郎派到闻喜县城来,让他独当一面,负责晋西南一带的特务工作。

龟田太郎想要报答他的老师,到闻喜县城上任后,干得就特别卖力,相继侦破了国民党军统派驻在这一带的一个工作小组,和共产党潜伏在此的一个基层组织,对我抗日力量,是个极大的伤害。

温玉让被秘密派到闻喜县城来,就是要铲除这个能力很强的特务头子,同时营救被关押的抗日志士。

所以选择秘密派遣温玉让来闻喜县城,组织考虑的首要因素就是,这个龟田太郎也是个佛教徒,而且还特别热爱中国文化,这些都是温玉让可以利用的。

不过,龟田太郎听说了温玉让,就先敏感地以为,这个耍蛇的和尚,可能并不简单,自己有必要先发制人,会一会温玉让,看他可是一个真的和尚。

九

龟田太郎想见温玉让,他差人去叫是一种办法,而且他要叫谁,谁也不敢不来,也不能不来。但他没有这么做,他装出一副亲善的样子,亲自登门到老娘庙,去见温玉让了。

龟田太郎就是这么特别,不像别的日本鬼子,表现得总是那么穷凶极恶、残暴血腥。他不是那个样子,他显得亲善,显得还有那么点儿谦卑。当然,仔细地看,就会看出他亲善谦卑的表象下,掩饰不住的阴毒与乖戾。这一天,他就这样地往老娘庙里走来了。来前,他没有照会老娘庙,很随意地穿了身他们日本男子日常生活中所穿的那样一套衣裳,很雅致、很散漫地从他把持的龟寿寺走出来,走在闻喜县城的大街上,迎面碰见一个挑担卖菜的菜农,菜农要躲开他的,他拦住菜农不让躲,和菜农对面站着,向菜农甚是关切地问几句诸如菜价和种菜等方面非常寻常的话题。龟田太郎自诩中国通,在这时候体现得最为充分,他不需要别人翻译,自己就能用汉语与当地的菜农交流。他向前散散漫漫地走着,走过了挑担的菜农,又迎面碰见一个挑着芦席的手艺人。手艺人自然是本能地要躲他,他像对待卖菜的菜农一样,把卖芦席的手艺人拦在街头,问着他芦席的价格和编席的辛苦……尽管龟田太郎表现得非常亲善,但是一街两行的人,和一街两行的生意,都还像躲避瘟神似的躲着他、避着他。对此,龟田太郎不可能看不见,也不可能没感受,但他依然故我地走在闻喜县城,表演着他的亲善……他大方向是冲着老娘庙去的,所以,他还在街巷中表演着他的亲善,而老娘庙里的白髯住持,已经获得信众的通报,知道龟田太郎要到他的老娘庙里来了。

也不知白髯住持听到消息是何心情,温玉让听到后,心情就很好,他到闻喜县城来,住在老娘庙,等的这可不就是个消息吗?

不过,温玉让不能表现出他对龟田太郎的期待。

鬼子占领了闻喜县城初,城里的龟寿寺和老娘庙,相对别的去处,要安静一些,同时也安全一些。龟田太郎的特务机关进城来了,是他带人到龟寿寺里去,他没用"撵"字,也没用"赶"字,而是用了一个"请"字,就把龟寿寺里的出家人都"请"出寺门,把空下来的龟寿寺变成了他的特务机关和关押抗日志士的监狱。

白髯住持清楚地记得,那天的龟田太郎,就是今天这一副模样,穿着玄色的袍服,仿佛他也是个出家人一样。

被"请"出龟寿寺的出家人,有一部分远游去了,还有一些,就从龟寿寺挪脚到老娘庙,拜在了白髯住持的门下。闻讯从庙内后殿的寝舍处赶到老娘庙大门口的白髯住持,心里翻江倒海似的,有种大祸临头的感觉。他铁青着脸,任凭一阵一阵的风潮,吹动他白如银丝的长髯,静静地等着龟田太郎的到来。在他的身后,是他的一众弟子和从龟寿寺挪脚过来的出家人,当然还有刚入庙门的温玉让。

白髯住持没有说,随在他身后的出家人都没有说,但大家心照不宣地准备着,龟田太郎如果胆敢像他侵占龟寿寺那样侵占老娘庙,他们就将以自己的生命来捍卫。

身上穿着和服,脚上趿着木屐的龟田太郎,果然是到老娘庙来了。看上去,除了一个费孝先跟着他,就没有别的人相跟而来,其实不然,只要稍加留神,就会看见混在街市上的便衣,可都是他的随扈呢。龟田太郎往老娘庙走着,便衣随扈也往老娘庙动着,远远地,白髯住持他们看着龟太郎,而龟田太郎也看着白髯住持他们,相互一眼一眼地看着,不多一会儿的工夫,龟田太郎就一脸亲善地走到了老娘庙的门口了。

脸上堆满谄笑的费孝先,就随在龟田太郎的身后,他小心地观察着龟田的一举手、一投足,有种时刻准备着,来为龟田挺身而出的样子。

原来的费孝先可不是这个样子,他们家祖辈生活在闻喜县城,家境殷实,于街市的核心地段,开着一家绸布庄,开着一家烧酒坊,还有一家特色饮食店。他的爷爷读书读得好,曾于清朝末年考了一个举人的功名,虽然没能挣到一官半职,却也在闻喜县城得了个举人的高名,走到哪儿都被人高看一眼,是闻喜县城不可多得的绅士一族,常年一身长衫,之乎者也的,既招呼着他们费家的生意,还兼管着市面上的各项杂务。但是非常遗憾,老爷子寿数有限,就在日本鬼子于东北发动九一八事变的时候,老爷痛心疾首地说了句"扶桑鬼子害人害己,咱们大中华没有几天平安日子过了"的话后,竟咯血而亡。费家的产业历史性地落到了费孝先父亲的肩上,他的父亲偏也是读书之人,不怎么懂经营,家里的绸布庄、烧酒坊、饮食店,在他手里,不到两年的时间,先是饮食店关门易手,再是烧酒坊熄火改姓……而这时的费孝先,人还在东洋日本留学,父亲把家里的变故写信告诉了他,他回家来了,对失去的生意倒是不怎么上心,而且还把他家的绸布庄也歇了业,打发走庄上的伙计,自己动手,把绸布庄的前店、中院和后院彻底改造了一遍,自书一款匾额,打出闻喜初小的牌子,招录闻喜县城适龄的儿童,在他的学校里读书。

这个时候的费孝先,被闻喜人称颂着,大家以为他就是他爷爷费举人转世来的。费举人活着时,在闻喜办有一所旧式私塾,他现在办了一所新式小学,爷孙两代人操心的都是闻喜后辈儿孙的启智事业,大家尊崇他,大家称颂他,这是自然的事情。

可是鬼子打进闻喜县城来了,原来受人尊崇称颂的费孝先,摇身一变,成了龟田太郎的红人,大家就不再尊崇和称颂他了,而且还骂他二鬼子。

二鬼子费孝先，看来不是个含糊的人。他原在日本求学的时候，就已参加了国民党，因他言辞谨慎，行为低调，还被进一步发展为国民党的军统特务，负责收集日本国内的抗日情报，应该说，最初的时候，他还是做了一些非常有益的工作。他学成回国，被军统秘密安排回闻喜县城，先期潜伏下来，待战局变化后，继续收集日本侵略军的情报。然而，没人想到，他在日本国的时候，就已暴露了自己的身份，并被日本的特务机关成功策反。他表面接受军统的安排，潜伏在闻喜县城，而实际上，则是日本侵略军早期潜伏在闻喜县城的一个特务分子。

龟田太郎到闻喜县城来了，他是受川琦秀吉派遣来的，而二鬼子费孝先，也是川琦秀吉手里的一枚棋子。川琦秀吉想要扶持重用龟田太郎，就把费孝先交给了他，这才使潜伏着的费孝先浮上了水面，公然作为龟田的副手，来为龟田的事业服务了。

浮出水面的费孝先，送给龟田太郎的礼物可是不轻，他把军统部署在晋西南地区的抗日组织，和盘端给了龟田，并因此破获了共产党在晋西南的地下组织。

龟田太郎没有白让费孝先立功，他告诉费孝先，要把费家经营不善而丧失了的绸布庄和饮食店重新盘回来，让他们家继续经营。与此同时，他还同意费孝先把改为小学的烧锅坊，再改回来，继续他们家的酿酒产业。费孝先把这样的好消息告诉他父亲，想他父亲是该高兴的，可是他老人家高兴不起来，不仅高兴不起来，还与回家来的儿子大吵了一场。

费孝先父子的那一场吵，街坊们后来都听说了。

费府的中堂，挂有费孝先爷爷手书的一幅匾额，"高闳藻阀"，在中堂的两边，还手书了一副中堂联："鹄子行谊高劭，修平体性温人。"当了二鬼子的费孝先，看得懂爷爷手书中堂和中堂对联的深意，但他是什么都不管了。在和父亲关于他当汉奸的事大吵了一架后没多少天，他就厚着脸皮，把他在日本结交的一个女孩子，带回了他们家，带到了他父亲的面前，给他父亲说了。

费孝先说:"爸,你不是一直逼着我结婚吗?我给你把儿媳妇带回来了,她叫山杉纯子。"

费孝先的父亲就坐在中堂前的八仙桌边,他没有看费孝先带回来的儿媳山杉纯子,而是不错眼地盯着费孝先,让他给他把高悬在中堂之上的匾额和对联念一遍。

费孝先念了:"高闳藻阀。"

费孝先父亲说:"你把对联也念一遍。"

费孝先念了:"鹄子行谊高劭,修平体性温人。"

费孝先父亲说:"你娃还念得出来,好,你念得出来,就解释得出来,你给我解释一下。"

费孝先哑口了。他没有给他父亲解释。

费孝先的父亲说:"你解释不出来?那好,老子给你解释一下。'高闳'就是说门第,我们费家的门第是庄严显贵的。'藻',文辞文华;'阀',功绩功德。我们闻喜县城费氏一门,有自己的品貌,有自己的德行,我们谁都不能辱没我们的祖宗,我们谁都不能毁弃我们的德业。"

费孝先听他父亲这么说,他笑了,说:"我现在的所作所为,不就是为了我们费家的显贵和德业吗?"

费孝先的父亲打断了费孝先的歪理,说:"你不是……你知道吗?你是在辱没祖德!"

费孝先不同意他父亲的观点,说:"咱家的德业是谁丢失了的?就不用我说了。"

费孝先的这句话,明显是说他父亲的,因为他父亲虽然也读书,但读得很一般,却在寻快活的事情上,很是得心应手,他爱泡戏园子,泡得久了,还要包养女戏子,和女戏子纠缠不清,还跑到大烟馆里去,云山雾海地寻找解脱……总而言之,他这个父亲做得并不怎么样。他被费孝先一句话顶着,自己再也说不出话来了,但他说不出口的那句话,却像一块铅一样,堵在他的心口上,堵了不多日子,就在费孝先与山杉纯子举办的婚礼上,把一口黑红色的血喷吐在酒桌上,一命归了西。

费孝先和山杉纯子的婚礼,龟田太郎是主婚人,费孝先的父亲死了,他父亲葬礼的主祭人,依然是龟田太郎。

有龟田太郎为费孝先父亲主祭,他父亲的葬礼在国难当头的闻喜县城,办得那个体面,没有第二个人能享受得到。他家失去的绸布庄在他父亲的祭礼上,被人拱手送了回来,他家的饮食店,相跟着也被人拱手送了回来。龟田太郎说话算数,在把费孝先家里的祖产帮他弄回来的同时,还非常及时地帮助费孝先停办了小学,把他家的烧锅坊也恢复了起来……这时的费孝先也已不再单身,他娶了日本娘们山杉纯子,他家的产业,统统交由山杉纯子打理,而他则死心塌地给龟田太郎做着事。

走到老娘庙的庙门口了,龟田太郎是走中间宽宽大大的礼门进庙呢,还是从侧在一边的仪门入庙?龟田太郎可以不知道,费孝先是知道的。自幼长在闻喜县城,费孝先知道宽宽大大的礼门,只有佛门中的高僧大德之人才可以走的,一般的香客,只能走两侧的仪门。龟田太郎既不是佛门中人,因此就更谈不上高僧大德之誉,他要入庙,天经地义地只能走两侧的仪门了。可是费孝先却引导着龟田太郎,抬脚踏上了礼门的台阶……是的,龟田太郎的前脚刚踏上礼门的台阶,后脚还没有跟上来,却见一条白亮亮的长蛇,嗖地从温玉让的袖筒里飞蹿出来,横卧在龟田太郎抬脚的台阶上,让他把踏上台阶的前脚,慌慌张张地又退了回去。旁边引导龟田太郎的费孝先,比龟田太郎更为惊慌,他大叫一声,抬手想去他的腰间拔枪的时候,另有黑乌乌的一条长蛇,从温玉让的另一只袖筒里飞蹿出来,缠在费孝先的手脖子上,把他骇惧得软瘫在了地上。

慌张着的龟田太郎,心有灵犀地抬眼看了看庙门里凛然而立的白髯住持和他身后的一众徒弟,很是亲善地笑了笑,挪步到侧面的仪门前,拾级往老娘庙的庙门里走了。

不错,龟田太郎是个识相的人。他既然知晓从仪门入庙,温玉让就不能放蛇阻拦了,他拂了拂玄色的袍袖,使横卧在礼门台阶上的白蛇和缠绕着费孝先手脖子的青蛇,都听话地飞蹿回来,又入了温玉让的袍袖。

十

龟田太郎明知故问:"老娘庙?"

白髯住持应着他:"老娘庙。"

龟田太郎就还说:"老娘庙的好!老娘庙的好!"

白髯住持依然应付着他,说:"是好,是好。"

龟田太郎因而找到了论说的议题。他说为老娘立庙,佛家三千大世界,怕就闻喜县城这一处吧?好,好,是个人,谁没有老娘呢?老娘最无私了,老娘最爱人了,老娘就是……就是佛!就是神!对吧?我说得对吧?!

白髯住持不能否认龟田太郎的论说,他点头了。不过,他还想问一问龟田太郎,问他可也有老娘。白髯住持不能确定,一个有老娘,而且还具有老娘崇拜意识的人,怎么可能会如龟田太郎他们鬼子兵一样,烧杀抢掠,侵略他国,凶残不可描述。白髯住持这么想着,就不由自主地问了出来。

白髯住持问龟田太郎:"你有老娘吗?"

龟田太郎被白髯住持这么一问,一下子沉默了起来,眼睛还红了起来,片刻之后,说:"我怎么能没有老娘呢?我有老娘。"

白髯住持若有所思地说了:"是啊,别说是人,是个能动的东西,也都有自己的老娘哩!"

自觉从仪门走进老娘庙的龟田太郎,见佛就拜,也不问那座殿里供的是哪尊佛,他都要装出虔诚的样子,上香、稽首、布施……香客们并不知道龟田太郎要来,所以都如往常一样,该来的照样来,好像是因为日本鬼子的侵入,让善良的老百姓心慌心惊,无处寄托,把给佛上香求告,变得比过去更加谨慎,更加诚恳,所以进香拜佛的香客,比之过去,有增无减。龟田太郎进入老娘庙里来了,胆小的香客,像躲瘟神一般躲着他,而胆大一点的香客,不仅不躲,还把他们进香礼佛的一套程序,做得愈是庄重,愈是严谨。龟田太郎的耐心真是不错,随在他身边的费孝先,几次都要吆喝追撵在龟田太郎前头进香礼佛的人,但每一次都被龟田太郎制止住了。

装腔作势也罢,虚情假意也罢,走进老娘庙的龟田太郎,从进门的天王殿拜起,沿着中轴线,次第拜了弥勒殿、大雄宝殿、观音殿,他到每一个殿里,都很知礼懂规地上了香,上了供,而且还都向殿里的功德箱上了布施……陪在龟田身边的白髯住持,用他出家人的慈悲心肠,度量着龟田太郎,呼呼跳动的心,尖锐地提醒着自己,豺狼永远都只能是豺狼,毒蛇永远都只能是毒蛇,侵略者也永远都只能是侵略者,所以,他不能被龟田太郎的假情假意所蒙蔽,龟田太郎到老娘庙里来,绝不是单纯来礼佛的,一定还有不可告人的事要做。

龟田太郎还有什么罪恶的事要做呢?

无须白髯住持多想,龟田太郎自己会暴露出来的。果不其然,龟田太郎在礼拜完老娘庙里供养的所有佛陀后,他给白髯住持说了。

龟田太郎说:"借您地方,讨一口茶喝好吗?"

厚颜无耻!对龟田太郎的请求,白髯住持心里是这样想的。他虽然如此想,却也不得不请龟田太郎去了他简朴的,却也是十分清静雅致的方丈室,来为龟田太郎沏茶喝了。

白髯住持说了:"这里可没什么名贵的茶,杭州的龙井没有,福建的铁观音没有,信阳的毛尖也没有,我只有当地的土茶,也就是一种叫掐不齐的野草,采摘回来,自己焙炒自己喝了,太郎您可不要嫌弃。"

入乡随俗,龟田太郎表现得特别随和,他说:"您叫我太郎!哦,这样好,这样好,我在日本的家里,我的父亲母亲就叫我太郎,我到中国来,就没有人叫我太郎了。"

龟田太郎因为白髯住持的一句"太郎",竟然有了思乡之情。他说着还回头来看跟他进入方丈室的费孝先。费孝先看着龟田太郎的眼神心领神会,他立即插话进来,证明龟田太郎的话不虚。

费孝先说:"太君说得对,我们都敬畏地称他为太君。"

龟田太郎不等费孝先巴结的话说完,又立即插话说:"我乐意听住持叫我太郎。"

白髯住持自动手,煮了一罐土茶,倾在一个带把的粗瓷小缸里,然后又分斟在几个同样色调的粗瓷茶盅里,招呼龟田太郎喝了。

虽是土茶,但烹煮出来,茶汤却也清亮香醇,有种淡淡的黄色。龟田太郎双手恭谨地捧起一盅茶,先在鼻尖上闻了闻,然后送到嘴边,轻吮慢咽了下去,并且抿着嘴,回味了一会儿,不无敬佩地说了:

"土茶的好!我的家乡,也有一种土茶,我是经常喝的,我爱喝土茶。"

费孝先伸出手来,也要捧起土茶来喝,白髯住持立即赶在费孝先伸手就要捉住粗瓷茶盅时,把他的手毫不留情地挡了回去。

在老娘庙当学徒,然后做方丈,白髯住持对闻喜县城的人事情况是非常了解的。他把费孝先的手挡住说:"你是费公子哩,土茶可不适合你。"

费孝先被白髯住持戗了个大红脸,他借势想要发作一下,吹胡子瞪眼睛的,却被龟田太郎刀子一般刺来的目光挡了回去,悻悻地站在一边,既很无趣,又很无聊,不尴不尬,甚是难堪。

白髯住持是不会理睬他的,龟田太郎也没有理睬他,白髯住持和龟田太郎两人,在老娘庙的禅房里,竟然不可思议地论说起佛事来了。

论说佛事的头,是龟田太郎先起的。他说了:"老娘庙的香火真是盛哩!"

白髯住持说:"你们没来的时候,庙里的香火更盛!"

龟田太郎听出了白髯住持的挑衅,他没有顺杆子爬,而是朝着自己想要的结果走,于是他说:"香客们到庙里来,都是求佛的吧?"

白髯住持未加思索地说:"过去不是。香客们过去到庙里进香,都是尊佛敬佛礼佛修佛的。现在不同了,香客们到庙里来,确实都是来求佛的。"

龟田太郎以为他把白髯住持引导到了他的思路上,脸上因此有了些得意之色。他继续说:"佛是求的吗?"

白髯住持说:"佛不是求的。佛四大皆空,佛有什么好求的呢？我刚才说了,佛是要修的,一个人只要发愿向善,积极修为,都可以成佛的。"

龟田太郎以为有机可乘,跟着白髯住持的话说:"你说得对,太对了。"

白髯住持说:"我说对了什么?"

龟田太郎说:"修佛呀!"

白髯住持说:"可你开始就说,来庙里进香的香客都不修佛,而在求佛,你知道原因吗?"

龟田太郎想要白髯住持说出原因,就鼓励他:"你说呢?"

白髯住持说:"要我说,你心里最清楚,香客们求佛,求的只有两个字——平安!"

龟田太郎听得出话不投机,他便不想在这个他并不怎么熟悉的佛事上费口舌了。他相机把话锋一转,说起了温玉让。

龟田太郎说:"你们的……那个玩蛇的和尚呢?"

龟田太郎话音才落,玉让就闪身进到白髯住持的方丈室里来了。进得室内,温玉让右手袖筒里的青蛇,即飞蹿而出,缠到了费孝先的脖子上,把这个汉奸头子吓得面如土色,手抖脚颤,差点儿扑爬在地上。白髯住持指教温玉让了,说:"你还不赶快把青蛇收起来,看吓着了客人。"温玉让满脸开心的笑,他吹着口哨来收青蛇了,到他把青蛇收回自己的袖筒,再看费孝先,发现他的裤裆已湿渍渍一片。

温玉让耻笑他,说:"跟你玩一下嘛,看把你吓得都尿了裤子。"

听了温玉让的话,白髯住持和龟田太郎也看见了费孝先尿裤子的样子,他们二人忍俊不禁。

温玉让大咧咧地走到坐在茶台两侧的白髯住持和龟田太郎身边。温玉让招呼龟田太郎了。

温玉让说:"太郎,是您叫我的吗?"

龟田太郎有点生气,说:"老住持叫我太郎的好,你的不行,你得叫我太君。"

温玉让不解,说:"为什么?"

龟田太郎说:"你的,年纪太小了!"

温玉让点点头,说:"我懂了。太君,您叫我什么事?"

龟田太郎说:"白蛇、青蛇,你让我想起你们中国的传说故事,白素贞和许仙。哎呀,那可是太传神了,以此为基础改编的戏剧作品《白蛇传》,就很不错!你说你袖筒里的白蛇、青蛇,可是《白蛇传》里苦修成精的白素贞和青儿姑娘?"

温玉让没有想到这个他日后要解决的东洋鬼子,倒对中国的传统文化有如此明晰的认识,他说:"我袖筒里的白蛇、青蛇怎么会是苦修成精的白素贞和青儿?不是不是,我的白蛇和青蛇,只是我修佛的伴儿而已。"

龟田太郎似乎想要给温玉让显摆一下他的中国文化修养。他告诉温玉让说:"你们中国的文化传统里,以'四'为数的名物名故事。真是太多太多了,计有四大名扇、四大名绣、四大名花、四大发明……我的心里都是有数的,而我最喜欢的还是四大民间传说,一为《牛郎织女》,二为《孟姜女》,三为《梁山伯与祝英台》,四就是《白蛇传》了。你的白蛇、青蛇给了我一个启发,我要劝草玉社的草儿老板,把《白蛇传》排练出来,在咱们闻喜县城演出,你说好不?戏中不是有个法海和尚吗,你就扮演他了,演出中让你袖中的白蛇、青蛇也亮亮相,那可是一定会轰动的呢!"

尿湿了裤子的费孝先,所以能紧跟龟田太郎到白髯住持的方丈室里来,他是有特殊使命的,他要全面观察这位玩蛇的和尚,可是一个真的和尚。

费孝先观察了,他首先是从温玉让的头顶上来辨识的,看他光溜溜的秃头上,那六个圆圆的戒疤,别是特殊化装出来的。他认真观察的结果是,温玉让头顶上的戒疤,千真万确,是早年受戒用香头灸出来的。这使他稍稍放了点心,但还没有完全放心,因此他又从温玉让的举止形态上观摩了,同样是。他认真观察的结果,如果不是一个持久修持的人,是无法像温玉让一样举止的,他应该是一个彻头彻尾的和尚呢。即便如此,费孝光还想挑逗一下温玉让,希望能抓住把柄。

冷不丁地,费孝先问温玉让了:"请问小师父,您从哪儿来?"

温玉让被费孝先叫成了小师父,他心里是不快的,因此他带着出家人的情绪说:"小师父从来处来。"

费孝先不因为温玉让有情绪而放弃,继续着他的探问:"怎么还玩着蛇?"

温玉让依然情绪对抗地说:"为了玩而玩。"

费孝先不依不饶,是还想再与温玉让舌斗几回合的,可是龟田太郎插话进来了。龟田太郎所以插话进来,是他听了温玉让对于费孝先舌斗的回答词,不亢不卑,很像一个智慧和尚的表现。再者是,他们进老娘庙时,温玉让向礼门台阶上放出白蛇、青蛇的举动,那可是很嚣张呢!一个心里有鬼的人,而且是个和尚,他是不敢那么嚣张的。综观温玉让的表现,龟田太郎可以认定,温玉让就是一个纯粹的和尚。所以,龟田太郎插话进来,一是为了阻止费孝先对温玉让的试探,二是还想知道他心里的一个疑惑。

龟田太郎说:"有意思,费孝先叫你小师父,你好像不高兴?"

温玉让双手合十,没有言语,只在胸前举了举。

龟田太郎又说:"你认识草玉社的草儿老板?"

温玉让合十的双手还举在胸前,他不置可否地说:"草玉社的一个小徒弟被蛇咬了。"

十一

刚到闻喜县城,温玉让去草玉社的小院里,他的理由是小徒弟被蛇咬了。而这一次被龟田太郎请到他的特务机关龟寿寺里去,真真正正的,是草玉社的草儿老板被蛇咬了。

草儿老板是在龟寿寺里被蛇咬了的。

草儿老板所以到龟寿寺里去,自然是被龟田太郎请去的。龟田太郎说话算数,在温玉让跟前卖弄他对中国文化的熟悉,说要草儿老板排演《白蛇传》,回到龟寿寺他的特务机关里,隔了一夜,就把草儿老板叫进龟寿寺,安排她排演《白蛇传》了。草儿老板没有不应承的理由,而且,她自己做学徒时,学得最为得心应手的一出戏,还就是《白蛇传》,她嗓子亮,扮相好,出演的白蛇精白素贞,那是摇了铃地有名。戎装在身的龟田太郎,去会温玉让的时候,他换了一身便装,很自然的,请草儿老板来,他当然也是一身便装。他在他龟寿寺改装的会客室里,按照日本武士流行的煮茶方式,为草儿老板煮了一大铁壶的好茶,滤在一个精致的敞口瓷杯里,然后又分别倾进几只同样精致的小瓷盅里,请草儿老板喝了。草儿老板没有客气,她伸出自己的纤纤素手,拈起一个小瓷盅,送到樱桃般红润的小口边,轻轻地吮着,恭维龟田太郎如此热爱中国传统戏剧,她说什么都要排演出来,让龟田太郎看了。

龟田太郎满意地笑了,说:"草儿老板今日好景致!"

草儿老板今日是怎样的一副好景致呢?温玉让与她接头见面的那一天,她穿的是水绿色较淡点的一件旗袍,今天呢,穿的则是一件同色花同色绸料的暗绿色旗袍,这样的旗袍穿在她的身上,如果宽上一分,则会显得松,如果窄上一分,则会显得紧,现在不松不紧地穿在她的身上,让她看上去,就如一棵没法比喻的植物,烂漫着一种天然的美。龟田太郎很绅士地赞美了草儿老板一句后,接着还想再赞美,却有一条花蛇,从龟田太郎会客室的屋梁上跌下来,跌在草儿的脖子上,在她修长白皙的脖子上,咬了一口后,如飞似的就又出溜得没了踪影。

龟田太郎的惊呼在前,他喊了起来:"蛇!"

草儿老板遭了蛇咬,倒比龟田太郎晚了一会儿才软软地一声轻唤:

"蛇!"

血不多,就那么圆圆的两滴,从蛇咬的牙口子渗出来,仿佛两颗晶莹的红色宝珠,龟田太郎命令下来了。

龟田太郎像他开初看见蛇咬了草儿老板时的惊讶一样,喊着命令:"快去叫和尚!"

已经废戒了的温玉让,从头到脚,可不还是一个和尚吗!龟田太郎怀疑过他,去老娘庙会了他后,把他当成一个真正的和尚了。和尚温玉让,有治疗蛇伤的本领,草儿老板被蛇咬了,龟田太郎自然要叫他来。

派来延请和尚温玉让的人,还在闻喜街头穿街走巷地跑着,而消息已像长了翅膀一样,传进了老娘庙里,传给了温玉让。但温玉让这时候还有一件不甚明白的事要做,那就是接收他参军,给他当了一段时间连长的韩城,潜进闻喜城,和温玉让接上头后,要温玉让向龟田太郎举报他,说他是个抗日危险分子,让龟田太郎把他抓起来,关进龟寿寺里去。

韩城是昨天夜里潜入闻喜县城的,和他同时潜进来的人,还有接收温玉让入伍的连队文书牛少峰……韩城潜入闻喜县城时的身份,是一个游方郎中,而牛少峰则扮作他的徒弟,跟随着他,为他背着一口雕漆的精致的药箱子。他俩进入了县城里,没有投宿街市上的旅店,而是直接借宿在老娘庙里,找到了温玉让,跟温玉让说起他们此行的目的。

在向白髯住持借来的一间禅房里,温玉让和连长韩城、文书牛少峰,坐在一盏豆油灯下,有好一阵子,谁都没有说话,三双眼睛,亮闪闪的,你看看我,我看看你,是温玉让忍不住先开的口。

温玉让说:"连长,你更瘦了!"

韩城截住温玉让的话说:"你记好了,这里没有连长,只有一位郎中,韩郎中。"

温玉让知错地点了点头,把眼睛又注视到牛少峰的身上,他想对牛少峰说句话的,可他还没说出口,牛少峰自己说了。

牛少峰说:"这里也没有文书,只有一位跟随郎中的徒弟,小徒弟。"

这么说着话，温玉让想起了班长刀客，还有排长猎人，他问韩城刀客和猎人怎么没来。温玉让这一问，才知道刀客已牺牲在中条山里了！他们三十八军暂编独立团，紧急驰援中条山抗战的部队，在温玉让被选派离开阵地后，不歇气地打了几个硬仗，几个硬仗打得最惨烈的，当属永济战役了。李振西任团长的教导团，是三十八军的一张王牌，有骄人的"铁军"之誉，此前的1937年，在河北的滹沱江边，教导团就击溃了日军的一个联队；还在冀晋交界的井陉口、娘子关阻击战中，与敌死磕，全团2700多名勇士，打到最后，剩了不到300人。暂编独立团，在战斗中，很自然地被编入了教导团。编入没有几日，就游击到永济一线，阻击日寇的进攻。因为情报上的问题，李振西团长率部收复永济城外的万固寺阵地，他们打得神速，只用一个营的军力，向万固寺冲击。韩城的连队，就在这个营里，他一马当先，冲在部队最前边，到夕阳挂在天边，把西边天际染得血一般惨红的时候，就已击退了万固寺的日军，夺回了万固寺阵地。但是接下来，形势却发生了意想不到的变化。此其时也，韩城作为尖兵连的连长，就站在万固寺的那座古塔前，抬眼望了一下古塔，发现古塔玲珑精致，但他知道此时不是他发思古之幽情的地方，他收回了仰望的目光，向塔下的沟坡望去，能够看见的，到处都是树林和竹林，而依靠树林和竹林的掩护，鬼子兵影影绰绰地隐蔽其中，悄然地向后撤退着。与鬼子交战，这是一场难得的胜利，不仅全连的战士，便是连长韩城，都异乎寻常地兴奋，他鼓着腮帮子大喊："追啊！我们不能让鬼子跑了！"韩城一喊，全连的战友跟着喊："追啊！杀死小鬼子！"拖着一把大刀片子的刀客，在大家的怒吼声里，举刀第一个冲进树林和竹林……一路地追，一路地喊，追着喊着天黑了，而且又下起了毛毛雨，不多一会儿，全连战士的衣裳就都被雨淋透了。恰其时也，有几声猫头鹰瘆人的叫声，叫醒了猛冲猛打的韩城，他知道他们冲进了一片坟地，借着云缝里闪露的一丝微光，韩城从一块碑文上看出，他们冲进的是解家坟。解家坟在军事地图上标有位置，韩城判断了一下，知道出了坟地，前边不远，就是永济防线的一个重要阵地西姚温村。

于是,他传令全连停止追击,等待后续部队上来,听听营、团指挥官怎么部署。

团长李振西赶来了,韩城简要地报告了战斗状况,李振西表扬了几句他们连,就把团指挥部临时设在解家祖坟的一个小小的祭祀殿里,研究下一步行动。

大家怀疑逃跑的日本鬼子,躲进了西姚温村。为了证明大家的判断,李振西还让机务人员联系了战役的总指挥机关,得到的回答是,西姚温村没有日军,是我们防线上的一支友军。

怎么办呢?连长韩城说话了。他说:"是友军?是日寇?我带我们连到前边去试探一下就知道了。"

韩城所以这么站出来说话,他心里是有怀疑的。他怀疑被他们连追得兔子一样逃窜的鬼子兵,在西姚温村这里,难道都插了翅膀,飞越了过去?西姚温村的友军,怎么就不阻击消灭逃窜的鬼子兵呢?心里疑惑着的韩城,得到团长李振西的首肯,带领他们连的全体战士,从解家坟地摸出去,向西姚温村悄悄地逼近。他们越是逼近,越是觉得情况蹊跷,西姚温村静悄悄的,没有狗吠,没有鸡叫,也没有一盏灯火……突然的一声冷枪,从韩城他们连的身后打了起来,距离韩城不远的一位战友,应声倒在地上。猎人手提枪响,从他打向的一棵大树上掉下一个人来,从那人掉落的衣帽来看,就知是一个趴在树上的鬼子兵,一场遭遇战,就这么不由分说地打了起来,韩城他们连的身后,不论树丛,还是竹丛,还有沟坎,忽然一片枪响,而他们前面的西姚温村,也迅速地冲出一队日本鬼子,把韩城他们夹在中间,打了个猝不及防,战友们纷纷遭受枪击,倒在血泊中。猎人的枪法真是好,在雨夜中,朝着鬼子枪响的地方打,一打哑一个,韩城率领战友向被猎人打哑的地方突围,这时的刀客有了用武之地,他冲在前头,挥舞着亮闪闪的一把大刀,见着围来的鬼子兵,就是一刀猛砍,可他自己,不幸被鬼子的枪弹击中,牺牲在了突围的阵地前……在解家坟休整的团长李振西,从杂乱的枪声里,听出了韩城他们情况不妙,他指挥休整了一会儿的全体官兵,把突围的韩城他们接应了出来,尽管如此,一百六七十人的连队,牺牲了一半多!

总结这次失败的教训,情报失误是个不可饶恕的严重问题。

韩城因此被抽调出来,经过短暂的培训,这就步了温玉让的后尘,也被派到闻喜县城来了。韩城的任务很具体,他要协调先期派到闻喜县城来的草儿和温玉让他们,尽可能地收集日军活动情报,并及时反馈给中条山抗战的我军指挥部,与此同时,他还要想尽一切办法,营救被关押在闻喜县城的抗日志士。他们中的一批人,是搜集日军情报和铲除汉奸的高手,他们出来工作,对中条山抗日的大局,会有非常大的帮助。

接受任务时,韩城知道被关押在闻喜县城的几十名抗日志士,分属国民党军统早期安排在晋西南地区的人员,以及共产党领导的晋西南游击队的人员。他们同被关押在龟寿寺里,却一点都不团结,以军统晋西南工作组长陶恩平为一方,又以晋西南游击队队长肖站权为一方。

肩负这样的任务,韩城向派遣他的部队首长,提出了一个大胆的设想,说要深入龟寿寺里去,成为被关押者的一员,解决的龟寿寺被关押抗日志士的团结问题,争取早日将他们解救出狱。韩城的这个想法太大胆了,首长没有同意,也没有反对,只是要他到了闻喜县城,可以根据实际情况,自我决定。

温玉让把龟寿寺的情况汇报给了韩城,韩城当即决定下来,要按他的设想来干了。

韩城决定要这么干,温玉让是不同意的,而且跟来的牛少峰,站在温玉让一边,也不同意韩城这么干。当天夜里,他们在禅房的油灯下,没能形成统一的意见,到了大白天,草儿老板在龟寿寺被蛇咬了,龟田太郎指令人来老娘庙叫温玉让,消息传进庙里来,韩城就又动员温玉让,要他抓住机会,向龟田太郎告发他,只说他是个抗日分子,至于是国民党的抗日分子,还是共产党的抗日分子,不要说得太明白,糊糊涂涂就行,让龟田太郎把他抓进龟寿寺,他好做被关押抗日志士们的工作。

温玉让依然想不通,说:"咱好好的,为啥要自己告发自己?你以为被龟田太郎抓进龟寿寺里就好受了是吗?"

韩城说:"不入虎穴,焉得虎子。要实现我们的目标,最好的办法,就是要像孙悟空一样,钻进牛魔王的肚子里,搞他个地覆天翻。"

温玉让说:"你说得有道理,但我还是不能告发你。"

韩城快被温玉让的固执逼急了。他说:"这是命令。命令你还知道吧?我命令你向龟田太郎告发我。"

温玉让也急了,面红耳赤地说:"我这么做……这么做,和叛徒汉奸又有什么两样?"

温玉让在与韩城争执的时候,他是想要牛少峰支持他一下的,可是牛少峰只是毫无主张地把连长韩城看一眼,看过了再把温玉让看一眼,他不知自己该怎么做了。

争辩没有结果,而来叫温玉让给草儿老板治疗蛇伤的人,已像一颗射进老娘庙的子弹,大声地喊:"和尚和尚,快快,草儿老板被蛇咬伤了!"

十二

花蛇原就是温玉让驯养的那条蛇,它咬了草儿老板,咬得重不重,有没有生命危险,温玉让心中是有数的。因为这一出苦肉计,本就是他俩预谋的,为的是温玉让能很好地接触龟田太郎,取得龟田的信任,好从龟田那里获取中条山前线急需的情报。

心中有数的温玉让,在老娘庙听到来人的喊叫,没有丝毫迟疑,立即提起他的玄色布包,跟着来人,像股急速旋转的旋风,这就去了龟寿寺,见着了龟田太郎,见着了草儿老板,自然还见着了费孝先和他的妻子山杉纯子。被花蛇咬了的草儿老板,此刻就斜倚在山杉纯子的怀抱,侧卧在龟田太郎办公室的沙发上。温玉让的到来,让焦急的龟田太郎以及费孝先喜出望外,话跟话地欢迎温玉让的到来。

龟田太郎说:"噢,和尚来了!"

费孝先说:"好了,和尚来了!"

温玉让没有理会龟田太郎和费孝先的热情,他径直走到草儿老板的身边,俯下身察看蛇咬的地方,山杉纯子把草儿老板的衣领扯了扯,温玉让清楚地看见了花蛇在草儿老板脖子上咬出来的两颗牙孔……温玉让胸有成竹地回头看了一眼龟田太郎,捎带着也瞥了一眼费孝先,他看他们的眼神是自信的,是坚毅的,他把他一直抱在怀里的玄色小布包,摊开在沙发前的茶几上,首先拿起那把柳叶一样的小刀,再把龟田太郎备在茶几上的火柴,擦燃了一根,把他的柳叶小刀,在火上烧了烧,这就凑近草儿老板被花蛇咬了的伤口上,轻轻地切开一个小口,然后把他的嘴吻上去,努力地吸着伤口上的血,吸了一口了,就抬起头,把血吐在茶几上的一个茶杯里,接着又去吸……温玉让差不多从草儿老板脖子的伤口上吸了一茶杯的血,就不再吸了,而是从他玄色小布包里,取出三根小小的银针,依例用火柴烧了烧,把一根针扎进草儿老板的人中穴,此外,又在神庭穴和天突穴,各扎下一根银针。扎了针后,他先在人中穴和天突穴的银针上搓一搓,又在神庭穴和天突穴的银针上捻一捻,搓搓捻捻的,口吐着白沫的草儿老板,一个响响亮亮的喷嚏打了出来,把她满嘴的白沫,像喷天花一般,喷得到处都是。

草儿老板苏醒过来了。

苏醒过来的草儿老板,有气无力地说:"谢谢你,和尚!"

草儿老板问候的是温玉让,温玉让倒没多少表情,倒是龟田太郎,以及费孝先和山杉纯子,一下子喜笑颜开,围着草儿老板,向她道起贺来。

山杉纯子言语快,说:"你不知道你牙关紧咬,可把我们吓坏了!"

费孝先重复着已为妻子的山杉纯子的话说:"这下好了,我们不用受惊吓了。"

龟田太郎没有忘记他把草儿老板请进龟寿寺的目的,是和她商量排演《白蛇传》的事,草儿老板还能承命排演《白蛇传》吗?

龟田太郎说:"草儿老板,排演《白蛇传》的事情,可不能因你受伤而夭折。"

草儿老板强忍着蛇伤的痛苦,给龟田太郎表态了。

草儿老板的表态是坚决的,她说:"不会夭折。"

龟田太郎不无赞赏地表扬草儿老板,说她是大东亚共荣的良民。他表扬过草儿老板,就让费孝先的妻子山杉纯子陪同草儿老板回去,好好养伤,养好伤好排演《白蛇传》。

草儿老板和山杉纯子走出去了,温玉让本来是也要走的,可他走了几步,又回过头来,给龟田太郎说了这样一句话。

温玉让说:"咬了草儿老板的那条蛇呢?"

龟田太郎老实地回答了温玉让,说:"飞了。"

温玉让的心就踏实了下来,知道那条蛇就是他给草儿老板的。花蛇所以咬了草儿老板,也正是他俩设计的苦肉计。这条苦肉计初见成效,温玉让可不能让草儿老板白被花蛇咬那么一口,他要乘势而上,进一步地接近龟田太郎,这是最好不过的一个机会。

温玉让说:"飞了?唉,怎么说呢?龟寿寺还会再闹蛇害的!"

龟田太郎是怕蛇的,刚才,草儿老板被花蛇咬了一口,已经把他吓得够呛。花蛇当时的形状,在他看来,的确是飞走的,这会儿,温玉让又说龟寿寺还会闹蛇害,他害怕得腿都软了。但他凭着征服他人的精神支撑着,没有让自己的腿发软,可他请求温玉让了。

龟田太郎说:"那就求助于和尚您了,您是治蛇专家,帮助我们把龟寿寺的蛇害灭一灭。"

温玉让因此被龟田太郎礼貌地留在了龟寿寺,帮助他们来灭蛇害了。温玉让首先要找到那条花蛇,他由费孝先陪同着,把用寺里殿舍改造的鬼子特务机关的前院,认真地查找了一遍,是个老鼠洞,或者是处鸟儿窝,温玉让都没有放过。他手里拿着个树棍儿,顺着墙根,又是拨又是捅的,有时候还蹲下身子,用鼻子嗅气味,一会儿说这里蛇爬过,一会儿说那里蛇爬过……费孝先像龟田太郎一样，也是个怕蛇的东西，温玉让这么说，把他说得仿佛那蛇就在他的脚下，而且还在往他的裤腿里钻，把他吓得浑身不自在，这可太难熬了，他真想拍屁股走人，可是龟田太郎让他陪着温玉让，他又哪里能不陪，这么难难受受地陪着，就陪温玉让到了龟寿寺原来的后殿。原来的后殿，直接可以进得去，如今新隔了一道高墙，就没法进得去。温玉让就想了，被龟田太郎关押的抗日志士，都该在高墙相阻的后殿里了。温玉让想进后殿看个究竟，要费孝先打开高墙上的铁门，费孝先不敢往开打，温玉让就说："凭经验，大花蛇的踪迹和气味，现在都入了后殿，你不让我进去，我怎么灭除蛇害？"费孝先为此，还去请示了龟田太郎，龟田同意了温玉让的请求，给费孝先说，龟寿寺前殿的人遭受蛇害是事故，后殿的关押者遭受蛇害也是问题，就命令费孝先继续陪着温玉让，温玉让想去哪里灭除蛇害，他就老老实实陪到哪里去。

这是龟田太郎心里的秘密呢。

被关押在龟寿寺里的中国人，龟田太郎已基本了解清楚，他们一部分是国民党领导的抗日力量，一部分是共产党领导的抗日力量。不论谁是国民党员，谁是共产党员，他想从嘴上先软化他们，然后再从精神上俘虏他们，好使他们转变态度，像他们的同胞费孝先一样，来为日军服务。他们可是比其他人更有价值更有用哩。

龟田太郎让费孝先陪着温玉让到后殿去灭除蛇害，还要他向被关押的人员大力宣传，就说前殿的人已被蛇咬了，他不想蛇再咬了后殿的人，请来治蛇专家和尚，驱除蛇害，好使大家安全无忧。

费孝先不折不扣地执行着龟田太郎的命令，陪着温玉让到了后殿，遇着被关押的人，就向他们宣传龟田太郎关心大家安全的好意。温玉让进了后殿，却不同于费孝先，他在观察被关押的同胞，因为龟寿寺闹不闹蛇害，他心里是有底儿的，而且是最清楚的。他把全部的注意力，都放在了观察被关押同胞的情绪上了。

这个时候，被关押人员恰都走出被隔挡得乱七八糟的后殿，在后殿不大的院子里放风,他们的对立,温玉让看了个一清二楚。蹲坐在西边院子石刻金毛狐边的汉子,该是晋西南游击大队的队长了,他脸色冷硬,多少日子没刮的胡须,仿佛一根根钢打的针头,四散地刺着。围绕在他身边有一群人。石刻银毛狐边那位相对斯文的人,温玉让不用多想,就能猜知他该是原晋西南军统特别小组的组长了。在他的身边,也围绕着一批汉子。温玉让把这一切看在了眼里,就又想起他来龟寿寺前,韩城对他的叮嘱了。

韩城说得对,要想营救他们,不把他们团结起来,拧成一股绳,是有困难的,而且还很危险。

费孝先忠实地宣传着龟田太郎对被关押者的关心,而温玉让则一边假装查寻蛇害的可能存在,一边又在回想韩城对他的叮嘱,他矛盾极了。这是个什么呀?为了营救被关押的抗日志士,而让他向龟田太郎告密他尊敬的老连长韩城,他怎么做得出来呢?

这太让人揪心难受了!

什么蛇害不蛇害的,对于温玉让来说,本来就不是个问题,现在更是一点问题都没有了。装模作样地,温玉让在后殿院子周遭,又一遍地查寻了蛇迹之后,他对费孝先说了。

温玉让说:"龟寿寺现在不只一条花蛇,据我估算,应该还有十几条蛇呢!"

怕蛇的费孝先,缩着脖子踢着脚,说:"那你快呀,把蛇都捉住除了呀!"

温玉让睥睨地看了费孝先一眼,说:"你以为蛇是好捉的?好捉了你捉呀!"

费孝先被温玉让一句话呛得愣了起来,说:"我我我……你你你……"

温玉让一点都不客气,说:"我什么?你什么?啊!听我给你说,蛇是什么?那是有灵性的神物,不是谁想捉就能捉住的。"

温玉让说着就从后殿关押抗日志士的院子往外走,费孝先没有办法,跟着也走了出来,来向龟田太郎复命了。叽里咕噜一通温玉让听不懂的话,龟田太郎把费孝先往旁边一推,直接走到温玉让的身边,告诉温玉让,说了他的新决定。

龟田太郎说:"你的,住到这里来。"

温玉让装着没听懂的样子,看一眼龟田太郎,又去看晾在一边的费孝先。费孝先倒是表现得特别机灵,他给温玉让进一步解释了。

费孝先说:"你不是和尚吗,这里是龟寿寺,太君让你就住到龟寿寺里来。"

温玉让笑了,没说他住不住进龟寿寺里来,只说他得回一趟老娘庙,把他的随身东西整理一下。

十三

从老娘庙再次来到龟寿寺的温玉让,吞吞吐吐地向龟田太郎告发了韩城。

当然,这是韩城和温玉让密谋的一次告发。在龟寿寺从蛇口救下草儿老板,并在龟寿寺查看了一阵蛇迹和蛇味的温玉让,回老娘庙取他随身的一些物品,韩城问他了。

韩城问:"你给龟田太郎告发了我没有?"

温玉让没有正面回答韩城,只说:"我到龟寿寺后殿看了,关押的抗日志士像你说的,的确有矛盾。"

韩城说:"既如此,你就得告发我。"

温玉让把他随身的物品打了一个包,打好后背在肩上,向白髯住持告了个别,这就往老娘庙的门外走去了。韩城得不到温玉让笃定的回答,就跟着他,一直走到庙门口时,温玉让才开口给韩城说了。

温玉让说:"龟田让我住到龟寿寺里去。"

中篇　废戒

韩城说:"这你已经说过了,这很好,不仅可以从龟田那里搞到情报,还可以传递关押在那里的抗日志士的消息,这是再好不过的事呢。"

温玉让说:"那你就做个准备吧。"

温玉让这么说着时,脸是苦的,而心更苦,胸腔里的苦胆像突然破了似的,就满是难以忍受的苦滋味。温玉让要韩城做准备,韩城是早就准备好了,和他同来的猎人,还不能暴露,更不能被抓,他还得守在老娘庙,通过白髯住持的掩护,一方面与自投龟寿寺的他相联系,一方面与中条山抗日总指挥部的有关人相联系,而温玉让是这一切联系环节最为关键的人物,只有大家齐心协力,使这一条联系线路畅通,才能顺利完成他们既定的计划。

有了这些准备,温玉让心里苦着,却还是把韩城,告发给了龟田太郎。

温玉让当天没有告密,他在龟寿寺住了一个晚上,到了第二日,才在龟田太郎请他喝茶,谈论草儿老板排演《白蛇传》的间隙,把韩城供了出来。

温玉让说:"太君,我有一事,不知能不能……能不能说给太君?"

龟田太郎鼓励温玉让,说:"有什么能不能,你说,有啥话说啥话。"

温玉让就说了。他说:"老娘庙借宿着一位郎中,我约莫认识他,他是个抗日分子!"

龟田太郎被温玉让的告密弄得极为诧异,他有点不能相信自己的耳朵,呆呆看着向他告密的温玉让,问他:"如何见得他是抗日分子?"

温玉让老实地说:"这让我就说不仔细了。你把他抓过来问一下他,他自己应该说得明白。"

龟田太郎高兴了,说:"和尚的你,好!大大的好!"

没有多长时间,韩城就被龟田捉进龟寿寺里来了,捉进来没给韩城任何喘息的机会,就把他押进审讯室,由龟田亲自来审了。龟田问一句,费孝先翻译一句。

龟田问,费孝先翻:"你是个抗日分子!"

草儿老板在戏台上演得有板有眼，唱得有腔有调……

韩城答:"我是个郎中,游方郎中。"

龟田问,费孝先翻:"在太君面前不要说假话,老实说,不吃亏,说假话,太君就要你的命!"

韩城咬死一句话:"我是个郎中,游方郎中。"

龟田问,费孝先翻,韩城答,问来问去,答来答去,问不出个所以然来,龟田太郎就从审讯室里走了出来,授意费孝先继续审。这个二鬼子,没有用嘴审,而是用他握在手里的皮鞭,劈头盖脸地打在韩城的身上,把韩城打了个皮开肉绽,最终从韩城嘴里问出来的还是韩城说过的那句话。

韩城说:"我是个郎中,游方郎中。"

审问不出个结果,费孝先就把韩城押进了后殿关押抗日志士的院落里。过了几日,获得龟田太郎信任的温玉让,到后殿里来,见到的韩城,脸上身上,都是鞭打后结的痂,像是一条一条的死蛇,纵横交叉地缠绕在韩城的脸上和身上。不过,温玉让发现,原来敌视对立的两个阵营,因为韩城被关押进来的缘故,已悄悄地发生着变化。也是一天放风的时候,韩城一人,独坐在后殿台阶的正中央,偏西的一边,依然是晋西南游击队队长他们,偏东的一边,依然还是军统晋西南特务小组组长他们。温玉让听到报告,说是后殿发现了飞蛇,他就进来了,进来看见,晋西南游击队队长指示他的人,走近了韩城,关切地询问他的伤势,韩城没多说啥,只说都是表皮伤,他是郎中,他对付得了;晋西南游击队的人刚离开韩城,军统晋西南特派小组组长,也暗示他的人,到韩城跟前询问他的伤情,韩城依然没多说啥,只说都是表皮伤,他是郎中,他对付得了。这是一个信号呢,韩城自己的表皮伤,他自己对付得了,可是晋西南游击队的人里头,有伤得重的人,躺在监舍里,放风时,得他们抬着才能出来放风;而军统晋西南特派小组的人里头,有病得重的人,躺在监舍里,放风时,等他们扶着才能出来放风。

韩城是郎中的讯息,由来关心他伤势的晋西南游击队人和军统晋西南特派小组的人,分别报告给了晋西南游击队大队队长和军统晋西南特派小组长,而在龟寿寺对立的他们,又都有他们自己的伤员和病号,韩城是个郎中,他受的伤可以自治,而且也可给他人治伤疗病,偏偏是,晋西南游击队大队长就有伤,而军统晋西南特派小组组长又有病,所以,很自然地,韩城被晋西南游击大队的人请到他们那一边,给他们的游击大队长治伤疗患,过后,军统晋西南特派小组的人又把韩城请到他们那一边,来给他们的组长诊病疗疾。韩城不论他们是谁,都以一个郎中的态度,给他们精心地瞧伤看病,并且开出治疗的药方,动员两方面的人,团结起来,一致对付龟田太郎。

其实,晋西南游击大队长的伤并不重,而军统晋西南特派小组组长的病也不怎么要命,但经韩城一来二去地串通协调,他们在韩城被关押进龟寿寺的第七天,集体于那个早晨向龟田太郎绝食了。绝食的理由是要给他们中的伤病者,给予人道主义的基本待遇,治伤疗病,同时,还要改善伙食,让他们基本能吃饱肚子……绝食从清晨起,到晚上,晋西南游击队的人和军统晋西南特派小组的人,空前地团结,他们没有一人吃饭,都躺在监舍里,眼望着天花板,等着龟田太郎的答复,就这么坚持着,直到第二天中午,送进监舍里的饭食果然有了大的改善,白菜萝卜里,有了猪肉的碎片,而且龟田太郎亲自来到龟寿寺后院的监狱区,向被关押的晋西南游击大队和军统晋西南特派小组的人宣布,可以给有伤病的人治病疗伤。跟着龟田太郎进到监舍区的费孝先,声嘶力竭地翻译着龟田太郎的决定,而同时跟来的温玉让,则一身素净的僧衣,拿着一把木勺,给绝食的他们分食有了肉片的饭菜。

就在龟寿寺被关押的抗日志士日趋团结的时候,温玉让通过他的特殊身份,把龟寿寺的情况带出来,说给了牛少峰,同时又把牛少峰联络营救他们的步骤和计划,带进龟寿寺,说给韩城。与此同时,草儿老板的《白蛇传》,也排练得顺风顺水,差不多可以搬上舞台演出了。

龟田太郎倒是会选日子,他把《白蛇传》的首演日期,定在晋西南地区麦收后闻喜县城的麦收大会上。

过去的麦收大会,都在农历的六月六日,这一次也不例外,到这一日,没人组织,百姓们也是要自发演戏的。龟田太郎把这一项工作交给了费孝先,费孝先便和他的日本妻子山杉纯子,很认真地投入工作,费孝先主抓街市上的繁荣问题,而他妻子山杉纯子则蹲在草玉社,主抓《白蛇传》的排练……一切都在他们的眼皮子底下,但他们不知道,草儿班子为排演《白蛇传》而新招募来的演员和文武场子上的乐人,都是从中条山抗日队伍里抽调而来,有着演艺特长的人,他们都是内应,而潜伏在外的接应部队,也已化整为零,散布在闻喜县城周边了,一切都等着《白蛇传》的演出了。

为了演出的成功,温玉让受韩城的嘱托,还又得到牛少峰的关照,他去了草玉社,来见草儿了。

温玉让有充足的理由看望草儿,被蛇咬伤的草儿,是需要温玉让来治疗的。他把草儿蛇伤治疗得好不好,决定着《白蛇传》的演出成功与否,所以他不用借口,就能够到草玉社来……他来了,因为是给草儿治疗蛇伤,就还可以堂而皇之地找一处僻静的地方,为草儿的蛇伤换药,在换药的时候,向草儿传达信息……这一回,温玉让向草儿不仅传达了信息,还说了他对草儿的关心。

温玉让给草儿换着药说:"你要小心哩。"

温玉让说:"一定要小心哩。"

温玉让说:"日本鬼子是比蛇还要毒辣呢!蛇咬了你,我有办法给你治疗。可是你被鬼子伤了,我还能有药救治你吗?"

温玉让说:"你让我担心极了,你知道吗?"

草儿被温玉让的认真劲儿惹乐了。她一时之间,心里竟然有些恍惚,想起她与温玉让曾经的一些往事,她乐呵呵地问起了温玉让。

草儿问:"又到蒿瓜瓜熟了的时节了。"

草儿说:"你能给我再摘两个蒿瓜瓜吗?"

草儿说:"我可是馋你摘给我的蒿瓜瓜了!"

很显然的是，他俩曾经的往事，此时此刻也历历在目地浮现在了温玉让的心头，他被草儿几句话说得脸红起来。

脸红起来的温玉让似乎没忘他出家人的身份，轻轻地在口唇上吐出了一句佛语："南无阿弥陀佛。"

温玉让不说这句佛语，草儿可能还不会说出下来的话，但是温玉让说出来了，草儿就有点不管不顾，很是大方地把她水灵灵汪着一层泪水的眼睛，看定了温玉让，并要温玉让也以她的方式看着她，说她有话给温玉让说。

温玉让老实地照着草儿的要求，看向了草儿。

草儿这就说。她说："你已废戒了。"

草儿说："你愿意不愿意，我都要做你的新娘。"

草儿说："很早很早，我在心里就已是你的新娘了！"

十四

司鼓的楠竹鼓槌，暴风骤雨似的敲在板鼓上时，也仿佛敲响了营救龟寿寺被关押抗日志士的号钟。不论《白蛇传》演出现场的内应，闻喜县城外接应的人员，还是被关押在龟寿寺里的抗日志士，大家在各自不同的位置上，乘着暗夜的掩护，悄然地进行着准备。

组织《白蛇传》演出的龟田太郎，在费孝先的陪同下，就坐在戏台下正中的一个方桌周围，那时的戏园子，都是这样的格局，由一个一个的大方桌排列而成，方桌上陈列的有茶水，还有花生米、葵花子、糕点等零食，跑堂的穿行其间，不断向茶碗里续茶，谁头上出汗，还能拧一把湿毛巾，甩在谁的头上，让谁擦去额上的汗，再把湿毛巾收回来……化身侍女的小青，和化身白素贞的青、白两条蛇精，到西湖边偶遇书生许仙，而许、白一见钟情，被小青撮合成婚……草儿老板在戏台上演得有板有眼，唱得有腔有调，就在她唱到最为断肠揪心的《断桥》一折时，龟田太郎高兴得还喊了一声,可也就在此时,一条飞蛇猛地窜到龟田太郎的脖子上,狠狠地咬了一口后,又飞蹿到费孝先的脖子上……与这条飞蛇同时飞来的还有两条,它们像咬了龟田太郎和费孝先一样,又咬了费孝先的妻子山杉纯子等一众随从人员。这些飞蛇都是从扮演白娘子的草儿老板水袖里飞出来的,飞蛇咬伤龟田太郎和费孝先他们的那一瞬间,龟田大声地喊了,费孝先也大声地喊了。

龟田喊:"和尚!"

费孝先喊:"和尚!"

和尚温玉让这时候在哪儿呢?他在龟田太郎邀他一起观看《白蛇传》时,他拒绝了。他拒绝的理由是,我一个和尚,哪能去那样的地方呢?而且,我又不想做法海和尚。龟田太郎本来还要强制他去,他就伸出自己的光脑袋,让龟田太郎把他的光脑袋砍了去,现在就砍了,砍了抬着他去。

龟田太郎乐了,在温玉让的光脑袋上拍了一把,没有再强迫他,让他留在了龟寿寺,可他说,老娘庙的白髯住持托人传话,要他到老娘庙里去。既然不能陪他一起观看《白蛇传》演出,要去老娘庙,那就去吧。龟田太郎摆了摆手,温玉让就在龟田太郎的眼皮子底下,从龟寿寺出来,去了老娘庙。

温玉让确实是去了一趟老娘庙,他在那里与牛少峰接了个头,把晚上草儿演出《白蛇传》的情况,给牛少峰详详细细地都说了一遍,然后又回龟寿寺来了。他这次回龟寿寺的时间,几乎就在龟田太郎、费孝先他们坐在剧院,听到司鼓敲响板鼓的时刻。温玉让这次回到龟寿寺,没有片刻的迟疑,迅速从他袖筒里放出了好几条飞蛇,蛇在夜幕中嗖嗖嗖嗖地又飞又窜,兵不血刃地,把留下来看守龟寿寺的日本鬼子,全都咬伤昏死在地,使温玉让从容不迫地从看守的身上找来钥匙,把龟寿寺后院关押的抗日志士悉数解救出来,向他们短暂地传达指令,要他们不要慌不要乱,一切听从韩城的领导:"从龟寿寺出来,直往西城门方向去,那里有接应的部队,你们到那里后先打起来,外边接应的部队,听到你们的枪声,立即会发起进攻,里应外合,夺取西门,在夜色中,迅速撤离……"就在温玉让向众人传达指示时,韩城和几个有作战经验的人,已把蛇咬过的鬼子看守系在身上的枪械,摘下来端在了自己的手里。温玉让的话一说完,韩城即挥手低声吼着了。

韩城吼着说:"大家跟着我走!"

数十人的抗日志士,就这么鱼贯地跟着韩城,向西门方向快速而悄然地去了。

温玉让没有跟他们去,他向《白蛇传》演出的现场去了。他是去接应草儿老板的吗?

回答是肯定的,温玉让放心不下草儿老板,怕她在关键时候,不能很好地放飞飞蛇,那她就危险了!一路疾走,就在温玉让跑进戏园的时候,他听到了西门方向的枪声,而与此同时,草儿老板一身白娘子的戏装,带着从戏园子冲出来的一干人等,和温玉让碰了个正着,温玉让把一卷他从龟田太郎处弄来的文件,塞进了草儿老板手里。

温玉让给草儿说:"中条山抗战用得着。"

温玉让说:"西门方的枪响了,你带大家迅速向那里转移。"

草儿还想给温玉让说什么的,可是温玉让没有让她说出来,就在她身上推了一把。那一把的力气太大了,一下子把草儿往西门方向推去了十来步,到草儿回过头来,看见温玉让,他已经转身向乱成一团的戏园里闯了进去。

因为飞蛇的关系,戏园里乱得不能再乱了,桌子倒了,椅子倒了,所有看戏的人,都没命地往门口拥,一些体弱的人,因此被踩翻在地,发出凄厉的呼救声……温玉让没走大门,而是从草儿老板他们奔逃的后台小门进入戏园。他不知自己是怎么想的,进入戏园后,直奔被飞蛇咬伤中毒的龟田太郎身边,把他随身带来的玄色小布包打开来,像他在龟寿寺给草儿老板治疗蛇伤时一样,首先取出柳叶小刀,把龟田太郎被飞蛇咬伤的伤口扩大了一点,这就给他一口一口地吮血,又抽出几根细细的银针,在他治疗蛇伤常用的穴位上,一根一根地扎了进去……温玉让一边扎,还一边捻,扎着捻着,龟田太郎像做了一场梦似的醒了过来。温玉让没再理会龟田太郎,他又像救治龟田太郎一样,来救治山杉纯子了,因为他的治疗,山杉纯子也如龟田太郎一样,做梦似的醒了过来……时间太紧迫了,温玉让没能从蛇口里救活几个人。

一次空前的营救行动,就这么神不知鬼不觉地完成了。

十五

1990年的秋天,辗转四十五年有余的温玉让,在抗日战争胜利的纪念日里,一身袈裟地从台湾回到了大陆,回到了他阔别半个多世纪的禹王庙,走在荒草萋萋,依然是一片废墟的庙址上,他给自己发下一个宏愿,此生哪儿也不去了,就在这里,把日本鬼子炸毁的禹王庙重建起来,并给让他废戒的师父果信,在庙里建一座七重灵塔。

温玉让没有想到,就在他走进禹王庙旧址的时候,日本反战联盟的龟田太郎和山杉纯子,也后脚相跟,踏进了禹王庙旧址。

温玉让也许因为旧疾在胸,心中哀伤,没有注意龟田太郎和山杉纯子的到来,但白发苍苍的龟田太郎和同样银丝满头的山杉纯子,已经敏感地发现了他,并认出了他。龟田太郎和山杉纯子,是日本本土反战同盟的骨干成员,他俩对当年不离不弃、拯救他俩生命的温玉让,充满着感激之情,经过多方探听,得知温玉让抗日结束后一直在台湾生活,他俩本欲去台湾寻找温玉让,临行之际,又知道台海关系缓和,温玉让回到大陆,因此改变行程,一路寻踪到陕西韩城的禹王庙。

认出了温玉让的龟田太郎和山杉纯子,走近了他,不约而同地都叫了他,像他俩当年被飞蛇所伤时的一模一样。

龟田太郎叫:"和尚!"

山杉纯子叫:"和尚!"

废戒后还原了和尚身份的温玉让,听出叫他的声音极熟,他回过头来,一下子也认出了龟田太郎和山杉纯子,就也像他俩叫他一样,热切叫着他俩。

温玉让叫:"太郎!"

温玉让叫:"纯子!"

此时此刻,像当年温玉让废戒抗日时一样,西斜的太阳把他璀璨的光芒,扑散在禹王庙一侧的黄河里,与滔滔滚滚的黄河之水,融合成一体,仿佛满河的碎金,跳跃着、翻滚着,勇往直前!

作为一个新闻工作者,听到了这样一条新闻,我立即赶了去。

不过我去得还是晚了点,先为侵华日军一分子,现为日本本土反战同盟的骨干成员的龟田太郎、山杉纯子,在禹王庙没怎么住,就去了他们此行计划中的山西,那里还有他们需要重游的地方……还好有温玉让在,他回到禹王庙,就如回了自己的家一样,他是哪儿都不去了,寸步不离地守在禹王庙里,把他始终安放在心灵深处的禹王庙,照着未被日本鬼子当年炸毁的样子,一笔一笔地描绘着草图,期望机会成熟的时候,能够重新修建起来……我赶到这里,报告温玉让,牛少峰早先也从台湾回来了,就居住在西安城里。

听说了牛少峰,温玉让一把抓住我,连问了我几个问题。

温玉让问:"你说牛少峰回来了!"

温玉让问:"你说牛少峰原来也在台湾!"

温玉让问:"你给我说,牛少峰现在在西安城哪里?"

我有公用的采访汽车,只回答了温玉让一句话:"你想见他吗?"温玉让点头了,我就把他扶进采访车里,给他系好安全带,这就发动了汽车,往西安城回来了。

在回西安城的路上,温玉让还几次向我问起牛少峰,我都老实地回答了他。

的确如温玉让问的那样,牛少峰的身体出了点状况,他现在受到国家政策的优待,住在西安城最具盛名的一家大学附属医院里,接受着最为完备的检查与治疗……他的新娘袁心初,本来就有不错的医护能力,如今就守在他的身边,尽着一个新娘能尽的全部责任……我私心还想从他们的嘴里,知道一些对我有用的材料,因此还隔三岔五地要到他们身边去。

　　应该说,我的私心得到了极大的满足,温玉让废戒抗日的故事,就是从他们的嘴里得来的。我进一步想,我是还能得到新的材料呢。

　　我把温玉让从韩城一路带回到西安城里来,陪着他去了牛少峰住院的病房,两位过去在抗日战场上并肩战斗过的战友,不仅双手紧紧地握在了一起,还一起老泪纵横……温玉让从来没有见过袁心初,牛少峰就给他介绍了。

　　牛少峰在给温玉让介绍袁心初时,伸手把袁心初拉着,拉到他的病床边,给温玉让说:"我的新娘。"

　　牛少峰说:"我永远的新娘!"

　　温玉让双手合十,他向牛少峰,还有袁心初稽首祝贺,嘴里念念有词:"南无阿弥陀佛!"

　　牛少峰不让温玉让给他念叨"南无阿弥陀佛",他问温玉让了。

　　牛少峰问:"草儿呢?"

　　牛少峰说:"草儿可也是你永远的新娘啊!"

　　牛少峰有所不知,闻喜县的那一场大营救后,温玉让因为给龟田太郎和山杉纯子治疗蛇伤,没能及时撤出闻喜县,被鬼子们作为大营救的嫌疑人,关押了好长时间,幸有不忘救命之恩的龟田太郎和山杉纯子从中斡旋,才从虎口里脱生出来……从此,温玉让就再也没有见到他的新娘草儿了。国民党败退台湾,温玉让也去了那边,那是因为他有一个自己的小秘密,他听说他的新娘草儿先去那边了。

　　跟着去了台湾的温玉让,在那边四处打听草儿,却都没有打听到草儿的讯息……温玉让既找不到草儿,也没找到别人。他如果不是在西安的

中篇　废戒

医院病床前见到牛少峰,他觉得自己怕是谁都找不到了呢。

当然这也怪不得温玉让,闻喜县大营救后,牛少峰的特殊用处也得到了新的发挥。他光光彩彩地被抽调去了军部参谋机关,远离了前线部队。在那里,他们战友可以不知道他在做什么,但他却可以知道他的战友们在做什么。

两位久别重逢的战友,回忆着他们的战友,是牛少峰说出来的。

牛少峰说他在军部的一份快报上,看到了有一个"新娘"的故事。

我喜出望外,我有了我想写出来的新故事。

下篇 斷臂

一

牛少峰说得没错,新故事确是一个与"新娘"相关的故事。

新的故事依然没有偏离激浪浩荡的黄河,如《新娘》的故事发生在山陕边境的风陵渡,《废戒》的故事发生在禹门口,而这一被我题名为"断臂"的故事,则继续北上,要到晋陕峡谷上游的虎跳峡一带去寻找。

传唱得全国人民耳熟能详的陕北信天游《四妹子》,即是这个故事最为脍炙人口的一个证明。

如今年老了的四妹子王凤英,还健康地生活在她的故乡四十里铺,她的确不知道那个给她造成重大伤害的羽田仲雄,现在是个什么样子。但陪着羽田仲雄的孙子羽田守一是知道的,在北海道他们的家里,孙子羽田守一看见闲暇时的爷爷,总会翻弄一副扑克牌。那是以西方雕塑为题材印制的扑克牌呢,其中少了一张红桃K。爷爷羽田仲雄原是大阪艺术学院的高才生哩!他把那副雕塑艺术的扑克牌,翻弄得烂熟于胸,他以各种形式进行排列组合,但翻弄到那张红桃K时,就只有空缺下来,羽田守一不知道空缺的红桃K是一张什么雕塑,他问过他的爷爷羽田仲雄,爷爷羽田仲雄给他说了。

爷爷羽田仲雄说:"是张维纳斯呢!"

羽田守一问爷爷:"你把维纳斯丢了?"

爷爷羽田仲雄说:"怎么能丢了呢?我没丢。"

羽田守一再问爷爷:"哪?"

爷爷羽田仲雄摆了摆手,说:"你有机会去中国一下,给我找一找。"

署名国家级的农高会,在被称为农业硅谷的杨凌农业开发区剪彩开幕了。作为新闻记者,我穿梭在气球飞舞、彩带飞扬的农高会现场上,努力地寻找着我想着笔的新闻线索。真是不错呢,我听到了一曲熟悉得不能再熟悉的信天游,那就是响彻了陕北,又唱红了全国的《三十里铺》。

我没有犹豫,在人群里左冲右突,循着那脍炙人口的信天游而去。我走得越近,那悠扬的曲调和纯真的歌词,就越清晰地直往我的耳朵眼里钻:

　　提起个家来家有名,
　　家住在绥德三十里铺村,
　　四妹子交了一个三哥哥,
　　他是我的心上人……

还没有走到那家播放着《三十里铺》的展位前,我即发现一队身着农家衣裳的陕北婆姨,各自举了一个牌子,有模有样穿行在人群里。我把牌子上的艺术字一一看过去,是这样一行字:四妹子土特产经贸公司。顺着她们再往前靠,我就看见了那个写着同样招牌的展台,有一位身姿苗条、举止大方的女子,站在里边热情地向陆续围来的宾客,介绍着她展台里的物产。作为《西安日报》的记者,我到陕北去过许多次,知道陕北的特产都有什么。在这家展台里,不难看出,既有陕北的黄小米、黑小米,还有黑豆钱钱、黄豆钱钱和红小豆、绿小豆等,不下二十种的农特产品,而且,每一种产品都很地道。别的不去说了,只说这黑豆钱钱和黄豆钱钱,就十分不同了,一粒一粒的黄豆,一粒一粒的黑豆,都是返潮后人工砸出来的,砸的时候,不能用碾,不能用铁器,所以就更不能用现代化的机械了。砸钱钱只用石头,一块大的垫底,把黑豆、黄豆放在上面,手握一块小点的石头,对着大石块上的黑豆、黄豆砸下去……只是这简单的一砸,手上的功夫却非常了得,一粒粒的黑豆,一粒粒的黄豆,用的分量是不一样的,有的要多用点力,有的却不能太用力,该用力的不用力,就砸不扁,不该用力的用大了,就会砸碎,这样就会坏事,出不了好钱钱。我做记者工作,起初下农村采访,在陕北见到这个情形时,还嘲笑他们生活在石器时代。被我嘲笑的对象,他们一点都不为我的嘲笑而气恼,相反还自豪地说,他们乐意生活在石器时代。这使我一点脾气都没有,而且在以后的日子,我下陕北农村，吃了农家锅灶上熬煮的钱钱饭后，觉得老百姓的自豪是有道理的，我们的生活，向现代化发展是对的，而有些生活，哪怕停滞在石器时代，也是不错的呢！四妹子公司展台里摆放的有着"四妹子"商标的农特产品，不是陕北人可能看不出门道，像我这样常去陕北采访的记者，拿眼一瞄，就看得出来，那所有的物产，绝对是陕北厚土里生长出来的，而且又绝对是用陕北特殊的加工方法炮制出来的。

我把挂在胸前的照相机举起来，对着四妹子展台，哗哗哗哗连拍了好几张。

照相机强烈的闪光，引起展台内女子的注意，她把向着咨询者仔细介绍着的眼睛抬了抬，看向了我，对我很是友善地笑了笑，又偏过头去，和围在她展台前的咨询者交流了起来。

我没有往前挤，离开展台三五步远，静静地等着，等着咨询者都离开的时候，我好靠近了，与展台内的女子做些交流，并想通过与她交流，丰富我的新闻采写内容……有些年头了，陕北的延安、榆林，呈现给人们的，除了黑色的煤炭、黑色的石油，好像就没有其他吸引人的了。事实如此，敢于冒险的人，不论陕北本地的，还是全国其他地方的，南腔北调，好像中央红军当年到陕北一样，络绎不绝，四面八方，都向陕北蜂拥而来。那时候，大家投奔延安，到陕北来，为的都是一个目标，推翻旧世界，建立新中国。陕北的山山水水，陕北的小米和大红枣儿，养育了中国革命，使中国走向了一条强国富民的幸福大道。而今，蜂拥到陕北来的人，依然怀揣着强国富民的梦想，但也不能排除，其中也有淘一把金子而去的投机者……在新闻采访活动中，我就接触到了不少这样的人。我为他们的目的而悲哀，希望他们端正态度，多多认识陕北，为陕北的发展做出自己的贡献。可是我很失望，林立的石油钻井井架、堵塞了交通的运煤车辆，让一部分人的腰包鼓得很高，账面上的数字积累得很大，他们富起来了，但他们的精神世界却难说与他们的经济收入相适应。倒是相对落后贫穷的陕北百姓，依然纯朴着，依然厚道着，把陕北的土特产，以陕北特有的方法加工出来，带到盛大的杨凌农高会上进行展销,我眼前的四妹子土特产经贸公司和那位年轻貌美的女子,应该就是这样的人。

展台前,有人走了,自然又有人来了,络绎不绝……守在展台里的女子,发现我站在那里久了,怕慢待我吧,就向围着她来的咨询者们说了句什么,抽身出来,向我走来了。她的步态是优雅的,脸上的表情是大方的。

她走到我的面前问我了,说:"你是记者吗?"

经历了多少采访对象,面对她,我却毫无来由地心慌。为了掩饰,我把挂在胸前的记者证向她亮了亮,说:"你看呢?"

她说:"我早看见了。"

几句对话下来,我竟有些语塞,不知道还应该与她说些什么。幸好有她展台里放着的那台录播机,车轮子一般播放着《三十里铺》。这时,开头的一段刚播过去,播到了中间一段:

> 三哥哥今年一十九,
> 四妹子今年一十六,
> 人人说咱们二人天配就,
> 你把妹妹闪在了半路口。

我没话找话地说了,借着信天游《三十里铺》,我问她:"是你自己唱的?"

她的脸红了起来,红得像是一抹飘拂在闹市中的红纱巾。她说:"唱得不好。"

我说:"信天游还是咱陕北人自己唱着好听,有味儿。"

她说:"可不是嘛,外面的人唱,声可能大,音可能高,但没咱陕北唱的那个滋味。"

我俩这么说着,说得就很近了,因此,我问她:"四妹子土特产经贸公司?你用这个名字,可能是要侵权了呢!"

她的脸色依然红红的,说:"我侵谁的权吗?告诉你大记者,我有四妹子授权的呢!"

我说:"四妹子她……"

虽然我的话没有完全问出来,但冰雪聪明的她,就知道我接下来的问话是什么了。她说:"四妹子是我的亲姑奶奶,我是四妹子的亲孙女。"

我"哦"了一声,就很开心地说:"那你就是小小四妹子了!"

她说:"可以这么说。"

在榆林,她姑奶奶四妹子家喻户晓,小小四妹子虽然没她姑奶奶的名气大,却也是有些小名望的。

四妹子的名气,来源于她年轻时的一段传奇。

小小四妹子的名望,来源于她演唱信天游。

展台前聚集的人多了起来,我不想太打扰小小四妹子,与她相约,展会休息的时候,好好说说她的姑奶奶四妹子,还有她小小四妹子。

小小四妹子不知道,我也不知道,有个叫羽田守一的日本小伙子,在农贸会上也受陕北民歌《三十里铺》的吸引,在人群里挤着,向她的摊位前走来。

二

瞌睡遇着了枕头……我正说要抽出时间到陕北去,在黄河虎跳崖寻找四妹子王凤英哩,人没有动身,倒先在杨凌农高会上见着了小小四妹子。

这使我的采访,超出想象地提前进入了状态……那是一个真实的秋日,陕北的山山水水,因为季节的变化,到处斑斓多彩、云淡风轻,还有烂漫缤纷,四野畅朗,大家都在议论,那都是因为听得见四妹子王凤英的歌声,那都是因为听得见三哥哥刘唢呐的唢呐声……不幸总在幸运里生,1938年秋天的时候,一十六岁的王凤英和一十九岁的刘唢呐的心境,被日本鬼子侵犯晋西北的枪炮声破坏了,他们没有了那样的好心情,年少的他们,心里充满了恐慌和惊惧,他们没有心思唱着信天游、吹着唢呐享受秋天的美好了。

  浊浪滚滚的黄河,像是天上的银河落到了地上,森然地把四妹子王凤英和三哥哥刘唢呐隔在河两岸。这时的他们,既没见过面,也没拉过话。家住黄河西岸的王凤英,耳听着黄河东岸轰鸣的枪炮声,以及由此引发的冲天炮火,自觉地投入抗日救亡的潮流中去了。担任绥德一线河防任务的,是铁将军王震统领的三五九旅。三十里铺村的王凤英,是村妇救会的一员,她日夜埋头在一双双土布鞋底上,用力地纳着鞋底上仿佛铁钉一般的麻绳疙瘩,她要她纳的鞋底又硬又正,穿在河防战士的脚上,能踢得倒一架山……踢得倒山的鞋底子,砖块一样地摞着,在王凤英住着的窑炕上,顺着窑壁,已经摞起一大堆了。太阳光斜斜地穿透窑窗,照在她手里纳着的一个鞋底上,纳好后,摞进鞋底的垛子里,就能抱着给娘了。娘是上鞋帮的好手,在她们家里,王凤英与娘,是一对配合默契的做鞋能手,娘儿俩做好的土布鞋,送到河防部队里去,战士们争着要穿。驻防三十里铺的三排排长房生贤,还登门访问过她们娘儿俩,走的时候,就还把他的脚抬起来,要王凤英娘儿俩,给他也做两双土布鞋子。王凤英娘儿俩欢欢喜喜地应承下来了,这时在王凤英手上拿着,纳得只剩几针的鞋底子,可正是给三排长房生贤特别纳制的,之所以特别,就是在纳着的时候,王凤英见缝插针地多纳了几针。细细的麻绳,尖尖的钢针,王凤英努力地将针穿过鞋底,一下一下地扯着麻绳,那种麻绳扯过鞋底的吱啦声,仿佛美不可言的乐曲,激励着王凤英,她忍不住还要哼唱出一曲信天游了:

    我和哥哥隔道河,
    杨柳遮住看不着。
    我恨杨柳无情义,
    为甚不把叶儿落?

隔河听见驴儿叫,
还以为哥哥驮柴火。
高山顶上跳下来,
单见啄木鸟儿啄树桩。

　　王凤英哼唱的信天游是《我和哥哥隔道河》,鞋底上的最后几针,就在她情不自禁的哼唱中,很结实地纳好了。纳好了,她似还不甚尽意,拿在手上,左扭扭,右折折,确信是只钢邦硬正的鞋底子,她笑了,顺手撂在她身边的那摞鞋底子上,下炕来,把她纳就的鞋底子揽腰抱在怀里,抱着到她娘住的窑里去了……纳鞋底纳得太认真,王凤英忘了时间,也忘了肚子饥,等她抱着鞋底子从她住的窑洞门里闪身出来,这才发现,太阳不知甚时已枕在西山顶上,染红了填塞着黄河峡谷的雾气。怀抱着鞋底子的王凤英眺着红彤彤的太阳,端直往她母亲住的窑里走去。王凤英刚刚走到母亲的窑门口,母亲正好也从窑门口出来,娘儿俩差点碰在了一起。

　　王凤英的母亲叫曹梨花,她伸手接住王凤英,说:"都纳好咧!"

　　王凤英说:"都纳好咧!"

　　曹梨花说:"给三排长的呢?"

　　王凤英说:"我多纳了几针!"

　　娘儿俩拉着话,把王凤英抱来的鞋底子放到炕上,王凤英一双一对地分拣着,母亲曹梨花催她吃饭了。

　　曹梨花说:"快吃饭。吃罢饭你把上好帮的鞋子,送到三排去。"

　　河防三排就在黄河边上的一个背洼里驻扎着,距离三十里铺村不是很远,却也不是很近。母亲曹梨花不说,王凤英也知道,她和母亲新做的这一批土布鞋,就是为三排的战士量脚定制的,做好了,就该给战士们送去,让战士们穿上合脚的鞋子,也好防守河防。

　　王凤英是听话的,她吃了母亲曹梨花盛给她的一碗麻汤饭,就把母亲已经捆成一捆的土布鞋往肩上一背,从家里走出来,往黄河边上三排的驻地去了。

　　填塞着黄河的雾气,随着太阳的西落,颜色由红变得灰暗下来。王凤英走在去黄河的坡梁上,听得见轰隆轰隆的枪炮声,从黄河对岸的晋西北不时地传过来,直往她的耳朵里钻;还有大火,日本鬼子焚烧老百姓村庄的大火,也这里一处,那里一处,隔着黄河,直往她的眼睛里钻。每听到一声爆炸,每看见一处火光,王凤英都要在心里骂一声日本鬼子。她骂残暴的日本鬼子是瘟神!

　　瘟神!瘟神!瘟神!

　　在心里一声一声咒骂着日本鬼子的王凤英,在向雾气蒸腾的黄河波涛上看去,她看见了一个黑点在浪涛上颠簸而来,一点一点地大着。她看出来,那是一个羊皮筏子,羊皮筏子上驮着一个汉子,汉子驾驭着羊皮筏子,正一点一点地向黄河这边游来……王凤英不知道驾驭羊皮筏子的汉子是谁。他驾驭羊皮筏子到河这边来做甚?他是逃难的苦百姓,还是刺探情报的大坏蛋?一堆问题,在王凤英的头脑里翻动着,她想不明白,就只有加快脚步,飞也似的下到三排驻扎的那个背洼里,向哨兵巩石柱报告了情况,在哨兵巩石柱的带领下,又向三排长房生贤作报告了。

　　情况紧急,三排长把王凤英肩上的土布鞋捆子卸下来,放到一边,招呼来几个战士,大家在王凤英的带领下,向羊皮筏子颠簸的地方跑了去。

　　天色这时已完全黑了下来。乘坐羊皮筏子的汉子,艰难地爬上河岸,站在一处伸进河水里的岩岸上,光裸着上身,泪流满面。他向着黄河的那一边,无比悲伤地把他背在背上的一把黄铜唢呐,转到胸前来,举在嘴上,呜呜哇哇地吹了起来!

　　呜呜哇哇的唢呐声,一会儿仿佛悲痛欲绝的哭泣,一会儿又仿佛激愤难掩的控诉……房生贤向围过来的战士们回头示意着,让大家停止行动,只和王凤英悄悄地爬上那方岩岸,靠近了那个吹着唢呐的汉子。

　　房生贤问那汉子了:"小兄弟,你叫啥名字?"

　　吹唢呐的汉子不吹了,他把唢呐嘴儿从嘴里拔出来,说:"刘唢呐。"

房生贤又问:"刘唢呐,你……"

房生贤有几句话要问刘唢呐的,可他一句话都没问出来,却见刘唢呐双膝跪向黄河对岸,苦苦地吼喊了起来。他的吼喊声砸进黄河,与黄河的浪涛声纠结在一起,发出非常巨大的声浪,传得很远很远。

刘唢呐吼喊了一声娘!黄河的浪涛声回应出一串子的娘!

刘唢呐吼喊了一声爹!黄河的浪涛声回应出一串子的爹!

小小四妹子对她姑奶奶的故事太熟悉了,我们约在一起,没怎么说农高会上的事,说的几乎都是她姑奶奶的旧事。

三

无家可归的刘唢呐,流浪在黄河西岸的村庄里,今日去白家凹,明日在黑家湾。四妹子之所以知道刘唢呐在这一带流浪,全因为他流浪到哪里,都会鼓着腮帮子,大吹一阵唢呐,为自己挣得一碗半碗的饭食,糊住他辘辘的饥肠……四妹子希望刘唢呐也到他们三十里铺来,她不要他大吹唢呐,她也会管他饱肚子的。

陕北的山,陕北的水,就是这样奇妙,可以顺着山,顺着水,把刘唢呐的唢呐声送出很远,送到四妹子的耳朵里来。

这天午后,四妹子从家里走出来,翻过村后的山脊梁,到山背洼里去掏苦菜。陕北的人家,穷了、富了,虽然有所区别,有所不一样,但却都会赶在秋尽的日子,从自家窑院里出来,满坡满沟地去掏苦菜,掏多了多吃,掏少了少吃,那是大家越冬所能吃到的非常稀见的青菜呢!所以,这个时节的陕北人家,家家户户的窑垴上,散散乱乱地都是晾晒着的各种山野菜。四妹子爬着山坡,刚刚翻到山梁上,就听到了刘唢呐的唢呐声,从梁梢里的四十里铺村传过来了。他像四妹子在黄河上发现他时一样,走到哪里都还赤着上身,吹着唢呐,他吹的曲调儿有的是沉郁的,是伤悲的。

在黄河边上头一回听时,四妹子就流了泪,以后她再听见,还要流泪,正如现在,隔山隔水的,她听见了,就又站在梁顶上,一个人眼泪汪汪的了。

流着眼泪的王凤英,怨起刘唢呐了:"你就到处乱跑嘛,小心把你跑丢了!"

怨就是盼。王凤英在心里怨着刘唢呐,就还踮起脚,朝四十里铺的方向瞭了瞭,她瞭见的都是山,一重一重的山,她瞭见的都是水,一道一道的水,除此,四妹子王凤英,就甚甚都瞭不见了。她是无可奈何的,因此转身而去,向背洼里苦菜生得旺盛的地方去了。

星星点点,背洼里到处都是掏苦菜的人。是了,大家今年掏苦菜,与往年有些不一样。往年只是为了自己家里过冬有点青菜杂饭色,今年还有驻守河防的三五九旅哩,掏下苦菜,还需给他们送上些。再者是,掏的苦菜多了,可以省下些粮食,拿出来,送到河防战士的锅灶上……守卫着那么长的一条黄河,咱们百姓自己煞一煞裤带不要紧,河防战士,可是一定要吃饱呢!

苦苦菜,在黄土高坡的陕北,生得可是不赖,这儿一丛,那儿一束,只要脚勤,上沟下洼,不一会儿,就能掏来半篮子……四妹子王凤英生就的勤快人,她在背洼里掏着苦菜,掏出一篮子了,就先把她带在身上的粗布单子,铺开在地上,把她新掏的苦菜,平摊在上面,让秋老虎似的太阳,煞一煞苦菜的水,往回倒腾的时候,就好收拾一些,然后呢,她就又撵着坡梁梁上的苦苦菜,一丛一束地去掏了……满坡满梁掏着苦菜的时候,四妹子还会碰到别的野菜呢,沙葱、山蒜、沙盖盖、山芹、马齿苋。此外,还有一种名叫地荬荬的野菜最是特别,铺地而生,不起身,不抬头,是陕北野菜中最不可多得的呢,碰巧了,在草丛和荆棘丛里掏上一把,拿回家,要煮羊肉了,投入羊汤里,煮出来的羊肉就一定不臊不膻,鲜香扑鼻……所以说,掏苦菜是件劳人的活儿,更是件考验人的活儿,谁的经验多,谁掏得就顺手。常掏苦菜的四妹子,轻车熟路,对此很有自己的心得,一个下午,她的兴致很高,掏得甚至忘了自己。坡梁上,星星点点掏苦菜的人,甚时候走没了的？四妹子不知道。太阳甚时候落了坡的？四妹子亦不知道。她心里想的，和手里做的，就是尽量多掏苦菜……哦，苦菜！脚勤手快的四妹子王凤英，这时候竟然想起，老祖宗何以把这种聊以充饥的野菜，冠以"苦"字而名之？从小长到大，四妹子可是没少食苦菜呢，她以为苦菜不苦，不仅不苦，而且香甜脆滑……在她们家的锅灶上，母亲曹梨花用苦菜就能做出几样好吃货哩，譬如腌酸菜，还譬如苦菜然土豆。前者呢，就是把掏回家的苦菜，拣清择净，晾得半干不干，往灶窑的大缸里压一层苦菜，撒一层盐，再压一层苦菜，再撒一层盐……反反复复，直到缸快满时，把在锅里烧好的白汤，一瓢一瓢灌进腌菜缸里，直到灌满，然后封了缸口，十天半月过去，敲开封口，就会有种酸酸甜甜的味道，弥漫开来。四妹子没喝过酒，不知道醉酒的感觉是甚样子，她觉得冲鼻而入的酸菜味气，就让她陶醉了。不只是她，还有母亲曹梨花、父亲王木匠，以及已经嫁出家门的大姐、二姐和三姐，对母亲曹梨花腌制的苦菜，都是很陶醉、很享受哩！大家忍不住，你在酸菜缸里捞一根，塞到嘴里嚼，他在酸菜缸里捞一根，塞到嘴里嚼，酸酸脆脆，脆脆酸酸，那样一种滋味，可是太馋人了！再就是后者，很普通很日常的一道菜哩，母亲在灶头，几乎天天都要做，她或者吩咐四妹子，或者自己动手，把煮熟的土豆，剥去纸一样的皮儿，撂在一个粗瓷钵子里，手拿一把枣木的杵槌，杵成烂泥状，和进锅里焯了水的苦菜中，加上几滴麻油，加上一撮青盐，下来就搅拌了，把土豆泥和苦菜，在热锅里充分地搅，充分地拌，搅拌得土豆泥融进了苦菜中，苦菜融进了土豆泥里，两者青青白白，互相黏连，不离不弃，这就可以食用了，一勺一碗地分到各人的嘴上，吃一口，绵软细腻，润滑爽口，入喉即化，想怎么美妙，就有多么美妙！

这就是苦菜的好了呢。但是萦在四妹子心头的问题，还没有解开，苦菜……为什么要叫苦菜哩？是不是乡亲们口传的那样，"神府保德州，十年九不收，男人走口外，女人掏苦菜"，苦菜是受苦人的救命菜，大家喜爱它，才把它叫作苦菜？

信马由缰想着苦菜的好，四妹子没有注意，正有一个危险向她逼近

下篇　断臂

了,不是一般的危险,而是很致命的危险呢!一匹狼,灰得如同秋天的地皮一样的狼,收起它的毛发,夹起它的尾巴,朝着掏苦菜的四妹子慢慢地逼近着……在陕北,狼这种恶物是普遍的,四妹子在此之前,就遇到过几次,那几次,她身边有人做伴,像大家挂在嘴上的口诀一样,"见狼撵三步,见蛇退十步",有人做伴儿,四妹子不怕狼,大家齐心合力,还会朝着狼撵上去,撵得狼落荒而逃。可这时候,背洼里掏苦菜的人和伴儿,都翻山回家去了,现在独独地剩下一个她,她是喊天天不应,喊地地不灵……致命的危险啊!那匹狼轻脚碎步靠近着四妹子,距离她不到七步。正当狼的后腿踏实,纵身而起,向四妹子扑去时,刘唢呐横在了狼和四妹子中间,一人一狼,没有躲,也躲不开地冲撞在了一起,双双倒卧在了草坡上!

穿沟越坡的风,带着黄河的湿气,突然地大了起来,裹着一股血腥的气味,很响地往四妹子的耳朵眼里钻。她惊慌地回过头来,一眼看见横在她和狼之间的刘唢呐,像座黑塔一般,与扑向她的大灰狼,山一样倒在坡洼里,翻滚扭打,她惊恐得张大了嘴巴,却喊不出来。在刘唢呐和狼的翻滚扭打中,四妹子看见,凶残的大灰狼渐渐占了上风,四妹子定了定神,她想她是要帮一把刘唢呐了。刘唢呐是为了救她才和大灰狼打在一起的,她怎么能视而不帮呢!四妹子向扭打在一起的刘唢呐和狼撵上去几步,把她掏了一篮子的苦菜,连同藤编的篮子,一起砸向了刚刚骑在刘唢呐身上的狼。狼受此攻击,对刘唢呐的伤害便放松了一点。正是这一点点的放松,给了刘唢呐一个大大的机会,他把挂在腰间的黄铜唢呐抽出来,握在手上,顺势砍在了狼的眼睛上,砍进狼的眼睛里足足有两寸深!

狼松开了刘唢呐,头上带着刘唢呐的唢呐,逃窜到一边,没逃出几步,就昏死在一丛狼牙刺里。

四

"我姑奶奶王凤英,没有刘唢呐搭救,可就没有她后来的风采了。"

小小四妹子和我约在杨凌农高会她入住的后稷大酒店,于华灯初上的时刻,一人一份简餐地吃着,话题不离我们在她展台前就说起的她姑奶奶四妹子。

狼口救美的一段讲述,把我听得直眉瞪眼,有一筷头的菜吃进嘴里,没怎么嚼就往肚子里咽,结果卡在咽喉中,噎得我直翻白眼。看我狼狈的样子,小小四妹子抿嘴一笑,从我对面的位子上站起来,绕到我的身后,一边灌我水喝,一边捶我的背,好不容易把我咽喉里卡着的菜团儿冲到胃里,使我喘出气来。

我有了气喘,没有感谢小小四妹子,而是话撵话地又问小小四妹子了。

我问她:"接下来呢?啊?接下来怎么样?"

小小四妹子见我喘得出气来,便如释重负地也大喘了一口气。但她见我还问个不休,就小小地生了点气,顺势举起她给我捶背的手,攥成一个拳头,在我背上重重地砸了一下。

她说了:"接下来……你说接下来能怎么样?"

我说:"刘唢呐伤了没有?"

小小四妹子从我身后又转回到我的对面,坐下来,和我吃着饭,就又开始了她的叙述。

狼嘴把刘唢呐的后脖颈咬破了,狼爪把刘唢呐的左胳膊抓破了,血汩汩地流着,把刘唢呐流成了一个血人……四妹子王凤英吓坏了,但还没到被吓傻吓呆的程度。山里的姑娘哩,长到十六岁,也是有些见识了,她见过被狼咬过的人,甚至还见过被狼咬死的人!但那些所见,都与四妹子没关系,她见了,就只有害怕,害怕得心颤。可这一次不同了,刘唢呐所以被狼咬,完全是为了她。因此,四妹子害怕着,也是害怕得心儿颤颤的,却抖擞着精神,扑到一身是血的刘唢呐跟前,把他从草坡上扶起来,肩膀头钻进他的右腋窝下,半拉半扶地,拉扯着刘唢呐往阳坡上的三十里铺村走了

下篇　断臂

来。他们一路走,刘唢呐一路流血,流到他右腋窝下的四妹子身上,把四妹子都染成一个血人了。

父亲王木匠这天下午回了家,他先看见染得一身血红的刘唢呐和四妹子,起身就往跟跄着走回家来的他们跟前扑,嘴里呢,自然要惊惊诧诧地问了。

父亲王木匠问:"这是咋咧?"

父亲王木匠问:"是遇着狼了吗?"

父亲王木匠问:"是遭狼咬了?"

家有万贯,不如薄技在身。父亲王木匠坚信老祖先的这句话,他也自觉地继承了老祖先的木匠手艺。父亲的父亲,父亲父亲的父亲,一代一代都是他们陕北有名的木匠,父亲王木匠也是,箍窑打家具,割门窗收拾农具,都是一等一的好手艺。因此,他在家里总是待不住,不是今天东家请,就是明天西家请,而且常常地还要被邻村邻社的人家请了去,给他们家里做活。在四妹子的印象里,父亲王木匠最早跟着爷爷东家出,西家进,满世界被人请。爷爷过世了,父亲王木匠就一个人东家出,西家进,满世界地转腾着。父亲王木匠的肩背上,扛着一把闪着寒光的锛子,锛子把儿上,挑着长的短的锯子、大的小的推刨,以及锉子、钻子、角尺、灰刀等一应木匠用得着的工具,丁零当啷地出门去了,过不几日又丁零当啷地回门来了。好像是,他们家的日子,就挑在父亲王木匠的肩膀头上,丁零当啷的,父亲王木匠出门走时,四妹子跟在他的屁股后,要把他送出门来,看着他一点点走远,越走越远,走得看不见了,四妹子还踮着脚往看不见父亲王木匠的地方看……这时的四妹子,不晓得母亲曹梨花的心里是怎样一种滋味,但她晓得自己,心里是忧伤的。还好,父亲王木匠丁零当啷地回家来了,四妹子仍不晓得母亲曹梨花的心里是怎样的一种滋味,可她晓得自己,心里是欢愉的。她会雀儿一样,绕在父亲王木匠的腿边,叽叽喳喳,问长问短,问东问西。就在她喋喋不休的问候声里,父亲王木匠,可能会从他身上的布兜里,摸出二尺长的红头绳给她,可能会从他身上的布兜里,摸出一个红亮的发卡给她……而且她总会敏锐地看见,就在父亲王木匠肩挑着的锛子把儿上,还会挑着几根草绳捆着的麻花或是油糕……总而言之,父亲王木匠回家来的日子,家里就像过节一般喜庆快乐!

父亲王木匠惊惊诧诧三声询问,把在灶窑里做饭的母亲曹梨花引出来了。刚从烟熏火燎的灶窑门里探出一个头,母亲曹梨花就吓得软在了地上。

母亲曹梨花比父亲王木匠更惊慌,她惊慌得连话都说不出来了,软在地上。她的两只手仿佛旱船的船桨一样,在地上拼命地乱划着,向浑身是血的刘唢呐和四妹子跟前扑。

四妹子还算清醒,她给父母说:"是遇着狼了!"

四妹子说:"我没事。"

四妹子说:"刘唢呐伤着了!他是为了救我伤的!没有他救我,我就被狼吃咧!"

三言两语的,四妹子说了事情的经过。她父亲王木匠十分感激地从四妹子的肩颈上接过刘唢呐,扶他坐在窑院的石磴上,石磴前有一个石桌子,石桌子旁有一棵高高大大的枣树,树上的枣儿,在残阳的照晒下,红得透亮……父亲王木匠查看着刘唢呐的伤口,招呼母亲曹梨花端水拿手巾。母亲曹梨花把水端来了,也把手巾拿来了,父亲又让母亲取他藏在窑垴里的烧酒。受了惊吓的母亲曹梨花,从地上爬起来,虽然按着父亲王木匠的指派取东西,来来回回,却还腿软脚软,走得磕磕绊绊,端在盆子里的水,洒出去了一半,拿着的布巾,掉在了地上,只有窑垴里父亲藏着的那半坛子烧酒,母亲曹梨花抱在了怀里,一滴不洒地抱到了父亲王木匠的手边,帮着父亲清洗着刘唢呐后脖上和臂膀上的伤口……一身血水的四妹子,看着父母亲给刘唢呐清理包扎伤口,她则找来洗脸的布帕,在水盆里浸湿拧干,来给刘唢呐擦抹脸上身上的血污。

四妹子刚把刘唢呐血染的脸面擦出来,父亲王木匠就认出了他。

父亲王木匠笑了一下,说:"是你呀,唢呐!"

四处流浪的刘唢呐和四处揽工做活的父亲王木匠,原来早就认识了呢!这让四妹子一阵窃喜,她不说话,只是手脚更轻更快地在小盆里摆洗着布帕子,摆洗净了拧干,又手脚轻快地擦抹着刘唢呐脸上身上的血污,把刘唢呐彻彻底底地从血色中擦洗出来。

从血污里擦洗出来的刘唢呐,也认出了王木匠,说:"王大哥,狼还在背洼里呢!"

四妹子不要刘唢呐叫她父亲王木匠大哥,她把浸满了血色的布帕往水盆里一丢,纠正起刘唢呐了。

四妹子说:"你管谁叫大哥?"

四妹子纠正刘唢呐的口气是气恼的,这引来父亲王木匠的目光,把她深深地剜了一眼。

四妹子才不要管她父亲王木匠的目光哩。她依旧气恼地纠正着刘唢呐,说:"你要叫我家老人大叔大婶的,你知道吗?!"

五

那只被刘唢呐用唢呐砍死的狼,在四妹子的父亲王木匠的招呼下,被村里的几个后生家抬进三十里铺村来了。

那只狼太大了!像头牛犊一样。

父亲王木匠和村里的几个后生,往村里抬得很不容易,他们用麻绳捆绑着狼的四脚,用一根枣木杠子,穿过狼的四脚,两个人一班,轮换着往回抬,即便是这样,还把他们抬得满头是汗,气喘吁吁……一路抬着,爬坡翻崖,刚一进三十里铺,就惹得村里人,一波一波潮水似的往上围。大家无不惊叹连连,惊讶救了四妹子一命的刘唢呐,是太勇敢了,他赤手空拳,仅凭一把黄铜唢呐,就敢在四妹子面临生命危险的时候,挺身而出,这太难得了!

明晃晃的唢呐碗儿,杀进狼的眼睛里,唢呐的杆儿就成了狼血泄流的管道,一股一股,从唢呐杆儿上的哨眼里,哩哩啦啦地流着,流得触目惊心!

王木匠和村里的后生,把狼抬到村里的那道高坎上,来剥狼的皮子了。

延安城有名的"鲁艺",有个小分队,受到上面的派遣,来驻守河防的三五九旅慰问演出,宣传动员。他们来了后,就住在三十里铺村。队长费玉清,齐耳的短发,穿一身青灰色的制服,腰里扎一条宽宽的皮带,看上去,真叫一个精神,真叫一个干练。她虽然长着白白净净的一张娃娃脸,但却泼辣得敢上九天揽月,敢下五洋捉鳖。她来到三十里铺村,受她影响最大的是四妹子。她听说了四妹子和刘唢呐的事情,就去看了他们,在他们跟前还想再拉一阵话儿的,却又听闻抬回了狼的尸体,就安慰鼓励了他们几句,便大步流星从四妹子家里跑出来,跑着去一睹那匹死狼的样子了。

费玉清知道的事情真多,她住在三十里铺村,向村里人宣传男女平等,宣传民族大团结,一致抗击侵略中国的日本鬼子;到河防部队上去,向战士们宣传抗日统一战线,宣传保卫黄河、保卫陕北的重大意义和决心。费玉清作为鲁艺小分队的队长,她进行宣传教育的方式,灵活多样,很有针对性,有新编快板、新编小演唱,还有流行于陕北而为陕北百姓喜闻乐见的说书和信天游。譬如《夫妻识字》,譬如《打鬼子》等,在三十里铺演出,在河防部队演出,就都十分吸引人。不知别人看了听了,记不记得住,四妹子王凤英的记性好,她差不多看上一两遍,听上一两遍,就都记了下来。《夫妻识字》是小演唱,要两个人共同合作,才能表演下来,四妹子记下台词,她没法一个人表演。而《打鬼子》这种新编信天游,四妹子记住了词曲,就一个人能演唱了。

    鬼子兵多不要怕,
     沉着瞄准来打他。

下篇　断臂

目标越大越好打,
　　排子枪快放一声杀。
　　我们打垮他!
　　我们消灭他!

　　四妹子把费玉清他们鲁艺艺术家的新编信天游自学唱会后,有一次,她跟着鲁艺艺术家去河防三排看演出,可能是受了条件的影响吧,在接近三排驻地时,四妹子情不自禁地把这一曲信天游唱了出来,她没有大声唱,却一字不差地灌进了费玉清的耳朵里。费玉清迎着她走过来,让她大声唱,她也不扭捏,响应着费玉清,当着一个分队的鲁艺艺术家们,提了提气,很是大方地高声唱起来:

　　无敌的八路是我们,
　　打败日本鬼子兵。
　　努力向前打鬼子,
　　我们是百战又百胜。
　　我们打垮他!
　　我们消灭他!

　　鲁艺艺术家们那个时候正在创编一曲新的信天游,他们在向三排驻地走的路上,有的人在推敲词儿,有的在琢磨曲子,而且两拨人齐心合力,把那曲新编的信天游,差不多合演成一个整体了。突然听见四妹子这一唱,不仅是队长费玉清,所有听到四妹子哼唱《打鬼子》的鲁艺艺术家们,都把他们的注意力,盯到了四妹子的身上,到她唱完,大家就都热情地给她鼓起了掌……费玉清好像比其他鲁艺艺术家们都要激动,她站在四妹子跟前问她了。

　　费玉清说:"谁教给你的?"

四妹子说:"我自己听会的。"

费玉清是真高兴哩！她带领小分队到河防前线来搞宣传动员工作,要的就是这个结果,她希望受到宣传动员的老百姓和河防部队官兵,听得懂他们的宣传,感受得到他们的动员……费玉清因为四妹子而高兴着,就又把他们新编出来刚刚合成好的信天游,给四妹子教着唱了,而且要她也记下来,唱给三十里铺村的乡亲们听。

这曲新编信天游名字叫《支前歌》,费玉清和她的鲁艺艺术家们都还唱得结结巴巴,不甚流畅,可四妹子听了两遍,张口唱起来,却十分流利。四妹子不仅演唱得流利,而且演唱得动听。费玉清总结了一下,四妹子所以演唱得流利动听,根本的原因在于,她在演唱时,使用了他们习惯的传统曲调,把词填进去,再唱出来,可就完美了呢！

费玉清就动员四妹子了:"你来我小分队吧！"

四妹子有点不相信自己的耳朵,说:"来小分队？"

费玉清说:"对,来小分队。"

四妹子还能说甚呢？她使劲地给费玉清点了头。

四妹子因此成了鲁艺小分队的一员。不过,有一样她和小分队的队员不同。小分队的队员集体居住,她还得住在家里纳鞋底支援河防部队,掏苦菜安排家务。那个时候,谁不是这样呢？小分队的队员也都要纺线织布、开荒种地的。宣传动员老百姓,宣传动员河防部队,就变得是业余的了。

费玉清看望了四妹子和刘唢呐,回头又急匆匆地跑去看被抬回来的狼尸,四妹子跟在费玉清的身后,也赶来看了。她俩跑到的时候,那匹狼的皮子已被剥了下来,但是刘唢呐砍进狼眼睛里的唢呐,还嵌在狼的头骨里,取不下来。看到这个情景,费玉清拨开人群,站在被剥得光赤赤的狼尸前,给四妹子的父亲王木匠建议了。费玉清在给王木匠建议时,还加了一句话,把王木匠美美地表扬了一下。

费玉清说:"你剥狼皮的手艺和你的木匠手艺一样好！"

好话谁都爱听。四妹子的父亲王木匠把头抬起来,对费玉清憨憨地笑了一下,然后又俯下身子,准备从狼的眼眶骨里往出取刘唢呐的唢呐碗儿了。

费玉清说:"你不忙取唢呐碗儿,连狼头一块切下来,一块留着,还是纪念哩。"

王木匠把费玉清的建议听进耳朵里了。

费玉清就还说:"把狼心剜出来,煮给刘唢呐吃。老辈人说,被狼咬了的人,吃了狼心,好得会快。"

这倒是个新鲜的建议。陕北山地里的狼可是不少,狼伤人,人打死狼,这样的事情经常发生,但没人听说有这样一种道理。不过,费玉清说了,四妹子的父亲王木匠倒愿意相信,因此,他手起刀落,在狼的心口上开了一个口子,把狼心剜出来,捧在手心就往家里回了。狼肉怎么办呢?费玉清还有她的建议。

费玉清的建议是:"河防三排在黄河边,咱们把狼肉抬去,犒劳犒劳英勇的子弟兵,使他们气正胆壮地杀鬼子,保卫黄河!"

这是个好建议哩!和四妹子的父亲王木匠一块把狼抬到村子里的后生们,又齐心合力抬着狼,犒劳了河防三排的子弟兵。

六

在后稷大酒店的茶吧里,小小四妹子给我说着她姑奶奶四妹子和刘唢呐,说得正在兴头上,她的手机响了起来。小小四妹子掏出手机接听,听出一个普通话十分生硬的口音,给小小四妹子说,他想与小小四妹子谈一笔生意,就是小小四妹子经营的陕北特色农产品。

这是个好消息呢!

小小四妹子参加杨凌农高会,展销她的陕北特色农产品,不就是为了扩大销路,增加收入吗?我虽然被她讲的故事吸引着,却也不得不暂时收起自己的好奇,告别了小小四妹子,与她约好,明天晚上还在后稷大酒店的茶吧里见。

再见面时,我见到了那个汉语说得生硬的家伙,竟然是个地地道道的日本商人。

来日傍晚,我如约赶到后稷大酒店的茶吧里,发现小小四妹子和那个汉语生硬的家伙,早我一步到了那里,并且坐在我和小小四妹子昨晚坐过的茶台上,很有滋味地喝着茶。昨天傍晚,我和小小四妹子在这里喝的是茶吧,是铁观音呢,还是普洱?喝过,忘了。总之,是不怎么样。今天傍晚,喝的是小小四妹子从她展台里带来的苦荞茶。落座后,小小四妹子把我和那个日本商人介绍了一下,便见那位日本商人,哈着腰,依然用他生硬的汉语,接着他前面的话头,大夸着喝了两口的苦荞茶。

这个日本商人就是羽田守一,小小四妹子给我介绍了。

可以说,这位羽田先生文质彬彬的,没有一点商人的习气,倒像一位很有涵养的文士。他品着汤色鲜黄的苦荞茶,很是知足地说:"中国的茶,我喝过的种类多了,苦荞茶,是头一次。"

小小四妹子是自信的,她说:"还习惯吧?"

羽田守一说:"不是习惯不习惯,是满意,太满意了,我要把苦荞茶介绍到日本去,让大家尝尝陕北苦荞茶的好!"

我再一再二地约见小小四妹子,这是我的私心了。我是西安报业集团派到杨凌农高会上的记者,我有我的任务,务必抓住参会企业和企业家的活动情况,给以充分有力的报道。我的报道是努力的,反馈回来的信息都还过得去,不是特别出彩,却也不怎么丢人。我想从中挖出一些更深层次的新闻出来,以满足媒体和读者的需要。我发现了四妹子土特产经贸公司,结识了小小四妹子这样一位经理人,我敏锐地察觉这是一个非常好的新闻线索。这就是我的私心了,我要写一个人物通讯,把小小四妹子的姑奶奶和小小四妹子结合起来写,写出两代四妹子的不同人生。而且我把通讯稿的题目都拟出来了。题目是:"四妹子靓丽黄土高原"。

我拟出的这个主题不错吧！在主题的下面，我还拟出了一条副题，"千古一曲信天游，新旧两个四妹子"。我这么拟题，大家一看就会明白，我想怎么来写我的新闻稿了。羽田守一横插进来，和小小四妹子谈的都是生意上的话题，这对我写好我的深度报道是有帮助的，我想听听他俩怎么说，这对我写好这篇深度报道，是最不可或缺的呢！

羽田守一赞叹了一番小小四妹子的苦荞茶，接着又赞叹起小小四妹子的荞麦面粉和豌豆面粉，以及其他杂食。

羽田守一不像一个商人，表面上文雅安静，但说起话来，让人不能不佩服他独到的商业眼光。他说了，来中国前做了些地理学上的调查，发现陕北是亚洲地区最适宜种植荞麦、豌豆，还有小米、杂豆等农作物的，不仅是陕北的纬度，还有陕北的经度，交织在一起，出产的这些农作物，品质和营养都是最好的。日本国就没有这么好的农作物，但日本国的需求量又非常大，只要我们牵起手来，建立起强有力的合作关系，你们四妹子公司，和我们羽田家族集团，都将获得丰厚的利益，并取得长足的发展。

小小四妹子回应着羽田守一，说我掌握的资料如果没错，日本人灶台上的面食，最吃香的就是荞面、豌豆一类的物产。小小四妹子看来早有准备，她不仅准备了苦荞茶招待羽田守一，还一嘴的陕北普通话，这么说出来，立即引起羽田守一的兴致，他的脸色因为惊喜，迅速变得红润起来，并插话进来，表示着他对小小四妹子的敬意。

像小小四妹子一样，羽田守一的语气，也带着他们浓浓的日本腔调，不过，可以清楚地感到，羽田守一算得上一个中国通。

羽田守一说："和你谈生意，感觉真是不错，你……好像对我们日本的百姓生活，有很深的了解。"

小小四妹子不想故弄玄虚，她说："临时抱佛脚，昨天傍晚与你初步接触后，我去宾馆客房里的电脑上检索了一下，才知道的。"

羽田守一说："你很诚实。"

小小四妹子说："你呢？我的四妹子公司诚实地对待每一位客户，希望客户也是诚实的。"

羽田守一说:"我同意你的意见,我们都应该诚实地交流,诚实地做生意。"

看他俩生意谈得投机,我很高兴,却觉得自己多余,和他俩坐在一起喝茶,都是他俩说话,我没法加入,就想躲开一会儿,解决一下自己内急的问题。这不难理解,他俩话撵话说得投机,喝的茶就少,而我没话能插,坐在一边无聊,就只有喝茶,茶喝多了内急,也就是自然的。我站起来,向他俩表示着歉意,准备离开,这才让他俩有所醒悟,同时转过头来,望着我,给我说着道歉的话。

小小四妹子先开的口,说:"哎哟,把我们大记者忽略了。"

羽田守一跟着说:"啊,对……对不起。"

我不想他俩因为把我晾在一边不自在,就回答着他俩,说:"我是……喝的茶多,真的……"

小小四妹子说:"去吧,去吧,快去快回,我不会叫你大记者失望的,我有故事给你说。"

在我离开他俩的时间里,我不知道他俩都说了什么,再次和他俩坐在一起,听到的话题,是关于羽田守一的职业和家族的一些情况。羽田守一说了,他们家三代人,都来过中国,他来得晚,是中日邦交正常化后最早来中国留学的大学生之一,他们家世代务农,他在日本读书学的是农业,到北京农学院留学,学的还是农业。

羽田守一说了他在中国的经历,却没说他爷爷和他爸爸在中国的经历,这给了我一种猜想,猜想他爷爷可是侵华日军的一分子,他的爸爸……我不愿乱猜,却猜不出别的可能,就只有这么猜了。这个猜想鼓动着我,我要向羽田守一发问了。

我说:"羽田先生,你说你爷爷是个农民,他仅仅是个农民吗?还有你爸爸……"

羽田守一好像还没听出我的话中话,他说:"我爷爷、我爸爸都比较热爱艺术,他们对绘画很有兴趣,不过,后来就都只对土地和农业生产兴趣大。"

我不满足羽田守一的回答,就还追着问:"你说你爷爷、你爸爸都到中国来过。那你说说,他们来中国,是学习艺术还是农业技术?"

我的问题是突兀的,而且还带着很强的挑战性,这使羽田守一一下子愣住了。他发愣的表情,很不自然,而且还带着一种从心底暴露出来的慌乱。

小小四妹子也看出了问题,她把一杯苦荞茶送到羽田守一的手上,给他说:"茶快凉了。"

羽田守一接过了茶,慌乱地抿了一口,很是抱歉地给我说:"以后……以后……以后有机会我给你说。"

小小四妹子把羽田守一的话接了过来,说:"大记者的嘴巴,真是不得了,怎么样,你不是想要多知道我的情况吗? 我可以满足大记者采访的要求。"

小小四妹子就这么把我询问羽守一的话题岔开了。

小小四妹子说她可不是在土里刨食的人。她费了老鼻子的力气,窝在三十里铺把读书变成了吃书。吃了一肚子的书,考到了延安城,读了三年师范学院,毕业后,在他们三十里铺小学当老师。她热爱那一份工作,要说她是照亮儿童心灵的红烛,可能过分了点,但要说她只是吃粉笔灰,又对她不甚尊重。总之,她在三十里铺村的小学里,兢兢业业地教着语文课,可是学校里的生源不断减少,到了后来,学校的老师几乎多过了学生。这样的结果,只能有一个,在撤点并校的活动中,三十里铺村的小学,被无情地撤除掉,并到很远的四十里铺学校。学校的老师,有的被并到大校去了,有的转了行。小小四妹子因为敬业认真,深受学生们的喜爱,组织给她的安排,是要让她并到大校里去,继续她所热爱的教育工作。可是,她痛定思痛,为自己选择了另一条道路。

小小四妹子说她给当时的校长说:"我还是不去学校里了。"

校长从三十里铺小学,并到四十里铺的小学,还当着他的校长。小小四妹子的态度,让他很难理解,说:"机会不可多得!"

小小四妹子说:"失去这样一个机会,可能还会开辟出另一个机会呢。"

校长就还问了小小四妹子能开辟出怎样的机会?小小四妹子当时没有正面回答校长,只说车到山前必有路。这条路,就是她现在大踏步向前迈进的农特产品深加工贸易。几年下来,四妹子农特产品贸易的道路越走越宽,这不,羽田守一赶到杨凌农高会上来,寻着了小小四妹子,和她正热火朝天地商谈,他们往前各走一步,就能使小小四妹子具有陕北特色的农产品跨出国门,进入国际贸易的洪流中去。

七

刘唢呐的伤口好起来了。有四妹子的母亲曹梨花和四妹子无微不至的照料,刘唢呐在脖颈上和胳膊上的伤好起来的同时,人也胖了一些,白了一些,看上去又自然俊了一些。

时日呼啦呼啦,这就到了秋尽冬来的时候,风向呢,也都从东南风变成了西北风。东南风的湿润和轻柔,与西北风的干硬和冰冷,存在着本质的不同,天壤相别。在吹东南风的时候,人的身上,随便一件单衣,就很舒服了呢!而在西北风吹起来的时候,就必须换上棉裤棉袄,身体才能扛得住。赶着风向改变的日子,四妹子的母亲曹梨花千针万线,给刘唢呐缝了新里新面新棉花的棉裤和棉袄!缝制前,母亲曹梨花用手丈量了刘唢呐的腰身和胳膊腿,四妹子学着母亲的样子,把刘唢呐的腰身胳膊腿也丈量了一遍。四妹子的母亲曹梨花,手指走在刘唢呐的身上,刘唢呐感到和他母亲给他每年缝制衣服时一个样,舒服,温暖,安适,他很享受这样的感觉。所以在四妹子母亲曹梨花用手指给刘唢呐丈量腰身胳膊腿的时候,刘唢呐感动得几乎掉下泪来,但他忍着没有掉。那丰沛的泪水,凝聚在心头上,没流出来,这就化作了一腔的热语,使刘唢呐忍无可忍地要说出来了。

刘唢呐说:"赶在换季的时候,我娘给我缝制棉裤棉袄,也要手把指掐地丈量我的腰身胳膊腿的。"

四妹子的母亲曹梨花明知故问:"是吗?"

刘唢呐说:"我娘丈量我的腰身胳膊腿一次,就要说我长高了,长壮了,长得费布了。"

四妹子的母亲曹梨花说:"十八九岁的小伙儿,是个长材哩。"

刘唢呐说:"大娘,你不嫌我费布吧?"

四妹子的母亲曹梨花说:"我也嫌的,嫌你不能经常费我的布。"

多么好的一家人啊!大娘曹梨花好,大伯王木匠好,还有……还有可爱宜人的四妹子王凤英,更是好哩!

刘唢呐养伤他们家里,算是把福享上了,给他的伤口上换药,那是大伯王木匠的事。大伯王木匠太忙了,总是不着家舍,就是收秋的日子,大伯王木匠也帮不上忙,来去匆匆的,回家来,把裹在刘唢呐伤口上的布条子,小心地解开来,看一看,换上药,把布条子缠上绑好,就又启程离开……他匆忙的样子,让刘唢呐很是不解,不就是上门给人打家具割门窗箍窑洞吗,早一天晚一天,又能怎么样?刘唢呐把他的疑惑,在最近的一次,给大伯王木匠说了。

刘唢呐说:"大伯,你原来就这么忙吗?回家来连一个晚上都不住。"

大伯王木匠说:"我咋能不想在家里住呢!金窝银窝,不如自家的土窝。"

刘唢呐说:"那是甚事吗?家里就容不下个你?"

大伯王木匠没多说啥,他给刘唢呐换好药,只说:"老天保佑,你的伤口好实在了。"

大伯王木匠说了这句话后,还像他先前一样,没在家里久停,就又匆匆忙忙地离去了。家里地里,忙着的就只有四妹子的母亲曹梨花和四妹子王凤英。刘唢呐听四妹子的母亲曹梨花说,今年的雨水足,坡坡梁梁上的玉米、高粱、谷子、糜子长得都比往年好。刘唢呐相信四妹子的母亲曹梨花的话,从她母女俩上坡下洼,身背肩扛,驮回家里的玉米棒子和高粱、谷子、糜子的穗穗来看,真是一个丰收年哩!不算太小的窑院里,靠着沟边的地方,用栽着的树桩和横编着的树枝,围起来的像堵城墙一样的囤子里,密密实实,装的满是缀满金豆似的玉米棒子。高粱、谷子、糜子,还有黑、白、红、绿几色杂豆,都是要摊开在场院里来打的,今日把高粱摊开在场院里,日晒风吹,然后举着连枷打出来,明日又把谷子摊开在场院里,日晒风吹,然后举着连枷打出来……四妹子的母亲曹梨花和四妹子,真是要多辛苦有多辛苦,却因为丰收,娘儿俩辛劳的脸上,任凭甚时,都挂着满足的微笑。

忙着地里,忙着家里,把受了伤的刘唢呐照顾得那个周到,让刘唢呐心想,他如是人家的亲儿子,又能怎样?

刘唢呐伤的是后脖颈,伤的是左胳膊,他觉得自己有能力帮助娘儿俩忙些秋收的活儿,譬如,刘唢呐就自觉地蹲在玉米棒子的大堆前,一个一个地脱去玉米棒子的皮壳,再把脱去皮壳的玉米棒子,装进沟边上的粮囤里。还譬如高粱、谷子、糜子,黑、白、红、绿的杂色豆子,他自觉地摊开在场院上,让高粱、谷子、糜子,黑、白、红、绿的杂色豆子日晒吃风上一阵子,他翻上一遍,日晒吃风上一阵子,他再翻上一遍,以便高粱、谷子、糜子,黑、白、红、绿的杂色豆子日晒得更充分,吃风得更充分……刘唢呐力所能及地做着这些活儿,四妹子的母亲曹梨花不答应,四妹子更不答应。娘儿俩坚决地制止他,让他歇到一边去,好好地养伤养身体。

刘唢呐知道娘儿俩心疼他,在娘儿俩制止他的时候,他听话地歇到一边,但等到娘儿俩离家下到坡地里去了,刘唢呐又会自觉地做他前头做着的活儿。

谢天谢地,没有四妹子的父亲王木匠插手,四妹子的母亲曹梨花和四妹子,顺顺当当地把秋熟了的玉米、高粱、谷子、糜子,还有黑、白、红、绿的杂色豆子,都收回家里来了,娘儿俩便腾出手来,来做换季的衣服了。

给刘唢呐换季,是娘儿俩做的头一身棉裤棉袄,四妹子的母亲曹梨花用手丈量过了,四妹子撑着刘唢呐,也来用手丈量。四妹子的手指走在刘唢呐的身上,和她母亲曹梨花的手指走在上面,可是不一样呢。四妹子的手指,刚往刘唢呐的身上一走,刘唢呐就觉得他的身上发痒,走到哪儿哪儿痒,而且不是一般的痒,是让他痒到骨头里的痒哩!刘唢呐痒得不能忍受,就要躲着四妹子了。

四妹子不让刘唢呐躲,说:"你给我站定了好不好。"

刘唢呐没法站定,就还要拧着身子躲。

四妹子张着手指,说:"我要你站定了你解不下?"

这可不是解得下解不下那么简单,刘唢呐实在是身子痒,开始时,四妹子的手指走在他身上他才觉得痒,后来呢,便是四妹子的手指张着,还没挨上他的身子,他都要痒得躲了呢!刘唢呐躲着,一直从他住的窑洞口,躲进了窑垴里,实在没地方躲了,干脆就耍赖似的蹲在地上,向窑洞外的四妹子母亲曹梨花求救了。

刘唢呐的求救,其实并不像求救,他只是连声地喊:"大娘!大娘!"

窑院外的大娘,也就是四妹子的母亲曹梨花,就给刘唢呐答话了,说:"怎么了?唢呐。"

刘唢呐怕他再喊大娘,大娘生气责备四妹子王凤英,就咬了牙不再出声,瞅了个空儿,起身从窑垴里蹿出窑洞门,跑到了窑院里来。

窑院里的大娘没生气,脸上笑嘻嘻的,倒是跟在刘唢呐身后撵出来的四妹子王凤英,一脸生气的样子。

四妹子撵出来,依然追着刘唢呐,要用手指在他身上走,而且嘴里也不饶人,说:"没人吃了你!"

脸上满是喜色的大娘,看了看刘唢呐,又看了看四妹子王凤英,心里似乎就更开心,她没说刘唢呐,只说她的女儿王凤英:"不许你欺负你哥哥。"

四妹子王凤英很是不服,说:"谁欺负他咧?我就是学母亲的样子,把他的腰身胳膊腿丈量一下,他就受不了。"

母亲曹梨花在窑院里铺了一张席,席面上有一截黑布,还有一截白布,比比画画地正要裁剪,就把手上的剪刀放下来,招呼女儿王凤英来剪了。做母亲的心里是怎么想的呢?她巴不得女儿凤英会给唢呐换季哩。但做母亲的会说话,她像是给女儿凤英说的,可刘唢呐听着,知道也是给他说的哩。

大娘曹梨花说:"好了,黑布白布都在席面上,凤英你来,你给你唢呐哥哥缝纫棉裤棉袄好了。"

四妹子王凤英不再逼着刘唢呐丈量腰身胳膊腿了。她碎步小脚地移到母亲曹梨花的跟前,像她母亲曹梨花一样,坐在宽宽大大的席面上,请教着母亲曹梨花,小小心心地剪裁,小小心心地缝纫,小小心心地给刘唢呐做起棉裤棉袄来……一个长长的上午过去了,到了下午不多一会儿,四妹子王凤英在母亲曹梨花的指导下,给刘唢呐很成功地缝制出了一条棉裤,一件棉袄。缝制好了,就让刘唢呐换上看,腰是腰,身是身,刘唢呐穿在身上,只觉一种暖到心窝子里的暖。

这是换季时,生身母亲才能给他的温暖哩!

母亲啊!想起知冷知热的生身母亲,两行热泪,蓦地涌出刘唢呐的眼眶,长长地挂在他的脸腮上……刘唢呐不能自禁地呼唤出了声。刘唢呐呼唤的声音不是很大,却特别地钻人耳朵。

刘唢呐轻声地说:"娘啊!"

为了完成我的深度采访与写作,我从杨凌农高会上回到报社,停留了一天半时间,就风风火火地寻到陕北的三十里铺村来了。我是来找小小四妹子的,自然还要见一见小小四妹子的姑奶奶四妹子王凤英。现在的王凤英,已经八十多岁了,可她精神很好,耳朵不聋,眼睛也好使,我进了她家的窑院,第一眼看见八十多岁的她,还在绣一只鞋垫子。我走向她,向她打听小小四妹子的时候,还不敢确定那就是已经成为传说的她,但我只向她问了一句小小四妹子在吗,她就放下手里绣着的鞋垫子,很是热情地拉住我的手,说她侄孙女说了,有个帅帅的记者,这几天一定会来的。"可不是嘛,你果然来了。"

五十多年过去了,已成老人的四妹子,从她的举止言谈和眉眼上,依稀还能看出当年的干练和美丽。

已成老人的四妹子,给我泡了苦荞茶,把我让到她的窑炕上,给我就很大方地说起当年她和三哥哥刘唢呐的事情了。她说了,如果不是孙女动员她,她是不想说了。过去的事,还说人不嫌吗?

我回答已成老人的四妹子说:"有放凉的饭,没放凉的事。我们不能忘记过去,而且还应不断重温过去。老话说了,温故知新,说的就是这个理儿哩。"

不知已成老人的四妹子解得解不得我的话,她给自己也泡了一碗苦荞茶,搁在嘴边上啜着,若有所思地就给我说了一串子。

八

刘唢呐的命苦哩!已是老人的四妹子说了,她刚一这么说,就止不住眼泪汪汪,脸上的神色,也仿佛回到了当年她和三哥哥刘唢呐同在的时候。

三哥哥刘唢呐的家在黄河东岸的柳林县刘家塔村,他父亲是个享誉晋西北地区的猎户,一杆火枪,百发百中,撞进他视线里的猎物,就没有跑得了的。他的母亲守在家里,洗衣服做饭,喂养着刘唢呐和他的两个姐姐。不过,很是不幸,刘唢呐的两个姐姐,都没躲过天花的祸害,年纪轻轻的就走了。刘唢呐的母亲就去问神了。神说刘唢呐的父亲伤生太多,要他的父亲放下火枪,他们家就会人丁兴旺,万事大吉。刘唢呐的母亲相信了神的指示,一遍一遍地劝说刘唢呐的父亲,劝说得他的父亲答应下来,说他再进一次山,再打一次猎,就把他的火枪摔断在山沟里,再不去打猎。可就是这最后一次打猎,让刘唢呐的父亲,不仅放不下他的火枪,而且还更精准地杀起生来。这以后,他枪杀的生,不是野猪、野羊、野鸡或别的什么猎物,而是人,是侵略到晋西北来烧杀抢掠的日本鬼子兵!

把自己的火枪枪口,对准日本鬼子的脑袋射击,对刘唢呐的父亲来说,真是不容易。

作为猎户,枪敲猎物的脑袋天经地义,而不得敲人的脑袋,是猎户门中一条不可违拗的铁律。

最后一次巡猎的他,在晋西北的崇山峻岭里,遇着了一只野羊。那只野羊,毛色是那样的光滑,它站在山尖上的时候,就如同一只神羊一般光彩照人,刘唢呐的父亲悄悄地靠近着,靠近了,抬枪瞄着野羊,可就在要扣扳机时,野羊一跳一跳地非常迅捷地跑开来……面对一跳一跳跑开的野羊,刘唢呐的父亲依然能够开枪打准它,但他不想那么取得野羊,那会把野羊的皮毛打成一张筛网,这可不是一个好猎户的作为呢。刘唢呐的父亲是享誉晋西北的好猎户,他就必须维护他的尊严,不能伤着野羊的皮毛。他唯一的选择是,把火枪里的霰弹退出来,装上一根铸铁的小条儿,瞄着野羊的眼睛,打一个眼对眼,才能不伤野羊的皮毛。刘唢呐的父亲,就是这么决定自己的行动的,他把火枪里的霰弹,换成铸铁的小条儿,撵着野羊,并选择着必须的角度,周旋在晋西北的山地里……过去的日子,刘唢呐的父亲没少这么干,多跑一段路没什么,多费一阵神也没什么,他那么费劲费力地打下猎物,带到人群中来,让人们看他眼对眼的枪法,那是一件多自豪骄傲的事啊!他之所以享誉晋西北,就因为他有这高超的一手。

捺着性子,刘唢呐的父亲撵在野羊的身后,他们双双爬到一个叫双峰岭的山脊上,野羊站着不跑了,刘唢呐的父亲站着也不跑了,而这时刘唢呐的父亲和野羊站立的距离和角度,是他一路撵来,获取野羊最好的时机了。他隐身在一棵大树的身后,端着火枪,认真地瞄着野羊的眼睛,就在他瞄准了，只须一扣扳机的时候，山脊响起一串爆豆般的枪声。刘唢呐的父亲迟疑了一下，就是他这稍纵即逝的一个迟疑，野羊仿佛一朵流荡而去的云影，隐身在山脊上的灌木林里不见了……这使刘唢呐的父亲怀疑起了自己，他一路撵来，追着的野羊只是一个幻影，它牵引着他，是要他到双峰岭来，目睹岭脚村庄里爆发的惨剧！

是侵略到晋西北的日本鬼子兵呢！

他们的枪刺上挑着膏药旗，四散在村庄周围，厉声地吆喝着，把衣衫不整的村民，像赶牲口一般，赶到村子的打麦场上……有个日本军官模样的人，骑在一匹东洋大马上，在他的身边，还有两只发疯似的狼狗，汪汪汪、汪汪汪，朝着瑟缩在一起的村民狂吠，爆豆似的枪声，是一个趴在村头石碾盘上的日本兵打出来的。那是一挺日本鬼子的歪把子机关枪，一梭子弹扫出去，就见村民堆里站在前边的一排人，像是嫩韭菜碰上了磨快的刀，齐刷刷倒在了地上，他们有男人，有女人，还有老人和碎娃娃，血、血、血……血从他们倒下的前心后背，像是燃烧的火焰一样，喷射而出，涌流不止！

刘唢呐的父亲把他端在手里射杀野羊的枪口，调转了一个方向，对着趴在石碾盘上的那个鬼子兵……他发现那个端着歪把子机关枪的鬼子兵，还把枪口对着惊恐成一团的村民，他把他只打野兽的火枪枪口瞄向了那个鬼子兵。他瞄着的是鬼子兵的左耳朵，他相信他火枪里的铸铁条子，能够精确地从鬼子的左耳穿进去，再从右耳穿出来。

作为猎户的刘唢呐父亲，头一回违背了一个猎人的戒律。他扣动了扳机，那根铸铁条子，从枪膛里滑出来，像是一枚火亮的飞虫，划出一条闪光的弧线，不偏不倚，正好从那个歪把子机枪手的鬼子左耳朵钻进去，又从右耳朵钻出来，向前继续地飞着，就又钻进那只狂吠的狗肚子，使那只狂吠的狗，跳起有一人高，然后落下地来，蜷缩成了一疙瘩，抖颤得像是一堆风中的乱草……歪把子机枪手的鬼子兵，也是一把推开瞄着村民们的枪把，把头歪向石碾盘，胳膊、腿一下一下地抽搐着……还有那匹枣红色的大洋马,忽然地暴跳起来,把骑在它身上的鬼子指挥官,高高地抛在了空中,然后又重重地摔在了地上!

受此袭击,包围着众村民的日本鬼子,全都把他们的枪口指向了射杀鬼子机枪手和大狼狗的山脊上,噼里啪啦就是一通乱枪……与野兽打了半辈子的交道,刘唢呐的父亲太有经验了,他打出一枪后,迅速转移了地方,隐身到另一棵大树的背后,往他的火枪里又装上一根铸铁的条儿,端着再一次瞄向了杀害自己同胞的日本鬼子。

刘唢呐的父亲看见鬼子兵这时丢下了被他们围困的众村民,在那个摔下大洋马的指挥官的号令下,向他包抄而来,而被围困的众村民,则乘机四散逃生而去,他开心地笑了。这个结果,是他想要得到的呢。他得到了,他能不笑一下吗?刘唢呐的父亲,知道他的孤单,他不能恋战,就把他装进枪管里的那根铸铁条儿,瞄着向他包抄来的鬼子兵射了出去,这根铸铁条儿,没能打着那个鬼子兵,却精准地打在了指挥官的指挥刀上,迸发出一抹灿亮的火花,使指挥刀一断两截,一截还握在指挥官的手里,一截则落在了地上。正是落地的那一截刀刃,不偏不倚,刚好撞在了刘唢呐父亲射断鬼子指挥刀的铸铁条儿上。日本指挥官看见了,弯下腰来,把那截铸铁条儿捡起来,在手里翻转着,他的手,还能感到那截铸铁条儿的棱角和那条铸铁条儿的烫烧……日本指挥官忽然明白,打折他指挥刀的,就是这根铸铁条儿。这样的铸铁条儿,不会是中国军人的枪管里射出来的,这来自一杆猎枪,在中国流传了千百年,把握在猎户们手里,是用来猎杀野兽的!

日本指挥官叫羽田仲雄,想到这里,他咬牙切齿地低吼了一声:"死了死了的,猎户!"

九

侵略晋西北的日本混成第三旅团第三十三分队小队长羽田仲雄,就驻扎在柳林县罗公镇。被打折指挥刀的羽田仲雄,发誓要找到那个中国猎户。他发出命令,并派出奸细,想要知道有如此高超枪法的猎户,是怎样的一个汉子。他要抓住他,像打穿他歪把子机枪手一样,自己亲自上手,也打穿他的双耳!可是,羽田仲雄的命令颁下来了,奸细也派出去了,但他一点有用的信息都没得到。相反的呢,倒是他派出去打探猎户的奸细,今日被耳对耳地射杀一个,明日被耳对耳地射杀一个……这使窝在罗公镇据点里的羽田仲雄,像只被困的猛兽,抓耳挠腮,团团乱转,毫无办法。

羽田仲雄想到了罗公镇上的皮货店,他派了他的翻译官,到皮货店买来一件狐狸皮的马夹,摊开在他的指挥桌上,很专心、很仔细地拨弄着细密柔绵的狐狸毛,图谋在那他不知底细的皮毛中,找到些微的蛛丝马迹,并顺藤摸瓜,找到他要找的那个猎户。还别说,在那件制成马夹的狐狸皮毛上,真让羽田仲雄找到了他想要的结果。

羽田仲雄分拨着狐狸皮毛马夹上的毛片,他发现这件马夹,是由两张狐狸皮缝制的,一张狐狸的皮子,散布着许多个猎枪霰弹射穿的小孔,而另一张狐狸皮子,却不见一个猎枪射击的小孔。他问他的翻译官了。

羽田仲雄说:"晋西北……哪个猎户狩猎,有这么好的枪法,不伤猎物的皮毛,只打猎物眼对眼?"

翻译官是土生土长的晋西北人,像个传奇一样烙印在他记忆里的,只有刘唢呐的父亲,打猎可以只打猎物的眼对眼。这是他的一个习惯,打野鸡、兔子,他用的是霰弹,这是因为野鸡、兔子仅有食肉作用。如果是狐狸、野羊,他就打眼对眼,这样猎获的猎物,食肉是一种价值,而更重要的是,狐狸、野羊的皮毛,比食肉的价值更为突出,更为实在。

瘦得猴子一样的翻译官,在自己的额头上拍了一巴掌,说:"我知道了。"

羽田仲雄血红的眼睛看向了猴子翻译官,问:"你知道什么了?"

猴子翻译官说:"我知道那个猎户是谁了!"

羽田仲雄兴奋得跳了起来,向猴子翻译官逼近了两步,伸手扭住翻译官的领口,低吼似的问:"他是谁?"

猴子翻译官说:"唢呐……唢呐他老子。"

羽田仲雄找到了目标,便组织起他驻扎在罗公镇上的全部武装,有一个小分队的鬼子兵,还有一个中队的伪军,骑着摩托,骑着自行车,饿虎扑食似的,向刘家塔村扑来了。

羽田仲雄把捉拿刘唢呐父亲的时间,刻意地选择在一个鸡鸣五更的拂晓时光。他指挥着一百多人的鬼子和汉奸,神不知鬼不觉地把刘家塔村,在睡梦里围了个严严实实、水泄不通,然后放出他带来的狼狗,在村街上狂吠乱叫,同时引起村民们养在家里的土狗,一起大吠大叫,让刘家塔村,在这个东方渐白的拂晓,顷刻淹没在一片躁动不安的狗叫声里。

农家人养土狗,图的就是听狗叫,今日听,明日听,土狗的叫声,大家听得就很习惯,听着是对山村人气的一种补充,要不,窝在晋西北深山里的村庄,就太沉寂了。可是,在这一片狗叫声里,东洋狼狗的吠叫是特别的,有种嗜血般的狞厉……村民们都被狗的吠叫声惊醒了起来,在炕上找着裤子和褂子,往光裸的身上套了。可是,大家几乎都没来得及穿起裤褂,扣上衣扣,就被破门而入的日本鬼子和伪军,端着明晃晃的枪刺,逼到村中央的那座砖塔下。他们被鬼子和伪军的枪刺逼着,谁要有一点点的反抗,甚至迟疑,那尖利的枪刺,就会迅速地戳向他,因此,被逼到村中央砖塔下的众村民,在村街上此起彼伏,总会爆发出两三声的惨叫……便是集中到了砖塔下,村民们也都不敢有丝毫的举动,稍有动作,就会有日本鬼子,端着枪刺戳来,可怜的刘家塔村村民,瑟缩在砖塔下,全都衣衫不整,或受伤流血。

挎着一把新指挥刀的羽田仲雄,在两只狼狗的陪伴下,在刘家塔村村民的面前,瞪着他与狼狗的差不多一样的眼睛,扫视过来,扫视过去,突然拔出指挥刀,在空中做了一个斜劈的动作,然后插在地上,像是挂着一根手杖似的,撑着向前倾着身子,给刘家塔的村民说话了,他要他们把猎户

下篇　断臂

交出来。羽田仲雄说出这句话后,瘦猴翻译官跟着向刘家塔村的村民也喊起了话。

瘦猴翻译官喊:"太君已经知道,一而再,再而三,耳对耳射杀皇军和密探的人,就是你们刘家塔村的猎户。晋西北,除了你们刘家塔百步穿杨、百发百中的猎户,再没别人干得了这样的活儿!大家说,谁是那个猎户?说出来,免大家没事,都回家去,太君只想见识见识猎户,和猎户个人说说话。"

羽田仲雄说了,瘦猴翻译官也喊了。听着他俩一个说,一个喊,刘家塔村的村民知道他们要找的猎户是谁了!可是大家沉默着,没有人回答羽田仲雄的话,也没有人回应瘦猴翻译官的喊,大家站立着,都像石雕钢塑一般,脸色凝重,不言不语,但却都在心里感佩着英雄的猎户,能够再三再四地打他们鬼子一个耳对耳。

追着鬼子和他的奸细专打耳对耳的猎户,也就是刘唢呐的父亲,但他这时并没在刘家塔村村民中间。他忙着寻找能打鬼子奸细耳对耳的机会,有些日子了,一直都不在刘家塔村里待,但是他的儿子刘唢呐,还有刘唢呐的母亲,就在被鬼子和伪军团团围着的人群里。几个站在刘唢呐娘儿俩前的村民,听了羽田仲雄和瘦猴翻译官的吼喊,怕他们看见刘唢呐娘儿俩,就都自觉地拢了拢身子,并踮起脚尖,把他们娘儿俩堵在身后,想要以此给予他们娘儿俩一点保护。

没人回应羽田仲雄和瘦猴翻译官,羽田仲雄便把他的指挥刀举起来,指向人群前的一位老人,让他向前走三步说话。这位老人是刘家塔村德高望重的族长,他面无惧色,从人群中走出来,向前走了三步,冲着羽田仲雄轻蔑地笑了一下。

老族长说:"你找的猎户就是我。"

羽田仲雄看着,摇了摇头,并且抬起没有拿刀的那只手,把他的左耳朵戳了戳,然后又把他的右耳朵戳了戳,说:"你的不是。"

老族长很坚定地说:"我就是。"

羽田仲雄说:"说谎的不好。"

老族长把他攒在嘴里攒了一个晚上的痰送到舌尖上,向羽田仲雄的脸上吐了去,大骂羽田仲雄不是人!说:"我说谎,我给你们不是人的鬼子说谎……"

老族长还要再痛骂下去的,羽田仲雄举在手里的指挥刀,像条吐着红芯子的毒蛇,一下子钻进老族长的肚皮里,让老族长蓦然吐出一口血,扑爬去了村民们的面前。

羽田仲雄杀了老族长,接下来又砍杀了一位老姑奶奶和一位后生子……被人群保护在后边的刘唢呐母亲,把刘唢呐的手,一直攥在手心里的,这时她突然甩开刘唢呐的手,从人群里挤出来,站在了羽田仲雄的对面,很骄傲很自豪地说了。

刘唢呐的母亲说:"我是猎户的女人。"

羽田仲雄号叫了一声,他举着指挥刀,把刘唢呐母亲的下巴往起挑了挑,很是欣赏地说:"我相信你,你说,你男人是哪个?"

刘唢呐的母亲说:"他不在村子里。"

羽田仲雄说:"那……你说他在哪里?"

刘唢呐的母亲说:"你把我们村的人都放开,我带你去找我男人。"

小小四妹子的姑奶奶四妹子,不说则已,一说起来,就如黄河流水,哗哗啦啦地倾泻而出了。

十

一碗苦荞茶喝干了,再泡一碗来,小小四妹子的姑奶奶四妹子润了润她有些干涩的咽喉,给我又说上了。

刘家塔村的乡亲们,把刘唢呐裹在他们中间,从鬼子兵和伪军们如林的枪刺中间,默默地散去了……村民们散着,还都不忘回一下头,看向那座不知修筑于何年何月的砖塔,和孤身一人站在鬼子兵和伪军枪刺中的刘唢呐的母亲。村上的传说是,之所以在村子中央修筑这座砖塔,是要这座砖塔镇妖降魔保护村子吉祥的。站在砖塔下的刘唢呐母亲,这时可不就像一座美丽的塔身?她要用她的死,像那座砖塔一样,护佑刘家塔村了!

挺胸抬头的刘唢呐母亲,领着羽田仲雄和他的鬼子兵与伪军,走出了刘家塔村,向着尚有一段路程的黄河去了!

一路的荆棘,一路的坎坷,刘唢呐母亲本来就没穿好的衣裳,又被划破了许多口子,袒露出了她身上白皙的皮肤,这里一块,那里一块,像是圣洁的美玉一样!

翻过了一道梁,爬过了一道洼,又走上了一面坡,万里黄河,裹挟着细如碎金的黄沙,突兀地涌流到了刘唢呐母亲的眼底,发出惊天动地的巨响。刘唢呐母亲的眼睛灿烂发亮,她站在一面峭拔的黄河崖岸上。她到这里来过几次,她知道这一段崖岸有个很好听的名字:虎跳崖!可不是吗?那样一种险峻,那样一种巍峨,让刘唢呐的母亲极目看去,胸中陡然生出一股旷古未有的胆气!她抬头向前看着,看见正有一行大雁,扶摇在黄河的上空,翩翩然然,迎着风,疾飞而来,都快飞到虎跳崖边了,又蓦然冲下河谷,在浪尖上,激跳几下,然后又扶摇而起,飞腾在浩莽的天空上……顺着大雁翻飞的方向看去,刘唢呐的母亲还看见了灿灿烂烂的山菊花,在黄河的西岸,在黄河的东岸,无处不在地开放着,散发着醉人的馨香……刘唢呐的母亲深深地呼吸了两口气,她转头回来,冲着跟上虎跳崖的羽田仲雄和他的鬼子兵,仿佛满山满坡的野菊花一样,很是幸福地笑了一下……上升到中天之上的太阳,端端正正地照着刘唢呐母亲的笑脸,还有她身上裸露出来的一块儿一块儿的皮肤。她好像涂上了一层美不胜收的釉彩,此时此刻,宛如一尊凛然不可侵犯的女神!

刘唢呐的母亲抬起右手,指向流金溢彩的黄河,她给羽田仲雄骄傲地说了。

刘唢呐的母亲说:"那就是我的男人!"

满怀希望,又兴致盎然的羽田仲雄,这时才意识到他被欺骗了。羽田仲雄顺着刘唢呐母亲手指的方向看了一眼,他回过头来,怒不可遏地吼问了刘唢呐母亲一声。

羽田仲雄问:"你说……你说你男人在哪里?"

刘唢呐母亲的右臂没落下来,她很平静,而且还很坚定地指着黄河,说:"那就是我的男人!"

恼羞成怒的羽田仲雄把他的指挥刀举起来,照着刘唢呐母亲的右臂,在臂弯处齐齐地砍了下来。

羽田仲雄又问:"说,你男人在哪儿?"

刘唢呐的母亲面不改色,她失去了右臂,还有左臂在,她又抬起左臂来,指向了黄河,说:"那就是我的男人!"

羽田仲雄的指挥刀又一次举起,又一次地砍下,又把刘唢呐母亲的左臂,从臂弯处齐齐地砍了下来。

失去双臂的刘唢呐母亲,头顶着阳光,面对着黄河,她依然昂首挺胸地站立着,脸上不见痛苦,也不见悲伤……倒是砍去刘唢呐母亲双臂的羽田仲雄,突然心慌得差点摔倒,他惊惧得退后了几步,因为他的后退,跟着他来的鬼子兵和伪军,长枪短炮地也都后退着。羽田仲雄目不斜视看向刘唢呐的母亲,把他自己看得目眩头晕,天转地转……恍惚之间,他仿佛觉得时间在倒流,使他脱下日本鬼子的军装,穿上随意率性的便服,坐在他求学的大阪艺术学院,手拿一支碳素笔,在一个展开的画板上,面对着一尊复制而来的维纳斯雕像,一笔一笔地素描着……羽田仲雄闭起了眼睛,倏忽涌上心头的维纳斯雕像,摄住了他的魂灵,他想摆脱那个图景,但却不能,那个美得神圣、美得让人心跳的维纳斯形象,顽强地占领着他的意识,而且越来越清晰,越来越明亮,他不能自禁地又睁开眼睛,看见被他砍去双臂的刘唢呐母亲,似比刚才还要高傲地挺立着,羽田仲雄意识里的维纳斯,非常完美地与刘唢呐的母亲相叠在了一起……羽田仲雄腿脚不

下篇　断臂

稳地继续后退着,跟着他来的鬼子兵和伪军们,也都如他一样,腿脚不稳地继续后退着。后退着的羽田仲雄,不自觉地抬起手,从他贴胸的上衣口袋里,摸出一张扑克牌来,那张扑克牌上,就是一尊维纳斯的雕像。他把扑克牌放在自己的眼前看,正看着,即觉得那神圣的维纳斯,伸出自己断了的臂膀,很是坚定地捅向了他的眼睛,他张皇地大叫一声,把印着维纳斯雕像的扑克牌,抛向了空中,他自己则掉转头去,带着他的鬼子兵和伪军,仓仓皇皇地窜逃去了。

刘家塔村的乡亲们,簇拥着刘唢呐,寻到了黄河边上来。

乡亲们在虎跳崖上找寻到刘唢呐母亲的时候,英勇的她因为流血过多,已经僵硬在了黄河的崖岸上……乡亲们在虎跳崖一边的荒坡上,给刘唢呐的母亲拱了一座墓,又从村里抬来一副上了老油的木棺,把刘唢呐的母亲装敛进去,非常庄重地安葬了下去。

就在安葬刘唢呐母亲的坟地旁边,刘唢呐发现了那张被羽田仲雄扔掉了的扑克牌。刘唢呐并不知道这张扑克牌上的雕像,就是希腊神话里的女神。他把扑克牌捧在手里,比照着被羽田仲雄砍去双臂的母亲,觉得他的母亲,和扑克牌上的维纳斯一样地美!

悄悄地,刘唢呐把印着维纳斯的雕像的扑克牌,装进贴身的口袋里。

乡亲们担心羽田仲雄还会带着他的鬼子兵和伪军,再来他们刘家塔村找寻刘唢呐的猎户父亲。刘唢呐的父亲是打击日寇的壮士,刘唢呐的母亲是保护了全村人性命的女神,他们不能再让壮士和女神的儿子遭遇不测。乡亲们合计了再合计,找来一个羊皮筏子,把刘唢呐推上了羊皮筏子,任由黄河激浪推着,游过了黄河,游到了陕北抗日根据地。

那张被刘唢呐带到抗日根据地来的维纳斯扑克牌,现在被四妹子王凤英珍藏着,她视那张印刷着断臂维纳斯图像的扑克牌为生命,很早很早,就用她父亲王木匠制作的一面镜框镶起来,挂在她居住的窑洞里。

我注意到那个长年被烟熏火燎,已经变灰变旧的镜框和镜框里的维纳斯扑克牌,但我不知道,那张维纳斯扑克牌竟然有着如此壮美的一段故事。

四妹子王凤英,在给我讲这个故事的时候,她要一会儿看一眼那个镜框和镜框里的维纳斯扑克牌……老人家把这个故事讲到后来,还眼看着那个镜框和镜框里的维纳斯扑克牌,说她把她的三哥哥刘唢呐冤枉了,她还骂了他二愣子灰汉的。

十一

二愣子灰汉……陕北人责骂后生家最解馋的一句话呢。

四妹子怎么就这么不择言语地责骂上她的三哥哥刘唢呐呢?没有别的原因,就是刘唢呐带在身上的这张维纳斯扑克牌了。

养伤在四妹子的家里,四妹子王凤英和她娘曹梨花,还有父亲王木匠,把刘唢呐敬为救了四妹子一命的大恩人,热茶热饭地服侍着刘唢呐,赶上换季的时候,又不失时机地给他量体裁衣,让刘唢呐受伤的感情,获得了部分的补偿,他十分痛恨惨无人道的日本鬼子,十分地爱戴照顾他、把他当亲人一样的四妹子一家。正因如此,他觉得他养伤在他们家,吃了睡,睡了吃,给他们帮不上多少忙,却还要累日累月地连累他们……就在四妹子的母亲手把手的指教下,四妹子给刘唢呐做好一身三面新的棉衣后,刘唢呐做出了一个决定,他是时候离开他们了。

穿着新上身的棉袄棉裤,刘唢呐不仅身上暖和,心里更是暖和呢。他鼓起勇气,给四妹子说了:"我说妹子哩,唢呐有福碰上你们,让唢呐太感激了。"

嘴巴比刘唢呐要快的四妹子,把刘唢呐的话拦头截了回去,说:"是你要感激我,还是我要感激你?"

刘唢呐说:"我感激你,你们让唢呐享福了!"

四妹子说:"是一日三餐吗?是身上的棉衣吗?"

刘唢呐说:"比这还要多。"

刘唢呐说的是心里话。他养伤在四妹子家,三十里铺村的乡亲们都惦记着他,拿鸡蛋送红枣,你家今日来了,他家明日来了,交替着来看他。便是驻守黄河的三五九旅河防三排的排长房生贤,还有战士巩有柱、刘庚茂,代表他们三排的子弟兵,也来看了他几次,慰问他,说他是英雄呢!三排长房生贤还说了,狼是吃人的,日本鬼子也是吃人的,战士们吃了你打死的狼肉,就都不怕狼了,就都敢去英勇地消灭吃人的日本鬼子了。大家都来看望慰问刘唢呐,驻在村里的鲁艺小分队,怎么会缺席呢?队长费玉清来得最多,她给刘唢呐说了,她要以他为原型,创作一首信天游,一首新的充满英雄主义的信天游。

刘唢呐养伤在三十里铺的日子,享受到的关怀是广泛的。刘唢呐伤好想要离开,和四妹子还有她的母亲曹梨花,你一言,我一语,说着话。正是清早起来吃早饭的时候,四妹子端到刘唢呐跟前的一个木盘里,有一小碗的腌苦菜、一大碗的钱钱饭,和两个蒸得暄腾腾的糜子黄馍馍。四妹子不乐意听刘唢呐唠叨这些话,更不明白他唠叨这些话的目的,是要离开她,离开他们家,便顺手拿起木盘里的一个黄馍馍,塞到刘唢呐的手里,很是武断地给他说了。

四妹子说:"黄馍馍甜哩,把你的嘴捂得住。"

接过四妹子塞给他的黄馍馍,刘唢呐却没立即往嘴里送,而是拿在手里,不看四妹子,而是看着黄馍馍说:"我是说……把你和大娘,还有大伯连累了几十天。"

四妹子说:"我们乐意连累。"

刘唢呐说:"我知道,但是我不忍哩。"

四妹子说:"甚个忍不忍?你从狼面前救下我!"

刘唢呐说:"是缘分,碰上了。"

四妹子说:"缘分!你说对了,缘分碰上的是你,咋不是别人?"

刘唢呐被四妹子说得没了话说,他张着嘴,把自己语塞得乱吭哧,吭咛了一阵,这才把他想要说的话说了出来:"我想……我想……我想我该离开咧。"

四妹子的父亲王木匠难得这天也在家里,他和四妹子的母亲曹梨花,一人手里端着一大碗钱钱饭,拿着一双筷子和一个黄馍馍,慢了四妹子几步,也往刘唢呐居住的窑洞里来了……过去的日子都是这样,四妹子一家人,从没把刘唢呐当外人,吃饭了,坐在一起吃,喝茶了,坐在一起喝,亲亲热热,任谁见了,都会认为他们是一家子哩。

刘唢呐说给四妹子的那句话,四妹子的父亲王木匠,四妹子的母亲曹梨花都听见了。两位老人互相看了一眼,没有停足不前,而是加快了走路的节奏,相跟着,一前一后进到刘唢呐居住的窑洞里,脱了鞋,往炕上一坐,也不问刘唢呐为甚说那样的话,只是闷着头吃着自己碗里的钱钱饭和手里的黄馍馍……刘唢呐和四妹子也是,把刚才说的话放下来吃钱钱饭和黄馍馍了。一时间,四个人都没说话,呼噜呼噜,四张嘴吃出一阵响亮的喝汤声。

四妹子的父亲王木匠吃罢了钱钱饭和黄馍馍,把碗放了下来。

四妹子的母亲曹梨花也吃罢了钱钱饭和黄馍馍,把碗也放了下来。

四妹子也是,吃罢了钱钱饭和黄馍馍,把碗也放下了。

只有刘唢呐还没有放下来,他把清早的这一顿饭,吃得非常慢,吃得眼圈红红的,吃得嘴唇颤颤的,正吃着,突然还有两滴泪蛋蛋,从他的眼眶里爬出来,在他的脸蛋上流动着,滚到了下巴上,蓦地掉下来,砸进了他端在手里的钱钱饭碗里!

走州过县,给人上门打家具割门窗箍窑洞的王木匠,见多识广,他从刘唢呐的神情中,已经看出了他的心事,是悲愤的,是痛伤的。他不想让这个救了他女儿四妹子的后生家太痛苦、太难受,如果可能,他要为他分担一些的。因此,他语重心长,而又关怀备至地说了刘唢呐几句。

四妹子的父亲王木匠说:"好后生哩,你和大伯我,还有你大娘和凤英,都不要生分了。你给我们说,把你的伤心都说出来。"

下篇　断臂　　　　　　　　　　　　　　　　　　　　173

刘唢呐听得懂大伯的关心,他还能不把心里的话说出来吗?

刘唢呐不能了,他把剩在碗里的钱钱饭几口吃进肚子,又把剩着一半的黄馍馍也几口吞进肚子,抬手在他流着泪的脸上,左抹一把,右抹一把,这便把他父亲扛着火枪,四处寻着去打鬼子们耳对耳,鬼子来报复,砍去他娘双臂的事,痛痛快快地哭诉了一遍。刘唢呐的哭诉引得四妹子的父亲王木匠眼里直冒火,他把他的拳头握得咯嘣嘣直响……四妹子的母亲曹梨花和四妹子王凤英,听着,就都流泪了,开始还只默默地流,后来就痛哭出了声。

四妹子的父亲王木匠,在刘唢呐哭诉完了后,给他说:"后生家,哭报不了仇!"

四妹子的母亲曹梨花说:"鬼子把你河东的家破了,河西三十里铺我们的家,就是你的家!"

四妹子的父亲王木匠说:"你在家排行老三,凤英今后把你就叫三哥哥咧!"

四妹子的母亲曹梨花说:"凤英小你几岁,也不管她在家排行老几,她是你的妹子了,你以后就叫凤英四妹子。"

父亲和母亲给刘唢呐这么介绍四妹子,让四妹子从刘唢呐刚才的哭诉中醒过些神儿来。她的心里泛起的,先是一种悲,继而还有一种喜。四妹子听得懂父母的话,按说,她排行是不为四,而三哥哥为三,他救了她一命,父母把他当亲人待,她排在他的后边,做他的四妹子,这可是再好不过的事了。而且呢,她也乐意做他的四妹子。

四妹子这么想着,冲着她父亲王木匠不无娇嗔地喊了一声:"爹!"

四妹子还冲着她的母亲曹梨花也不无娇嗔地喊了一声:"娘!"

三哥哥刘唢呐从四妹子王凤英的喊爹叫娘声里,听出了一个让他脸红心跳的端倪,他不好坚持自己离开这个家庭的主意了。不过正好,四妹子的父亲王木匠,前些日子之所以特别忙,那是因为他接受了河防部队的一项特别使命,带领着一帮土生土长的木匠和河工,在紧张地制造几艘大木船。王木匠没有问制造大木船的目的,但他猜得出来,河防部队是在做准备了,准备时机成熟时,东渡黄河打鬼子。

猜透了这层意思,四妹子的父亲王木匠带领木匠和河工们,制造大木船的积极性就非常高涨。四妹子的父亲王木匠给了刘唢呐一个建议,让他跟着自己去制造大木船,刘唢呐很愉快地接受了。

三哥哥刘唢呐到黄河边的造船工地去了,他换季下来的衣裳,四妹子王凤英要给他拆洗一新的。拆洗是对的,拆洗是好的,不对不好的是,四妹子在拆洗三哥哥刘唢呐衣服时,从他换季下来的衣兜里,掏出一张扑克牌。如果只是一张马戏丑角似的普通扑克牌也就罢了,可这是一张怎样的扑克牌呀!上面印着个断了两条胳膊,光溜溜没穿上衣的俊俏姑娘……四妹子王凤英把那张扑克牌拿在手里,只看了一眼,就把她羞得闭上了眼睛,红着脸在心里骂起了三哥哥刘唢呐了。

四妹子王凤英骂的就是那句话:"二愣子灰汉!"

马戏丑角那样的扑克牌,四妹子王凤英在鲁艺艺术家们那里见过的。来三十里铺村的鲁艺家小分队,空闲的时候,就四人打扑克,他们打得热闹快活,四妹子王凤英见了,就知道打扑克好玩,是一种娱乐。但是,装在三哥哥刘唢呐衣兜里的这一张扑克牌呢?也是好玩的一种娱乐吗?

四妹子王凤英不敢确定,她要等三哥哥刘唢呐回家来问一问他,问不明白,她就还要去找鲁艺小分队的费玉清大姐,她是小分队队长,她啥都懂,啥都会,问了她,一切才会解决。不过,四妹子王凤英还要骂三哥哥刘唢呐的。

四妹子王凤英在心里不住嘴地骂:"二愣子灰汉。"

十二

"大记者来咧!大记者来咧!"

小小四妹子到她姑奶奶四妹子的窑院来,人还在院外的坡道上走着,声音却已飞进了窑院,钻了我的耳朵。我听见了,她姑奶奶四妹子也听见了。她姑奶奶王凤英听见了,便是一脸的喜气,放下给我正说的话,也不知是责备她的孙女小小四妹子,还是夸奖她的孙女小小四妹子,说她就是声亮,这一辈子,占便宜在她的亮嗓子上,吃亏也在她的亮嗓子上,混得没路走了,想去当贼都当不了。

身为姑奶奶的四妹子,可是太会疼她的孙女儿了,我似懂非懂地摇着头,说:"她当什么贼?她是老板了呢。"

身为姑奶奶的四妹子,就更开心地说:"对了,我的孙女儿是老板了呢!"

就在我与小小四妹子的姑奶奶四妹子王凤英逗着花嘴的当儿,她一阵风似的跳进了窑洞,亲热地喊了她姑奶奶一声,当面锣对面鼓地说起了她姑奶奶。

小小四妹子说:"大记者呀,我姑奶奶在你跟前没说我坏话吧。"

我不置可否地说:"姑奶奶就只会疼孙女儿。"

小小四妹子说:"是呀,我姑奶奶还就疼我这个孙女儿哩!"

小小四妹子是钻进窑洞里来了,但我看见绣着花儿、扎着朵儿的窑洞门帘外面,还有一个人的。那人没有进来,透着门帘,可以看见那人被这个陕北小院迷住了,他拿着一个照相机,在这个不大的小院子里,转着圈儿拍照……他照进相机里的景物肯定有那高塔似的玉米囤子,有那大如牛头的南瓜,有那串成串的干红辣椒,和那辫成辫子的大蒜疙瘩,这些景象,在我们老陕北人的眼里不算什么,我来时一眼就看见了的,可是那人怎么就那么有兴趣?好像是,那人把这一切拍到他的相机里之后,又对着窑洞门上扎花绣朵的门帘来了兴趣,举着相机又拍了起来。他正拍着时,小小四妹子招呼他了,说他们陕北有他拍不完的景物哩,要他进窑洞里来,看看她的老姑奶奶四妹子。

那人听了小小四妹子的话,收起了他端在手里的照相机,揭开门帘进来了。

那人不是别人,是跟着小小四妹子到陕北来考察的日本商人羽田守一。他在杨凌农高会上,与小小四妹子签订了贸易协议后,进一步提出要求,说他想到陕北去走一走,看一看,他想知道陕北的风土人情,这对他把陕北的农特产品进口到日本去,打开日本市场,有极大的帮助。羽田守一的这个要求是不过分的,小小四妹子答应了。

从门帘里钻进来的羽田守一,小跑着走了两步,走到炕跟前,给小小四妹子的姑奶奶四妹子,日本式地深鞠一躬,嘴里还咕哝出一句话来。

羽田守一说:"初次见面,请多多关照。"

正是羽田守一的那一躬和他紧跟着的那句话,让小小四妹子的姑奶奶四妹子,把眼睛睁大了。

小小四妹子的姑奶奶王凤英问:"你是日本人?"

羽田守一说:"我是日本人。"

简短的两句话,一问一答后,小小四妹子的姑奶奶四妹子,把她的眼睛闭上了,脸上的血色也在一点点退去,原先还坐得直直的腰身,仿佛也遭受了她不能承受的重压似的,向她身后的被垛斜靠了过去……见此情景,小小四妹子收敛了她的笑容,俯下身来,去照顾她的姑奶奶四妹子了。腰身斜靠在被垛上的姑奶奶王凤英,举手挡住了俯身照顾她的孙女小小四妹子,在此同时,又伸手指着窑洞门,那意思是清晰的、明确的,就是不要小小四妹子管她,让小小四妹子把她带来的日本商人羽田守一从她的窑洞里再带出去。

我看懂了小小四妹子姑奶奶的意思,伸手去拽羽田守一,我的手把他的衣袖都拽住了,并用上力,往窑洞门外拉的时候,拉了一下,没拉动,我就多使了些力气,再拉羽田守一,依然没有拉动……这时的羽田守一,双眼盯着那个镶嵌在玻璃镜框里的维纳斯扑克牌。他的目光,像是两根钢打的钉子一样,钉在了维纳斯扑克牌上,不用些特殊的办法,拔都休想拔下来!

我抽身转到羽田守一对面,把他和那张维纳斯扑克牌隔开来,双手并用,推着他,把他推出了小小四妹子姑奶奶的窑洞。羽田守一极不甘心地被我推出窑洞后,他看着我,那眼神既有对我的不理解,还有一种空茫的、让我琢磨不透的伤感。

窑洞里面,小小四妹子怨艾地叫着她的姑奶奶四妹子。

小小四妹子说:"姑奶奶,姑奶奶,您怎么了?啊,您不要吓我,我胆小。"

小小四妹子的姑奶奶说话了:"你还说你胆小,你把谁引来了?日本人……你咋敢把日本人引来呢?"

我想羽田守一是听见窑洞里的话了,特别是小小四妹子的姑奶奶的话。这句话,让他不由自主地低下了头,手足无措地慢慢转过身,从他刚才进来的窑院里,心情忐忑地、郁郁地走了出去。

此其时也,我不知道,小小四妹子也不知道,作为商人的羽田守一,正是羽田仲雄的亲孙儿。

那个侵犯晋西北,砍断刘唢呐母亲双臂的刽子手啊!

羽田守一是羽田仲雄的亲孙子没有错,羽田仲雄是羽田守一的亲爷爷也没有错。羽田守一这一次来到杨凌农高会上来,像我一样,也是被三十里铺的歌声所吸引,寻到四妹子特色农特产品贸易公司展台前来,认识了小小四妹子的。我认识小小四妹子,只是为了写一篇有点分量的深度报道,羽田守一认识小小四妹子,和她签订合同,做生意是一个方面,他还有一个暗藏在心里的秘密,那就是他的爷爷羽田仲雄托付他的,要他去找一找那个被他砍断了双臂的中国女人,他的爷爷羽田仲雄给他说了,那是一位女神!

战败回国的羽田仲雄,脱下军装,回到他在北海道的家里,耕种着他们家世代相传的十多亩地,白天在地里辛苦劳作,想着晚上能睡个好觉,可是他夜夜睡觉做梦,梦见的又都是被他砍断双臂的刘唢呐的母亲……刘唢呐的猎户父亲,后来不知所终,是参加了国民党的抗日队伍,还是参加了八路军的抗日队伍?吃尽了刘唢呐父亲苦头的羽田仲雄,怎么努力,都没有找到他。那个打得日本兵耳穿耳的神枪手啊,羽田仲雄多方打探,知道女神似的母亲和战神似的父亲,有一个叫刘唢呐的儿子,渡过黄河,到陕北的抗日根据地去了,而且还又遇到一个多情的四妹子,他们有恩有爱,携手抗日,演绎出一曲可歌可泣的爱之歌,被鲁艺的艺术家编写成一曲叫作《三十里铺》的信天游,传唱在黄河两岸,一直被传唱着,使他们情如高山、爱似长河的故事,感动了不知多少人。

痛定思痛的羽田仲雄,现在是北海道老兵反战同盟的一员,他主张日本国要深刻反思,向被侵略的受害国和人民赔礼道歉,并教育日本国的青年,牢记历史教训,誓做和平使者。

羽田守一就是在他的爷爷羽田仲雄的影响下成长起来的,他发现他的爷爷羽田仲雄闲暇时总会翻弄一副扑克牌,那是以西方雕塑为题材印制的扑克牌呢,其中少了一张红桃 K……爷爷羽田仲雄原是大阪艺术学院的高才生哩!他把那副雕塑艺术的扑克牌,翻弄得烂熟于心,他以各种形式进行排列组合,但翻弄到那张红桃 K 时,就只有空缺下来,羽田守一不知道空缺的红桃 K 印的是什么雕塑作品,他问过他的爷爷羽田仲雄,爷爷羽田仲雄给他说了。

爷爷羽田仲雄说:"是张维纳斯呢!"

羽田守一说:"咋不见了?"

爷爷羽田仲雄说:"丢了。"

"丢在哪儿了?"羽田守一还问了爷爷羽田仲雄,可是却没有得到准确的回答,因此就一直在羽田守一的心里存疑着,却突然地,在小小四妹子姑奶奶的窑洞里,他看见了那张断臂维纳斯的扑克牌,羽田守一就什么都知道了。

爷爷羽田仲雄把断臂维纳斯的扑克牌丢在他侵略中国的战场上了。

爷爷羽田仲雄忘不了那张断臂维纳斯的扑克牌,他在北海道的家里,翻弄着雕塑扑克牌,应该是一种悔罪了呢!他在翻弄着雕塑扑克牌时,还会放一曲他听了不知多少遍,一直都听不厌的信天游。

这个信天游就是鲁艺小分队费玉清编唱的《三十里铺》：

> 提起个家来家有名，
> 家住在绥德三十里铺。
> 四妹交了一个三哥哥，
> 他是我的知心人。
>
> 洗了个手来和白面，
> 三哥哥吃了上前线，
> 一心一意你去抗战，
> 过了黄河不得见面。

从小小四妹子姑奶奶的窑院里走出来，羽田守一的耳里，响起了这曲仿佛天籁般让人肝肠寸断的信天游。这曲信天游唱响在崇山峻岭的陕北，唱响在声势浩大的杨凌农高会上，还唱响在他爷爷羽田仲雄和他们北海道温馨和暖的农家小院里……

十三

小小四妹子没有想到，姑奶奶王凤英对一个做生意的日本人，是那么敏感。

改革开放，我们把自己的国门打开了，我们既要走出来，而且还要请人家进来，这是发展和壮大国家力量的必然趋势，我们要广交朋友，广结善缘，然而……小小四妹子对姑奶奶王凤英的表现，有点儿沮丧，还有点儿失望。

安排羽田守一和我去黄河边看风景，到她的农特产品加工厂参观，小小四妹子就只有背着姑奶奶王凤英做了。

我到黄河边来过多次了,雄浑壮阔的母亲河啊!我来一次,激动一次,可是与我和小小四妹子一同来的羽田守一,该是头一次面对黄河吧,但他是沉默的,不像我对着黄河,一会儿啸叫一声,一会儿再啸叫一声,实在不能忍的时候,还要高声地吼唱一曲信天游。

我唱《天下黄河九十九道湾》:

我晓得天下黄河九十九道湾哎,

九十九道湾上九十九只船哎,

九十九只船上九十九根竿哎,

九十九个那艄公嗬呦来把船来搬。

沉默的羽田守一,不言不语,他是要用他的相机镜头来说话吗?总之,在黄河边上,我们看日出,我们看日落,我们看浩浩渺渺的流水,羽田守一都只是聚精会神地举着照相机,很是专业地这儿拍拍,那儿拍拍,他有时还取出一个炮筒子似的长焦镜头,长长地伸出去,把黄河东岸的远景拉近了来拍。他都拍到了什么?我没有问,小小四妹子也没有问。

几天来,我们表面上保持着一种交流,保持着一种默契,这就又到小小四妹子的农特产品加工厂里来参观了。

小小四妹子在杨凌农高会上的宣传一点都不虚,我们踏进她的加工厂里,仿佛时光倒流了几千年,我们又回到了石器时代,豆钱钱确实是用石头一个一个砸出来的。那些制作豆钱钱的窑洞,面对面,里面都是两排砸豆钱钱的雇工,一个窑洞里砸黑豆钱钱,一个窑洞里砸黄豆钱钱,大家的面前,各有一个坐底的虎皮石,坐底的虎皮石都很大,拿在手里的虎皮石都较小,大家一只手在坐底的虎皮石上放豆子,一只手举着小点的虎皮石往下砸,砸在豆子上,一砸一个豆钱钱……看到这样的生产方式,我倒有些奇怪,而羽田守一却见惯不怪,他很欣赏这样的生产方式,称赞小小四妹子有眼光,尊重历史,热爱生活,这是现代化的加工方式不可比拟的。

在小小的四妹子的特色产品加工厂里，羽田守一的情绪有了一些恢复，参观了人工砸制豆钱钱的场景后，就又到另外几个窑洞里来，参观起碾制小米、磨制荞面粉和豌豆粉的场景来了。

那个石碾盘真大呀！石碾子也很大，把金灿灿的谷子摊在碾盘上，就由一头驴子拉着石磙子在碾道里转了，一圈一圈，一圈一圈……只有开始，没有终点地转呀转，转呀转，这就把谷壳碾下来了。负责碾米的人，清一色陕北大嫂的模样，头上顶一方蓝花布的帕子，身上穿一件蓝花布的罩衣，端着柳条簸箕，跟在驴子的屁股后面，次第地上去，从碾盘上撮一些谷米出来，站到一边去，对着一面收集谷糠的石砌槽子，反复地颠簸，把谷糠簸出去，把米粒留下来，复又倾上石碾盘，摊开了再碾，如此三番，如此五次，直到她们自己确信，把谷糠和谷米彻底分清簸净了，这才收集起来，送到下一个环节，进行称量分装。

荞面粉和豌豆粉的制作过程，与碾米的过程基本一致。唯一不同的是，碾米使用的是石碾子，磨面用的是石磨子。下扇的石磨，固定在磨盘上，上扇石磨紧合在下扇石磨上，由驴子牵动着，一圈一圈地转，轰轰隆隆的，比起碾米的碾子，声势要大一些。石磨的上扇，堆着淘洗净了的荞麦，或是淘洗净了的豌豆，通过磨眼，一点点流进磨口里，沿着磨口，像是一面粉白的流动着的小帘，不断头地往下落，落在磨盘上，就有负责箩面的陕北大婶，很及时地将其收在一个小簸箕里，端到一边的面柜前，倒进面柜里的箩儿里，摇着面柜的手柄。咣当咣当……面柜很有节奏地箩着面粉。

这样的节奏，是原始的，却又特别感动人心，让人忍不住想要随着那动听的节奏吟唱一曲信天游。

在小小四妹子的引领下，我和羽田守一参观着她的陕北特色农产品加工厂，忽然就听有人跟着那节奏柔婉地唱起来了。我听得分明，那是一曲盛传于陕北的信天游《绣荷包》：

初一到十五，十五的月儿高，

那春风摆呀么杨柳梢。

年年走口外,月月不回来,

捎书书传信信呀要一个荷包戴。

　　吟唱者的声音不是很大,但却有极强的穿透力,我发现,羽田守一先被那天籁般的信天游迷住了,他循着歌声找人,找到一个方向了,却听出歌声来自另一个方向,他便又扭转头来,向另一个方向寻觅,才把目光投到那个方向,可是呢,那动人心魄的歌声好像又转移到别的方向,羽田守一就又扭头而去……我久居陕北,是听惯了那些感人的信天游了,但我也像初到陕北来的羽田守一一样,被这纯真甜美的《绣荷包》所吸引,认真地听着,突然想起我跟踪采访的小小四妹子,在她任教三十里铺村小学的时候,非常注重在小学生中开展信天游的普及教育,她的经验,经由市教育局的总结,还向全市的中小学推广了呢!

　　参观了小小四妹子的农特产品加工厂后,我向小小四妹子提出了一个要求。

　　我说:"能到你们三十里铺村小学去看看吗?"

　　小小四妹子说:"撤并走了。"

　　我说:"和尚走了,庙还在吧!"

　　小小四妹子眉头因此皱起来了。她点了点头,却没再说话,整个人一下子进入回忆中去了。那是一段怎样的回忆呢?小小四妹子不说,我也有了些了解。延安师院毕业的小小四妹子,本不打算回三十里铺村当孩子王的,她有更大的理想,那就是,她的信天游唱得好听,嗓子又亮又甜,参加省上的民歌大赛,她没能取得头一名,却也夺得了一个让人艳羡的新人奖。小小四妹子以为自己只要努力,她是会有一个星光灿烂的前程的。但是她的姑奶奶王凤英要她回村里来,去村里的小学当孩子王。

　　姑奶奶王凤英的理由非常简单,她喜欢看村里小学升国旗。

　　姑奶奶王凤英说:"我看见红艳艳的国旗升起来的时候,我的心就踏实,就暖和。"

姑奶奶王凤英还说:"你升起国旗,我的心就更踏实,就更暖和。"

小小四妹子知道姑奶奶喜欢升国旗的原因,她不能违背姑奶奶的心愿,她回到村里来,当起了村里的孩子王。可是要撤点并校了,小小四妹子也要撤并而去,得到消息的姑奶奶,没有拦她的孙女小小四妹子,但她自己仿佛失了魂似的,在自己居住的窑院里,转出转进,一会儿看看远处的黄河发呆,一会儿又看看村里的小学发呆……小小四妹子不想她的姑奶奶如此失魂落魄,她没有去撤并后的新学校,而是固执地留了下来,当了三十里铺村小学没有一个学生的留守老师。

留守在三十里铺小学里,清早起来,小小四妹子还像以往一样,庄严地把国旗升起来,到了傍晚,又庄严地把国旗降下来。

小小四妹子留守在三十里铺小学,心没有闲着,身子也没有闲着,她从媒体上,也从网络上,发现陕北的农特产品有走红的迹象。这是一个机会呢,小米加步枪,能够打出一个新中国来,到新时期的今天,还能没有一个辉煌的市场前景吗?坚定了决心后,小小四妹子就把三十里铺村的剩余劳动力组织起来,开办了一个产销结合的陕北农特产品贸易公司。

公司的事情再忙,小小四妹子都不忘清早起来,到小学空旷的院子里去,把国旗庄严地升起来。

十四

住在三十里铺村,我目睹了一次升国旗的过程。

那个场景,我敢说,普天之下是唯一的。一所没有一名学生的陕北山村小学里,小小四妹子迎着朝霞,走到小学门口,把锁着的校门打开来,校门的背后,有一把竹扫帚,她先拿起竹扫帚,很仔细地把校园扫干净,然后,打来一盆水,把她的手洗了,走着正步,走到挂着国旗的旗杆前来升国旗了,她的视线跟着红旗,手把红旗升到多高,她的视线就跟着爬到多高……在这天清晨,我像小小四妹子一样,还有羽田守一,也像小小四妹子一样,把自己的眼睛挂在了鲜艳的五星红旗上,升到了旗杆的最高处!

不仅我们几个人是这样的,还有三十里铺村早起的乡亲们,都在他们所处的地方,庄严地看着小学校园里的红旗升起在蓝天上……小小四妹子的姑奶奶王凤英,年纪虽然大了,但她的腰身挺得比他人还要直,她就站在她家窑院的崖畔上,深情而肃穆地看向三十里铺小学,看着冉冉升起的国旗!

四妹子王凤英,之所以对飘扬在蓝天下的红旗,有着如此深刻的热爱,那是有她的原因的,这个原因就牵系在她亲爱的哥哥刘唢呐身上。

发现了三哥哥刘唢呐装在衣兜里的维纳斯扑克牌,四妹子没敢给她娘曹梨花说,更没敢给她爹王木匠说,她在心里骂了三哥哥刘唢呐一句"二愣子灰汉"后,就把那张印有断臂维纳斯的扑克牌,像她的三哥哥刘唢呐一样藏在她的衣兜里,要问三哥哥刘唢呐一个究竟了。她要问他哪来的这个光身子的女人。她要问他把这个光身子的女人藏在衣兜里是甚意思。一条黄河相隔的晋西北和陕北,在那个时候,还是很封闭、很落后的呢!爱上了三哥哥刘唢呐的王凤英不生这样的疑心,根本不可能。

害着心急的四妹子王凤英,却一时半会儿见不着三哥哥刘唢呐。她的三哥哥刘唢呐跟着父亲王木匠造船去了,他甚时候才能回转哩?

四妹子王凤英害着心急,把她急得嘴唇上都生出了几个大水泡。不过,四妹子王凤英等不得三哥哥刘唢呐回转来,她还有办法的,她可以问费玉清大姐呀。

在鲁艺小分队里演唱信天游的四妹子王凤英,有很多机会和费玉清大姐在一起,她觉得,乐观开朗的费玉清大姐太有知识了,世上事,好像没有她不知道的……天长日久地跟着鲁艺小分队,四妹子王凤英从费玉清大姐那里学习到了许多知识,她在害急的时候,也有一个朦胧的感觉,感觉她从三哥哥刘唢呐衣裳兜里发现的这张光身子女人扑克牌,可能是一种她还不甚了解的艺术吧？凭着这点朦胧的认识，四妹子王凤英大着胆子来向费玉清请教了。

时机真是好哩，为了慰问东渡黄河抗日造船的工匠，鲁艺艺术家在紧锣密鼓地排一台演出，费玉清给四妹子王凤英派了任务，要她独唱一曲信天游，四妹子就在排练的间隙，把她信任的费玉清大姐拉到背人的地方，掏出她藏在衣兜里的断臂维纳斯扑克牌给她看了。

费玉清惊讶四妹子哪儿来的这样一张扑克牌。她把扑克牌上的维纳斯看了一眼，便面带微笑地来看四妹子王凤英了。

四妹子王凤英的心是忐忑的，她说："都怪二愣子灰汉，我是从他衣兜里发现的。"

费玉清还没弄清四妹子骂的二愣子灰汉是谁，就还满脸微笑地看着四妹子。

四妹子王凤英可以天不怕地不怕，就怕费玉清大姐这么盯着她看。她知道费玉清盯着她看的意思，是嫌她动了粗口，她就老实地说："是狼口里救下我的刘唢呐，他是二愣子灰汉。"

费玉清说："你咋能骂他呢？你和他不是都认了兄妹了吗！"

四妹子王凤英的脸一片大红，她可不想被兄妹的事搅了，她要知道维纳斯扑克牌，正经还是不正经。于是她说："大姐就知道耍笑人。我问的是二愣子灰汉的这张扑克牌。"

费玉清看见四妹子急了，就不再耍笑她，正正经经地给她来说这张维纳斯扑克牌了。

费大姐说了，说她现在还不知道刘唢呐怎么存有这张扑克牌，但扑克牌上的维纳斯，你四妹子可就不能瞎猜。维纳斯是光着上身的，但那没有什么不好，不仅没有什么不好，而且非常神圣，是西方世界最受尊崇的爱之神、美之神！

费玉清大姐这么说着，还批评四妹子王凤英："你以后呀，可不能随便骂你三哥哥二愣子灰汉！"

四妹子王凤英心里服了费大姐,嘴上却不饶她的三哥哥刘唢呐,说:"我就骂他二愣子灰汉!"

费玉清并不知道四妹子心里已服了她,就更认真地给她说扑克牌上的维纳斯了。她说作为爱和美的象征,古希腊著名雕刻家于公元前4世纪,就艺术地雕刻出了维纳斯。最先供奉在希腊圣殿山的一座神庙里,后来不知所终,直到1820年时,才由一个叫尤尔赫斯的农民,在米洛斯岛上翻挖菜地时发现。起先,维纳斯的双臂是完好的,杜斯·居维尔是古希腊有名的文化人,在他的档案里,就有关于维纳斯雕像的记载,记载维纳斯的右臂下垂,手轻轻地抚着下身衣襟,左臂伸过头顶,握着一个饱满的苹果。

费玉清说着,不禁"啊"了一声,她说:"大爱维纳斯!"

费玉清大姐还感慨地说:"大美维纳斯!"

经费玉清这么一说,四妹子王凤英就不好再骂三哥哥刘唢呐了。但她还想知道,这大爱之神、大美之神的维纳斯扑克牌,三哥哥刘唢呐是从哪儿得到的?

机会眨眼就来,鲁艺小分队在费玉清大姐的带领下,到热火朝天的造船工地上来了。

为东渡黄河抗日建造的柳木船可真大呀!鲁艺小分队往隐蔽在黄河边的那条拐沟里走,一路上都能看见新伐的大柳树墩子。这条路,四妹子王凤英过去是走过的,她过去一路走,都会看见合抱粗的大柳树,排队似的往前排去,没有始,没有终。现在树都被伐下来了,不见了,被抬到黄河边的那条拐沟里来,来造大木船了。到时候,英勇的八路军勇士将乘坐大木船跨过黄河去,抗日打鬼子。四妹子王凤英这么想,就觉得那些被伐去的大柳树真是值呢,也算捐躯为国家了!走了不是很长的一段时间,四妹子他们紧跟着费玉清大姐,这就走近拐沟里的造船工地了。四妹子他们看见,已有三艘大柳木船建造好了,岿岿然然的样子,好气派,好威风呀!

四妹子王凤英在忙碌的人群里,很容易地找到了她的三哥哥刘唢呐。

三哥哥刘唢呐随在父亲王木匠的身边,帮着父亲王木匠给另一艘大船上龙骨……建造一艘大柳木船,制造龙骨是最关键的,龙骨的力量不够,龙骨的结构不合理,直接影响大柳木船的质量,便是下水到黄河里,经不起几个浪头,就要散了架子。因此,打造大船的龙骨,都是由最有经验、最被信服的大木匠来做的。四妹子王凤英的父亲王木匠,是公认的大木匠,打造龙骨这样的关键活儿,自然就由他带头干了。

埋头造船的父亲王木匠没有看见四妹子王凤英,跟父亲王木匠一起造船的三哥哥刘唢呐也没有看四妹子王凤英,四妹子王凤英自己也不好去打扰父亲王木匠和三哥哥刘唢呐,就跟着费玉清大姐他们,张罗着慰问演出了。

造好在一边的大柳木船,是一个现成的好舞台呢!

费玉清大姐他们鲁艺小分队的,把一条染成红色的大布条幅,往大柳木船的桅杆上一系,然后敲锣的敲锣,打鼓的打鼓,这就能够演出了。这样的演出,肯定是简陋的,但写在红色土布条幅上的大字是醒目的:打过黄河去,消灭鬼子兵!

敲打的锣鼓,把造船的工匠们,三三两两地吸引来了。他们来到权作舞台的那艘大柳木船下,还都是一派做工时的模样,头上身上还都沾着雪白的柳木屑,他们仰头看着准备演出的鲁艺艺术家们,脸上全都洋溢着掩饰不住的兴奋,他们有的人,手里还提着刚才干活用着的斧头,有的人,手里还拿着丈量木材的尺子……鲁艺艺术家们不会让热爱他们的工匠们失望,他们演出得非常投入、非常有艺术感,前边演出了一个小演唱,一个快板书,依次演着,这就轮到四妹子王凤英上台了。费玉清大姐这么安排,知道这会是一个高潮呢。

四妹子王凤英演出的是费玉清大姐给她新编的信天游,名字叫《我送哥哥打日本》:

我送哥哥打日本,

躲在人后拿根针。
松柏树下搓麻绳，
做双布鞋送情人。

千层底子万针缝，
千针万线一条心。
哥哥你穿上显英雄，
针线虽粗情意真。

其他节目演出结束后,兴奋的工匠们全都给他们热烈地鼓了掌,四妹子王凤英的独唱还没落音,就有更热烈的掌声送给了她。四妹子王凤英看得真切,站在她父亲王木匠身边的三哥哥刘唢呐,鼓掌鼓得最卖力!

慰问演出还在热热闹闹地进行着,四妹子王凤英走下作为舞台的大柳木船,往旁边那艘正在建造的大柳木船背后走了去。眼睛一刻都没离开四妹子的刘唢呐,很自然地撵着四妹子去了。在半成品的大柳木船的背后,四妹子一见她的三哥哥,甚话都没说,先把她装在衣兜里的维纳斯扑克牌掏出来,塞给了三哥哥刘唢呐。

四妹子王凤英说:"哪儿来的?"

接过了维纳斯扑克牌,三哥哥刘唢呐的眼里就蓦地喷射出一股汪汪的泪水来,他异常悲痛地给四妹子王凤英说了他母亲被鬼子杀害的情况。

四妹子王凤英听着三哥哥刘唢呐的诉说,她的眼里就也流出一串串的泪珠。她给自己擦着泪,也伸了手,去给她的三哥哥擦泪。

四妹子王凤英说:"这个仇,我们一定要报!"

十五

天是越来越寒冷了,又下着雪,黄河完全封冻了,往上看,是一条白茫茫弯曲不见头的冰雪长廊,往下看,又是一条白皑皑弯曲不见头的冰雪长廊……侵占了晋西北的日本鬼子,盼的就是这时候,他们想要趁着黄河封冻的日子,踏冰过河,侵略陕北抗日根据地。

日本鬼子的阴谋,黄河西岸的八路军河防部队,早已了解得清清楚楚,也未雨绸缪,早就做着准备,一旦鬼子兵胆敢来犯,就一定要让他们来者无回,葬身黄河喂鲤鱼。

那是1939年新春破五的日子呢!

陕北抗日根据地的老百姓,早在年三十前,就杀猪宰羊,慰问驻地八路军,大搞拥军活动。驻地八路军也献出米、面、油,到老百姓家访贫问苦,大搞爱民活动。军爱民,民拥军,军民互助,亲如一家,把弥漫着战争迷雾的年,也过得热热闹闹,红红火火。

到了破五的日子,老百姓和八路军又都相互走动,排练秧歌,准备着大闹元宵了。但就在这天下夜的时候,日本鬼子趁着黎明前的黑暗,突然地发起了踏冰过河的战争。此前的日子,侵略晋西北的日本鬼子,大大小小,已经发动了三十余起的渡河战争,但都在八路军河防部队的坚决打击下,以失败而告终。这次的日本鬼子,集结了混成第三旅团、混成第七旅团和混成第十九旅团,以及纠集而来的伪军,趁着陕北抗日根据地的军民还都沉浸在过大年的欢喜氛围里,在千里冰封的黄河上,悄没声息地踏上了河冰,悄没声息地向西岸的陕北偷袭而来。

日本鬼子有千般计,我陕北抗日根据地的军民有一招用。他们有精良的装备,飞机大炮机关枪,我们有秋后堆积如山的玉米高粱秆儿,有秋后堆积如山的谷豆糜子柴火。就是这两样看似极不对称的战争器材,却天然地决定了战争的胜败。预料到日本鬼子将趁着黄河冰封的日子,向我陕北根据地侵犯,驻守在黄河西岸的抗日军民,早就把秋收回来的庄稼秸秆儿,背到黄河边上,找寻着隐蔽的地方,堆集起来,准备在日本鬼子踏冰过河时来用。

四妹子王凤英,还有她的三哥哥刘唢呐、父亲王木匠、母亲曹梨花,都参加了背送秸秆的活动。交九后的一段日子，不仅是四妹子一家人，千里黄河西岸的人家，在河防部队的组织下，都参加了背送庄稼秸秆的活动，每个村庄通往黄河的道路上，不能说路塞不能走，却可以说通行是困难的，山路全都像根绳子一样，盘绕在山洼洼，或是沟梁梁上，便是空着身子走，都不好走的呢！在这时候，大家的肩背上，都背着一捆比自己体形大出许多倍的玉米秸秆、高粱秸秆、谷豆糜子的秸秆，走动起来，没有点山地生活的经验，凭着一身蛮力，不仅困难，而且还很危险。四妹子王凤英、三哥哥刘唢呐和父亲王木匠、母亲曹梨花他们，都是没问题的，背起很大很大的庄稼秸秆，从三十里铺的村子往黄河岸边去，去得都很顺利，一趟又一趟，出了一身一身的汗……在背着庄稼秸秆往河边去的路上，四妹子王凤英他们，还见到了鲁艺小分队的人，他们都没有山地生活的经验，背着庄稼秸秆，往黄河边上去，就闹了不少危险，其中两人，竟然躲不开山崖的顶撞，受到庄稼秸秆的连累，连人连柴火，竟滚下了坡！

他们背送到黄河边上的庄稼秸秆，在日本鬼子踏冰过河的黎明，派上用场了。

密切侦察着日本鬼子动向的抗日军民，在鬼子兵还没向黄河冰面集结的时候，就已注意到了他们的企图。消息传到黄河西岸的抗日军民中间来，大家不需要动员，也不需要鼓励，全都自觉地摸黑来到黄河岸边……此时此刻，大家都不说话，就是喘气，也都尽量控制得很小，所有的人，排起来，从堆放着庄稼秸秆的隐蔽处，一直排到黄河的冰面上，排起一条一条的长队，仿佛数不清的长龙，相互接送着一捆一捆又一捆的庄稼秸秆，接送到黄河的冰面上，又相接相连地堆积起来，单等日本鬼子踏冰到黄河冰面上的时候，举火点起来，烧融西岸的冰面，使黄河里的冰冻失去一边的支撑，而全面地塌陷下去……河东的日本鬼子，河西的抗日军民，相互较着劲，就看谁的方法有用了！

四妹子王凤英的父亲王木匠，走村串户，听了不少历史故事。三国时，东吴的周瑜火烧曹营三百里的故事让他印象最深，他随着抗日军民往黄河冰面上堆放庄稼秸秆时,就有了这样一个意识,一场火烧日军千里的大戏,将在黄河上重新上演一次了!他为此而兴奋着,所以活儿干得就也更加从容,更加有条有理。

点火的命令,风一样传遍了千里黄河。

四妹子的父亲王木匠,是他们这一段庄稼秸秆的点火者,他挥手让站在秸秆边的乡亲们,都后退到黄河岸上去,只留他一个人,把他带在身上的一个麻油罐,打开塞子,泼到秸秆上,这就来划火柴了。河谷里的风太硬了,他划了几根火柴,都被嗖嗖的河风吹灭了……好在他还有一套取火工具,那就是他平时吃烟时打火的火镰子。火镰取火,虽然原始,却极管用,特别是风硬的地方,有一点火星溅在火绒上,都会起火,而且还会越烧越旺……在这个关键的时刻,四妹子的父亲王木匠,把他拴在烟带锅上的火镰取下来,只一下,就打燃了火,并点燃了堆在他面前,与千里黄河冰面上相接相连的庄稼秸秆!

顷刻之间,千里黄河,仿佛一条火的巨龙……那样一种壮观,史无前例啊!

踏冰过河的日本鬼子,已经走到黄河的中心了,他们被突然点燃的火龙弄得目瞪口呆,惊慌失措,他们中有些不知后果的人,还举枪朝着火龙射击,而觉醒过来的一些人,则掉过头去,向他们的来路狂奔而去……黄河的冰面上,原来组织有序的日本鬼子,倏忽乱成一团,看得见举着指挥刀的日本军官,胡吼乱叫着,想要控制住纷乱的队伍,可是连他们自己,也被乱糟糟的士兵,冲得晕头转向,团团乱转……长长的火龙下,受到烈焰烧烤的河冰在一点点地融化,这里开了一道口子,那里开了一道口子,河冰的口子,被火龙的舌头舔着,一点点地在扩大,扩大着就融成了一个大口子,很大很大的一个口子,嘎巴!嘎巴!……仿佛有了生命的龙嘴一样,突然地发出一声一声的裂响,在那巨大的裂响声里,有一块河冰塌下去了!又一块河冰塌下去了!不断塌进河水里的河冰,溅起一波一波的水浪,把燃烧着的庄稼秸秆,也塌进了喷涌而起的水浪里,但是却不能浇灭燃烧的秸秆,只是无奈地漂着熊熊的烈焰,向一边还不曾融化和塌裂的河冰,持续地烧融着……千里黄河,仿佛阳春三月开河时一样,在这时候,都被燃烧的火龙、融化着、塌裂着……失去支撑的冰河,没有多长时间,便塌裂得支离破碎,破碎的冰块,有的像牛,有的像马,相互冲撞着流动起来了,下游的冰块来不及流走,上游的冰块又以迅雷不及掩耳之势冲撞下来,冰块与冰块,就又都如活着的猛兽一样,在黄河的巨浪里缠斗起来……渐渐地,暗色褪去,黄河在大家的眼睛里清晰了起来,站在黄河西岸的四妹子王凤英,还有三哥哥刘唢呐,她的父亲王木匠、母亲曹梨花,以及鲁艺的艺术家费玉清大姐等等数也数不清的根据地军民,远远地看见,有些后退着跑得快的日本鬼子和伪军,刚刚来得及逃离塌裂的冰河,爬上黄河东岸的坡坝,惊慌失措地蹲在河坡上喘气。他们是幸运的,但有太多太多的日本鬼子和伪军,就很不幸了,他们一部分根本来不及逃跑,就被塌裂的河冰,砸进冰冷湍急的黄河水里了!还有一部分,跌跌爬扑地挣扎在河冰上,被塌裂的河冰撵得仿佛丧家之犬、落魄之狗,拼命地后撤着,终于还是没能跑过塌裂的河冰,被撵在屁股后边的河冰,张开寒冷的巴掌,一把拍进刺骨咆哮的黄河水里……黄河岸上的抗日军民,欢呼起来了!

大家欢呼自己的胜利,也欢呼鬼子的失败!

欢呼声在千里黄河岸边震响着,仿佛又一条咆哮着的黄河!

三哥哥刘唢呐在欢呼的人群里,望着黄河的东岸,他没有像大家一样欢呼,而是不由自己地流出一串热烫烫的泪水来……四妹子王凤英看见了,她知道,他的三哥哥一定想起了被羽田仲雄砍去双臂的母亲了!他是因为复仇而流泪了呢。

如此理解着她的三哥哥刘唢呐,四妹子王凤英也不欢呼了,她伸手拉住三哥哥刘唢呐的手,轻轻抚慰着说了。

四妹子王凤英说:"咱不流泪,咱应该高兴的。"

三哥哥刘唢呐应了四妹子王凤英一声,说:"我要参加八路军。"

十六

疯狂的报复,是鬼子们的本性。

失败在黄河上的日本鬼子,死伤了数千人的兵力,更损失了无法计数的武器弹药,败退回他们在晋西北的据点里,舔着他们疼痛的伤口,谋划着接下来的报复行动了。黄河天险,挡得住日本鬼子的身体,挡不住日本鬼子的飞机,那钢铁打造的飞鸟,从晋西北的几处临时修筑的机场呼啸而起,向陕北抗日根据地扑了过来。

鬼子的飞机,成"品"字形编队,一组一组,飞越了黄河,分头向绥德县城、米脂县城,以及远一点的安塞和延安城飞了过来……就在鬼子出动飞机轰炸陕北抗日根据地的这些重要城池时,四妹子王凤英,以及她的三哥哥刘唢呐,跟着鲁艺小分队来到河防司令部所在地的绥德县城,参加在那里举办的庆功大会。

防御黄河的战斗,取得这么大的胜利,是该庆贺的。而且庆贺的日子,还是大年过后的元宵节,陕北的传统风俗,在这一天,无论城乡,无论贫富,都是要开开心心地闹一闹的。别的地方,把这个节日叫得很直接、很直白——闹元宵。但陕北人不这么叫,陕北人叫得很大气、很诗意——闹红火!

四妹子王凤英和三哥哥刘唢呐被鲁艺小分队所选中,参加河防司令部在绥德县城组织的庆功大会以及闹红火的活动,他俩能不高兴快活吗?

这可真是一件扬眉吐气的事情呢!

庆功大会和闹红火的场所,就选择在绥德县建城以来的就有的教场上。那一天,教场人山人海,先是鲁艺小分队来了几个专业的演出,接下来就是军民自己的联欢秧歌了。驻防在三十里铺村的三排排长房生贤,还有升为班长的巩有柱以及战士刘庚茂等人,作为八路军的有功人员代表,也来参加绥德县城的庆功会。闹红火少不了唢呐助兴,三哥哥刘唢呐

她脱去外面的罩衣，贴着她的身子的，还有一件绣着花花草草的红绸子肚兜。

是吹唢呐的高手,他到绥德县城来前,特意砸碎那只狼头,把他嵌进狼头里的唢呐碗儿取出来,做了些修复,就又可以吹奏了。本来嘛,他就十分喜爱唢呐,庆功闹红火,在器乐场里,他就吹奏得非常卖力。穿着件大红坎肩,扎着条三道道蓝白色毛巾的三哥哥刘唢呐,鼓着的腮帮子,像两只气疙瘩,他吹得那样一个欢实,让在秧歌队里领舞的四妹子王凤英,扭起秧歌来,要多起劲就有多起劲……三排长房生贤也是扭秧歌的好手,他腰里系上一条红绸带,扭着扭着,还和四妹子王凤英,扭起了对对舞,俩人在秧歌队里,就像两只翩然舞飞的蝴蝶,率领着秧歌队,扭得那个欢乐,便是高悬天上的太阳公公,也都绽开了一张笑脸,嘻嘻哈哈地跟着闹红火的抗日军民乐起来了。

鼓吹着唢呐的刘唢呐,不想成为一个落寞的人,他鼓吹着大唢呐,从器乐队里舞了出来,插进领舞的四妹子和房生贤中间,和他俩一起,又扭起了三人秧歌……鼓声激越,锣声清亮,大家欢天喜地,庆功闹红火,闹得正在热火朝天时,一朵黑瓦瓦的云团飘过来了,把明晃晃、暖洋洋的太阳遮在了身背,乌云下,轰轰隆隆的鬼子飞机,像是长着毒牙的飞蛾一般,成群结伙地飞临到了绥德县城的上空,呼啦啦生蛋似的,甩落一串串黑色的炸弹……纷纷坠落的炸弹,把绥德县城的南城楼炸塌了一个角,还把南城区的一片居民窑洞,炸成了废墟,我们数十条同胞的生命,也在这突如其来的灾难面前,被残酷地夺去了。

三哥哥刘唢呐的眼里喷着火……在绥德县城庆功闹红火的现场,再一次映现出母亲被羽田仲雄砍断双臂的情景,他跟定了和他以及四妹子王凤英扭着三人秧歌的房生贤,坚决地参加了八路军。

四妹子王凤英高兴三哥哥刘唢呐参加八路军,从绥德县城回到三十里铺村,四妹子密针细线地给三哥哥刘唢呐做了几双军鞋,她希望她的三哥哥刘唢呐穿着她给他做的军鞋,杀鬼子,报仇冤……这样的机会,随着春天的到来而到了。

满山满坡的桃花开了,满山满坡的杏花开了,还有满山满坡鲜艳的山丹丹花也开了,八路军东渡黄河抗日的行动,就在这个时候紧锣密鼓地进行了。参加了八路军的三哥哥刘唢呐,跟着房生贤被幸运地选进了先遣排,第一批乘坐秘密打造的大柳木船,先行强攻到黄河东岸去,占领有利地形,掩护迎接大部队东渡黄江。

鲁艺小分队的费玉清,是四妹子王凤英的好大姐,她知道王凤英与她三哥哥刘唢呐的恋情,以他俩的事迹为题材紧赶着创作一曲信天游,要在八路军东渡黄河时,唱给英勇的抗日将士,鼓励他们渡河抗日,保家卫国。

费玉清一个晚上就新编出了这曲信天游,她给这曲信天游取名为《三十里铺》,而且她要教会四妹子王凤英自己来唱这曲信天游了。

东渡黄河的日子越来越近,四妹子王凤英到三排的驻地来,给她的三哥哥来送踢得倒山的军鞋来了……她来的时候,三排排长房生贤率领他们排里的全体战士,正在操练乘船渡河的一些技术要领,她就等在山坡上,怀里抱着她给三哥哥刘唢呐精心制作的军鞋,耐心地看着他们的演练,直看到天色向晚,星星明灿灿地出来了,月亮明晃晃地出来了,操练的三排官兵,这才结束了操练……他们操练得可真认真啊,一声一声的号令,一声一声的嘶喊,震撼着山岳,震撼着黄河,四妹子王凤英聚精会神地看着他们,不知他们可看见了山坡上一片花丛中的她了没有?特别是她的三哥哥刘唢呐,别人可以不向山坡上花丛里的她看,他是应该有这个感应的,知道满山的花儿里,掩映着他的四妹子王凤英,趁着操练的间隙,跑来看她。

四妹子王凤英猜得不错,她的三哥哥刘唢呐是看见她了。

操练刚一结束,别人都去洗脸擦身子去了,三哥哥刘唢呐直奔四妹子而来。他跑出了营房区,跑上了花儿朵朵的山坡,向隐蔽在花丛中的四妹子王凤英跑过来了。本来,四妹子王凤英想站起来,迎着三哥哥刘唢呐去的,但她看着向她跑来的三哥哥,她突然地腿软身子软,她站不起来,就那么痴痴地看着向她跑来的三哥哥……操练时,一头一脸大汗的三哥哥,跑了这么一段坡路,头上脸上的汗就更多了,到他站在四妹子王凤英跟前时,他冒着热汗的脑袋,就像从蒸锅里取出来的一个大馍馍。

四妹子王凤英就这么笑话他了,说:"你看你,像个沾了一身泥水的大馍馍!"

三哥哥刘唢呐嘿嘿笑了两声,没接四妹子的话。

四妹子王凤英知道时间紧迫,三哥哥一会儿就要去吃饭,吃罢饭,就还要吹号集体休息。知道是这个样子,四妹子就把她抱在怀里的两双新鞋塞给了三哥哥,给他说,量着你的脚做的。三哥哥感激的双手捧着新鞋,给四妹子说,三排长做过动员了,我们排是东渡黄河的尖刀排,我们将乘坐第一艘大柳木船,渡过黄河,抢占黄河东岸的高地,掩护大部队渡河!东渡黄河抗日,是陕北抗日根据地军民的愿望,四妹子听了,只有为三哥哥高兴了!她甚至想,如果她也是个后生家,就跟三哥哥一起过黄河,打鬼子!

山坡上的花儿,荡漾着一股一股的香气,直往四妹子和三哥哥的鼻孔里钻。三哥哥刘唢呐把四妹子还给他,他时刻装在衣兜里的维纳斯扑克牌掏出来,慎重地交给了四妹子王凤英。

三哥哥刘唢呐说:"你给我保管着,等我打败了日本鬼子,你再还给我。"

四妹子突然来了情绪,说:"我保留着,不还给你。"

三哥哥刘唢呐说:"那是我的呀!"

四妹子王凤英就拿眼剜他,说:"我呢?我不是你的吗?"

三哥哥刘唢呐的胆子就大了起来,说:"那就把你俩都还给我!"

四妹子听得懂三哥哥的话。她莞尔一乐说:"把我还给你做什么?"

三哥哥也不回避,直截了当地说:"给我做新娘!"

三排营区有人在这个时候喊起刘唢呐了。

三哥哥回头朝喊他的地方转头去望,这是军营里的纪律呢,四妹子知道,现在的三哥哥是一名八路军战士了,他必须遵守军营纪律。

四妹子王凤英这么想着,就给三哥哥刘唢呐说:"你去吧,我等着做你的新娘!"

三哥哥刘唢呐就依依不舍地转过身去,往营房那儿去了。四妹子的语音却还追着三哥哥说了。

四妹子王凤英说:"你出征的时候,我唱歌给你听!"

三哥哥刘唢呐突然就又回过头来,给四妹子王凤英提了一个她从没有想过的要求。

三哥哥刘唢呐说:"你叫我看一眼你好吗?"

四妹子王凤英还不明白,说:"你没看见我吗?"

三哥哥刘唢呐说:"不是这么看,是……"

四妹子王凤英听懂她的三哥哥是要怎么看她了。他是想要她如扑克牌上的维纳斯那么脱了衣裳让他看的。这可不能够啊,她霍地站起身,顺嘴骂了他一句话:"二愣子灰汉!"

骂过了三哥哥刘唢呐,四妹子王凤英就向她回村的山路,像只受惊了的小鹿一样跑走了。

十七

提起个家来家有名,
家住在绥德三十里铺村,
四妹子好了一个三哥哥,
她是我的知心人。
洗了个手来和白面,
三哥哥吃了上前线,
一心一意你去抗战,
三年二年不得见面。

四妹子王凤英没有食言,她赶在三哥哥所在的渡河尖刀排划着大柳木船,向黄河东岸齐心协力划去时,站在黄河西岸的高坡上,唱起了费玉清大姐给她刚教会的这一曲信天游。可是骤起的炮声,把四妹子唱了一个开头的信天游声无情地压了下去。

　　炮声真是太大了,山崩地裂似的,先从黄河西岸的八路军河防阵地上爆响起来,接着是一发又一发带火的炮弹头,从隐蔽着的群山之中射出来,向黄河东岸的日伪军阵地扑了过去,看得见日伪军的阵地,被突如其来的炮弹炸得飞沙走石,其中还夹裹着鬼子伪军的衣片和残肢,在空中飞动着,做出一个惨烈的亮相,然后落在地上……八路军河防阵地上的炮击,一浪高过一浪,轰隆轰隆的发炮声,接连不断,就在强大的炮火支援下,尖刀排在排长房生贤的率领下,驾驶着第一艘大柳木船,从黄河西岸出发了,三哥哥被排长选为旗手,他就单膝跪伏在船头上,牢牢地举着写有"东渡黄河抗日尖刀排"字样的一面红旗,随着在黄河里颠颠簸簸着快速划动的大柳木船,猎猎地飘扬着……鬼子、伪军被八路军强大的炮火压制在对面的山头上,只有放冷枪、发冷枪的份儿,那种没有目标的射击,仿佛过年时燃放的炮仗一样,在空中盲目地爆响着,根本不起作用。英勇的尖刀排,就趁着这个机会,仿佛射出的一支利箭,破风斩浪,很快地渡过黄河,停靠在黄河东岸的一处河滩上,他们三十六名勇士,都如蛟龙出海般,跃下船弦,迂回着向有鬼子伪军把守的山顶上进攻了……也许鬼子伪军太大意了,也许他们就是那么脆弱,经不起八路军抗日英雄的打击,尖刀排的勇士,只以牺牲两位战友的代价,迅速把那座山头攻击了下来。退下山坡的鬼子伪军,到这时方才有所醒悟,知道八路军东渡黄河打击他们来了。

　　鬼子、伪军不甘心他们刚一交手就失败的命运,组织着力量,向被尖刀排占领了的山头反攻来了。

　　日本鬼子的小钢炮,威力的确不小,他们在小钢炮的掩护下,蛇行似的向山头上攻击着。房生贤排长要大家保持冷静,沉着应战,但是鬼子的小钢炮不长眼睛,炮弹像是着了火的蝗虫一样,飞到山顶上,在原来的三排,现在的尖刀排阵地上炸裂,使尖刀排又伤亡了几个战友!

　　保存实力,让有限的弹药,发挥更大的作用,房生贤告诉尖刀排的战友,让大家分散开来,选择有利位置,留出空间,让鬼子和伪军尽量靠近,越近越好,越近越能发挥短兵相接的作用……刘唢呐被班长巩有柱拉着,躲在一块大石头的背后,在他俩身边,还有与刘唢呐成为好朋友的刘庚茂。在他们排里,姓刘的就刘唢呐和刘庚茂两个人,他俩见面就说了,五百年前,咱们可还就是一家人哩!他们三人两人一组,以大石头为掩体,等着反攻上来的鬼子、伪军,距离他们不足三十米的时候,突然跃身而起,又投手榴弹又打枪,把逼得他们很近的鬼子、伪军,炸死射伤十多个,使他们狼狈地败退下坡底。

　　尖刀排要坚决地守住山头,而鬼子、伪军要拼命地攻下山头,双方都不示弱地较量着,鬼子、伪军向山头进攻了三次,尖刀排打退了他们三次。第四次攻击又开始了,这时的刘唢呐,只知道亲如兄弟的刘庚茂已英勇地牺牲在了他身边,而不知道尖刀排,守卫山头的战友,仅仅剩下了他和班长巩有柱等不多的几个人了,包括排长房生贤在内,全排的其他战友,都在鬼子冰雹似的小钢炮轰炸下,壮烈地牺牲了。

　　山头上可真安静啊!

　　这是一场更为惨烈的大战前的安静呢。爬到刘唢呐头顶上的太阳,也像染上了战争的鲜血,红红地照在刘唢呐的身上,他感到特别的暖,在暖暖的阳光照耀下,刘唢呐回了一下头,他看见六艘新造的大柳木船在黄河上奋勇地开了过来,跟随着大柳木船的是上百艘小船以及更小的羊皮筏子,在波涛翻滚的黄河里,乘风东渡而来,都要靠上东岸了,他对着那千帆竞渡的壮阔场面,很开心地笑了一下,扭头又往一边的虎跳崖看去,他所在的位置,距离虎跳崖不远,那里可就是母亲死难的地方!一股巨大的仇恨,再次涌上刘唢呐的心头,他两眼烧着火,用手推了一下斜躺在他身边的班长巩有柱,给他低声说了。

　　刘唢呐说:"鬼子又上来了!"

班长巩有柱身上有伤,而且伤得不轻。在刘唢呐推他一把的时候,他几乎都要昏迷过去了。是刘唢呐把他推醒过来的,醒来了的巩有柱,只给刘唢呐说了一句话,就翻滚着向鬼子、伪军进攻的方向扑了去。

班长巩有柱说:"我掩护你!"

喊着掩护刘唢呐的班长巩有柱,两手已拿不了武器,他只是用他挣扎着还能翻滚的身体,吸引了鬼子、伪军的注意,把鬼子、伪军的枪炮,全都吸引到他的身上来,那些罪恶的枪弹,密集地射向了巩有柱,他颓然地趴卧在一片血泊里。

在三排操练的时候,刘唢呐已经熟练地知道战友之间的口令。班长巩有柱的一声"我掩护你",他心领神会地向巩有柱只喊出一声"班长!",就见班长壮烈地牺牲在离他不远的地方,他没有奈何,只有痛苦地在班长舍出生命掩护他的一瞬间,撤出了他坚守着的那块大石头,转移到他母亲惨遭杀害的虎跳崖上。他在转移过来的时候,没有忘记尖刀排旗手的使命,把那面写着"东渡黄河抗日尖刀排"的红色旗帜,像他的生命一样,也带到了虎跳崖上……刘唢呐任尖刀排旗手的时候,是排长房生贤把红色旗帜交到他手上的,那时尖刀排的旗帜,是多么鲜艳啊!站在尖刀排的前面,刘唢呐把尖刀排的红旗举起来,那红鲜鲜的旗帜,把他们尖刀排每一个战友的脸,都染得像旗帜一样鲜红……惨烈的战斗,没有使尖刀排的旗帜褪色,反而使那鲜艳的红色,经由战火硝烟的熏染,变得更加深重!是的,原来完好的旗帜,被鬼子、伪军的枪弹,一次次地击中,留下了大小不一的弹孔,转移到虎跳崖上的刘唢呐,还把尖刀排旗帜上的弹孔数了一下,不多不少,刚好三十六个,让他忽然想起,他们乘坐第一艘大柳木船东渡黄河而来的全排三十六个战友,可是把自己坚强的心,借用鬼子、伪军的枪弹,洞刻在了他们尖刀排的旗帜上!

这时的阵地上,也许只有刘唢呐一个人了,但他一点都不觉得孤单,他觉得和他一起突击而来的尖刀排三十六位勇士都还在他的身边,而且更为重要的是,他的母亲也在他的身边,他们是一个群体,一个英雄的战无不胜的群体。

　　鬼子、伪军发现了虎跳崖上的刘唢呐了,他们发现只有他孤孤单单的一个人,擎着一面孤孤单单的旗帜,他们没有放枪,也没有放炮,一大队的鬼子、伪军,端着上了刺刀的长枪,向刘唢呐围了过来,一步一步……一步一步……鬼子、伪军把打光了弹药的刘唢呐紧紧围困在了虎跳崖上。

　　鬼子的喊叫,刘唢呐听不懂,但伪军的喊叫,他全听得懂。

　　投降……投降是个什么话呢?在刘唢呐年轻的记忆里,从来没有"投降"这两个字的概念。他对着围困上来的鬼子、汉奸,轻蔑地笑着,把他擎在手里的尖刀排旗帜举得更高了。是他举旗的举动惹怒了鬼子兵吧,有一发子弹打了过来,打在了刘唢呐的右腿上,他趔趄了一下,又站稳了,紧跟着,又是一发子弹打了过来,打在了刘唢呐的左腿上,他摇晃了一下,再一次地站住了。这两发打进刘唢呐腿上的子弹,一点都不疼,像是被蚂蟥咬了一下,让他不舒服,他怒瞪着一双复仇的眼睛,大吼一声,把他举在手里的旗杆横过来,朝着离他最近的一个鬼子兵,拼命地捅了去,木头的旗杆,这时仿佛一把锋利的枪刺,捅透了那个鬼子兵的肚肠,鬼子兵惊恐地惨叫了一声,扔掉端在手里的三八大盖儿,双手也握在了旗杆上,握得很紧很紧,鬼子兵的血顺着旗杆滋了出来,别的鬼子想要支援这个鬼子兵,但却有枪打不得,有炮放不得,眼睁睁看着刘唢呐和鬼子兵僵持着,往虎跳崖边退去,退到崖岸边了,只听刘唢呐一声大吼,就带着穿在旗杆上的鬼子兵,凌空飞跃起来,翻下虎跳崖,落向黄河的洪流里!

　　尖刀排的旗帜,在落入黄河的时候,猎猎地招展着,鲜艳如血!

十八

　　合同确定的农特产品,小小四妹子都如数加工出来,装袋子装箱,按照羽田守一指定的地址,很合规范地发走了。

　　可是,羽田守一还没有走。他有中华人民共和国的签证,还能够在我们国家待上一些日子。这期间,不论是小小四妹子,还是她姑奶奶王凤英和我,凭直觉来猜,也已知晓羽田守一,就是杀害刘唢呐母亲的日军侵华小队长羽田仲雄的后人了。知道了这一层关系,小小四妹子和她姑奶奶是痛苦的,我自然也是痛苦的,但我们都很好地克制着自己,没有捅破那张薄薄的窗户纸,我们还都保持着主宾应有的礼数。

一年一度的清明节,赶着这个时间点儿来了,过去了快六十年,每年的这一天,小小四妹子的姑奶奶王凤英,都要渡过黄河,去给她的三哥哥刘唢呐烧纸祭奠的。今年自然不会例外,姑奶奶王凤英准备着又要去给三哥哥刘唢呐扫坟了。

姑奶奶王凤英,给小小四妹子说过,她的三哥哥刘唢呐,手握尖刀排的旗帜捅进鬼子兵的肚肠,双双跌进黄河里后,没有被黄河的巨浪立即冲走,那杆尖刀排的旗帜,一直在黄河的激浪中挺立着,飘扬着……有了尖刀排的拼死掩护,千帆竞发的抗日东渡大军,顺利抢渡过来,打垮了驻守黄河东岸的日本鬼子和伪军。

小小四妹子跟着姑奶奶王凤英,过河给姑奶奶的三哥哥刘唢呐和他母亲扫过多次坟了。她只听姑奶奶王凤英给她讲了那个让她感动得想哭的场景,却没听姑奶奶给她说过自己的另一件事。

这件事埋在姑奶奶王凤英的心里,她是不会给谁说的了。不过,她每一次过河祭扫三哥哥刘唢呐和他母亲的坟墓,她都要清晰地把那个她不愿说出来的情景,在她的脑海里再重现一次。

四妹子王凤英跟随鲁艺的费玉清渡过黄河,向东渡抗日的将士慰问演出了。这时的她,早已知道她的三哥哥刘唢呐牺牲了。四妹子王凤英闻听消息时哭过,哭得昏天黑地,哭得昏死过去了几次,她恨老天不开眼,更恨日本鬼子凶残,杀害了她爱不够的三哥哥刘唢呐!三哥哥刘唢呐是英雄哩,她哭亲爱的三哥哥刘唢呐,为他伤心,也为他自豪。来为东渡抗日的八路军将士慰问演出,四妹子王凤英说什么都要去看看她的三哥哥刘唢呐呢。在一次慰问演出的间隙,四妹子王凤英给费玉清大姐请了假,爬到虎跳崖上来,来给她的三哥哥刘唢呐祭告了。

英勇牺牲了的三哥哥刘唢呐,与他母亲都被葬埋在虎跳崖上。

四妹子王凤英来看他了,她爬上虎跳崖的时候,天色已经黄昏,她弯着腰,拔除了三哥哥刘唢呐和他母亲墓头上的杂草,她先给刘唢呐的母亲,磕了三个头,然后站在三哥哥刘唢呐的坟头前,解着她衣服上的扣子。她一颗一颗地解着,全解开了,就慢慢地脱下来;她脱去外面的罩衣,贴着她的身子的,还有一件绣着花花草草的红绸子肚兜。肚兜上的花是她自己绣的花,她原来想要到她和三哥哥刘唢呐成亲时,让他来看,看她绣得好不好,然后让他给她解除掉,把她自己整个儿交给三哥哥刘唢呐。三哥哥刘唢呐牺牲了,他不会给她脱去外罩,再解除她绣得好看的红绸子肚兜了。东渡抗日出征前,三哥哥刘唢呐给她提出要求,想要看她的身子,她没有给她看,她给他留着,这时候要给他看了。她把外罩脱去后,手抚着花红草绿的肚兜,给她的三哥哥刘唢呐说:"你看呀!我让你仔细看,认真看……"四妹子王凤英这么嘱咐着坟墓里的她的三哥哥刘唢呐,然后,就来解除花红的肚兜了,脖子上是系着一条细带子的,她先低头把脖子上的带子扣儿解开来,接着就又去解腰背后的细带子了。那是个活扣儿呢,她捉住活扣的一边,轻轻地一扯,遮在她胸前的花红肚兜,就完全地离开了她的身子,落在了她的脚前,她把自己彻底地解放出来,给她的三哥哥刘唢呐看了。她怕他的三哥哥刘唢呐看不清她,就还往三哥哥刘唢呐的坟头又走近了两步,嘴里呢呢喃喃的,给她的三哥哥刘唢呐告祭着了。

四妹子王凤英说:"三哥哥呀,你不是要看我吗?"

四妹子王凤英说:"你看吧,我把我都解放出来,给你看了!"

四妹子王凤英说:"我是你的,你好好看,看个够。"

就那么裸着自己,四妹子王凤英一直地站在她三哥哥刘唢呐的坟头前,让她三哥哥刘唢呐看她自己……她把时间忘记了,把自己也忘记了,如果不是费玉清大姐摸黑赶来,四妹子王凤英不知会在三哥哥刘唢呐的坟前站到啥时候。

那夜的月光,是那么清亮,仿佛柔软的白纱一般,映照着四妹子裸着身子。她站在三哥哥刘唢呐坟前,让远远看见她的费玉清大姐,像是看见了一尊下凡来的仙子。

费玉清大姐震惊了,她看着仙子一样的四妹子王凤英,蓦然想起她的三哥哥刘唢呐交给她让她小心收藏的那张印着断臂维纳斯的扑克牌,她的心颤抖了,热辣辣的泪水,仿佛黄河流水一样,汩汩地流出来了。

费玉清大姐看着四妹子王凤英,还想起了刘唢呐的母亲,她悄悄地走到四妹子王凤英的身边,捡起地上的肚兜和罩衣,披在了四妹子王凤英的身上。

再一次地站在三哥哥刘唢呐的坟前时,多了一个我,还多了一个羽田守一。小小四妹子的姑奶奶王凤英已不是原来裸站在三哥哥刘唢呐坟前的她了。现在的她,白发苍苍,满脸的老年斑,她不让我们动手,自己把她带来的白馍馍、黄馍馍,还有核桃、枣儿、苹果、甜梨,祭奠在三哥哥刘唢呐的坟前,然后又把她带来的一瓶糜子酒,撬开盖子,祭洒在三哥哥刘唢呐的坟前,这就招呼我们来烧纸钱了。我看见,在来给三哥哥刘唢呐扫墓前,姑奶奶王凤英把她买回来的一摞纸,铺平在炕头上,在纸面上挨着个儿拍打了一遍。姑奶奶王凤英准备得可是仔细呢。她要我们来烧,我们就都弯下身子,划着火,一页一页揭着来烧了。那些烧着了的纸钱,带着明明暗暗的火星,直往天空飞腾,仿佛浴火而生的鸟儿,在蔚蓝的天空翩翩飞舞……我们听见了黄河的涛声,一浪一浪,翻天倒海,滔滔不绝!

四妹子王凤英后来嫁给了村里一个支前模范,那个支前模范在支援东渡黄河的八路军时受了伤,伤了一条胳膊一条腿。他们成了夫妻后,四妹子王凤英渡河祭奠三哥哥,都是他们二人一起来的。前些年,四妹子的丈夫,也就是小小四妹子的爷爷去世了,四妹子王凤英再渡黄河祭奠三哥哥,就都是小小四妹子陪着姑奶奶来了。这一次多了一个我,而且又还多了一个羽田守一。多一个我不会有啥,但是多个杀害了三哥哥母亲的羽田仲雄的孙子羽田守一,就不好说了。为此,我和小小四妹子便都有了一个别样的担心。我俩担心地祭酒烧纸,这就听见小小四妹子的姑奶奶王凤英开口说话了。

小小四妹子的姑奶奶在问羽田守一:"你爷爷可是叫羽田仲雄?"

羽田守一闻听小小四妹子的姑奶奶的问话,他的神情有了一些惊悸。他没回答小小四妹子姑奶奶王凤英的话。

小小四妹子的姑奶奶就又说了:"你爷爷把一件东西扔了,就扔在了虎跳崖上。"

小小四妹子的姑奶奶王凤英不知啥时把镶在镜框里的印着维纳斯的扑克牌,取出来装在了她的身上。她说着话,从她身上的衣兜里掏出来,交到了羽田守一的手上。

小小四妹子的姑奶奶说了:"你给你爷爷捎回去吧。"

小小四妹子的姑奶奶说:"是你爷爷的东西我们不要,但是我们的东西,我们也不会给你们,让你们拿去。"

羽田守一接过了他爷爷扔在黄河岸边的印着维纳斯的扑克牌,他看了一眼黄河,向着刘唢呐母亲和刘唢呐的坟头,跪下去了。

羽田守一口齿不清地说:"战争……和平……"

2018年8月18日改定于西安曲江

后 记

"新娘"袁心初……

"新娘"草儿……

"新娘"四妹子……

我写出了作为"新娘"的她们,为此我真诚地感谢安徽文艺出版社,正是在他们的提议下,我将2018年5月号的《小说选刊》转发的我的中篇小说《新娘》,扩充为一部长篇作品出版。责编与我联系时,我正在北京参加根据我的长篇小说《初婚》改编的同名电视剧开播新闻发布会,在那里初识了安徽卫视采购节目的几个人,我们聊得很投机。

我与安徽有缘啊!

我的思绪从电视剧《初婚》的那种现实快乐里,迅速地转移到了烽火连天的抗日战争时期,置身在与我们陕西隔着一条黄河的中条山。为了抵抗凶残的侵华日军,英勇的陕西籍抗战军人,不畏生死,鏖战在那里,与日本鬼子血战两年有余,有效地打击了鬼子的侵略锋芒,为全面取得抗战胜利赢得了宝贵的时间……我不能自禁地沉浸在过往的战争烽火里,发现夕照下的黄河,是壮阔的,是壮美的,而且蕴含着让人心灵为之震颤的壮烈色彩!

我有几次跨过黄河,走进中条山寻访抗战事迹,在亲近黄河时,都会生发出一种独特感受。

在写作这部作品的过程中,哪怕我在梦里,都会听到黄河的怒吼和呐喊,梦醒之后,总是不能自禁地背起行囊,到黄河边去,聆听黄河的声音,寻找为了中华民族的生存而与侵华日军英勇奋战的抗日志士们的踪迹。我鼓励自己,要把英雄们的事迹写出来。

黄河启发着我,我总是想起我的大伯吴俊岐,他高呼着"誓死抗日",东渡黄河,把他年轻的生命,献给了祖国的抗战伟业。

在中条山,我私心想找到大伯吴俊岐抗战的足迹,但在莽莽苍苍的中条山,我却很难清楚地挖掘出大伯的事迹。但我大伯与他的"新娘"拍摄的那幅照片,一直鲜活地浮现在我的眼前,我敬佩一身戎装的大伯,还敬重一袭旗袍的大伯的"新娘"……袁心初与牛少峰的出现,圆满了我寻找大伯而不见的梦。他们在一段时间里,控制了我的思维,我睁着眼睛,闭着眼睛,都能看见如我大伯的"新娘"一样穿着旗袍的袁心初,真是太突出了。

我大伯的"新娘"有着一袭旗袍的靓丽!

牛少峰的"新娘"袁心初也有着一袭旗袍的靓丽!

我不禁要说,"新娘"穿上旗袍,才会显出"新娘"的娇媚。

我手里的笔,在写"新娘"们的日子里,不是被捉在我手里,而是被捉在"新娘"们的手里,由她们自己写出来了……沿着黄河,我偕同"新娘"从风陵渡开笔,向北又去了韩城的禹门口。滔滔不绝的黄河之水,被这里的峭崖夹峙着,形如门阀,水势汹涌,横冲直撞,雷霆万钧,呼啸着,飞溅出层层雪浪,从此岸扑向彼岸,又咆哮着,撞击在河床正中的大礁屿上,激荡出一道道冲天的水柱,跌落下来,颤抖着没入谷底,然后跃出龙门……

就在此地西岸,原来有一处香火旺盛的禹王庙,1938年惨遭日寇飞机的轰炸,成了一片废墟。

废墟上站起了英勇的温玉让,废戒抗日的和尚温玉让,又带出了风情万种的草儿。

温玉让永远的"新娘"草儿呀……

我不能停下寻访抗日志士的步伐。沿着黄河一路北上,我到了陕北的绥德县,在这里,又搜集到了更令人动容的抗战故事。

这个人就是陕北民歌《三十里铺》中的主人公四妹子王凤英,故事也是她的故事。

> 提起个家来家有名,
> 家住在绥德三十里铺村,
> 四妹子交了个三哥哥,
> 他是我的知心人……

在我的创作计划里,很早就有了这个命题,即凄美迷人的四妹子。然而,要见到她却不是一件容易的事。在绥德县,我的朋友小心地告诉我,过去有人采访四妹子,到她家里,说不上几句话,就会被四妹子的儿孙赶出来。这时如果还不识相,可能更会引起全村人的公愤,大家群起而来,操铁锨拿䦆头,把人撵得狼奔豕突。

提心吊胆的我,不仅去了四妹子的村,还进了四妹子的家。十分庆幸的是,我不仅没被四妹子的儿孙撵出门,而且也没被他们村的人锨拍䦆头砸。我和四妹子聊得极亲,四妹子还把我请上了她家的土炕。我们拉着家常。我说四妹子窑洞里的几件家具割得不错。她说是她儿子的手艺。我没客气,说我原来也是个木匠,她窑洞里的家具要是我来割,比她儿子的手艺不会差啥。这么说着,将近九十岁的四妹子忍俊不禁,在炕上把我的手牵起来,说起了她堵在心里的恓惶。而且,她那做木匠的儿子,在一旁也帮了腔。

她那做木匠的儿子说:"我妈一生受大难了!"

是个什么大难呢?起因还就是日本鬼子。他们肩扛着东洋三八大盖,手舞着东洋刀片子,烧杀抢掠地侵略到晋西北地区。四妹子的家就在这里,为避战乱,他们一家从山西流亡到了绥德,在三十里铺揽工生活。这一年是1939年,四妹子十六岁。初到三十里铺,他们人生地不熟,出于同情,村里人给他们家借粮送衣,帮衬着他们家苦难度日。有一次,四妹子和村里的姑娘出坡掏苦菜。四妹子掏到一个山洼洼里,突遇一只绿眼睛的大灰狼。生死攸关时刻,后生家郝增喜挺身而出,从狼嘴里救下了四妹子。因为感恩,四妹子给郝增喜做了一双布鞋。1940年旧历二月,郝增喜响应号召,参加八路军去打鬼子。得到消息的四妹子,来送三哥哥郝增喜了。她不敢到他身边去,就那么痴痴地站在一面草坡上,望着在队伍里前行的三哥哥,她热泪长流,连抬一下手的力气都没有……离家远去的三哥哥郝增喜,心有灵犀地回了一次头,他看见了草坡上站着的四妹子。他的心热着,一步一回头,一步一回头,走得四妹子看不见他,他也看不见四妹子了……民间歌手常永昌当时也在送行的队伍里,他把四妹子和三哥哥情不能舍的送别场景看在眼里,现编现唱,创作了我们现在传唱的《三十里铺》。

我走访抗日志士,搜集抗战故事的心愿,到这里得到了极大的满足。中条山牛少峰离别在家的"新娘"袁心初,禹王庙前《废戒》里的草儿,虎跳崖《断臂》里的四妹子,她们和他们,一个一个,鲜活的形象出现在浩荡不息的黄河边上,集体丰富了我的小说创作。

我期望得到大家的批评与支持,并期望大家和我一起到黄河边去,我们一起去认识,一起去感受,认识、感受黄河的壮丽。

2019年3月20日　西安曲江